suhrkamp taschenbuch 4319

Weit entfernt von ihrer Heimat, in Schweden, überfallen Gangster einen Geldtransport und rauben Säcke voller Bargeld. Allerdings müssen sie die Beute wenig später buchstäblich in den Wind schreiben. Eine Windhose wirbelt die Geldscheine durch die Luft und lässt sie zu Boden segeln, wo sie will. Sehr ungünstig für Ernesto, den Gangsterboss. Jetzt muss er nicht nur vor der Polizei flüchten, sondern auch vor den eigenen Leuten, die auf ihren Anteil der Beute warten. In seiner finnischen Heimatstadt Hämeenlinna heckt Ernesto mit lokalen Kleingaunern ein anderes Ding aus, um den Schaden zu kompensieren, aber am Ende steht auch diesmal nicht das zufriedene Zählen der Scheine, sondern ein wahres Inferno. Für die Beute empfehlen sich gleich mehrere Empfänger, aber letzten Endes scheint Ernestos wodkasüchtige Tante Henna den entscheidenden Schlüssel in der Hand zu halten.

Tapani Bagge, geboren 1962 in Kerava, Finnland. Er begann seine schriftstellerische Laufbahn mit zwanzig Jahren als Verfasser von Jerry-Cotton-Romanen, bevor er ins seriöse Fach wechselte. Er schreibt Drehbücher, Kinder- und Jugendbücher, Kriminalromane. *Schwarzer Himmel* wurde 2007 mit dem Finnischen Krimipreis ausgezeichnet.

TAPANI BAGGE
SCHWARZER HIMMEL

Kriminalroman
Aus dem Finnischen von
Stefan Moster

Suhrkamp

Die finnische Originalausgabe erschien 2006 mit dem Titel
Musta taivas
bei Kustannusosakeyhtlö Tammi, Helsinki

Umschlagfoto: plainpicture/Millennium

suhrkamp taschenbuch 4319
Erste Auflage 2012
Deutsche Erstausgabe

Druck: CPI – Ebner & Spiegel, Ulm
Printed in Germany
Umschlag: HAUPTMANN & KOMPANIE Werbeagentur, Zürich
ISBN 978-3-518-46319-2

1 2 3 4 5 6 – 17 16 15 14 13 12

SCHWARZER HIMMEL

MONTAG

1 Als die Autoschlange an der Auffahrt zur E4 zum Stehen kam, stieß Ernesto die Hecktüren des Hiace auf und richtete sein AK-47 auf die Wachmänner im gepanzerten Iveco. Ahab und Goran sprangen neben ihm aus dem Wagen, auch sie hatten ein Sturmgewehr in der Hand, und zielten in die gleiche Richtung.

»Verpisst euch!«, sagte Ernesto.

Die Wachmänner lasen es von seinen Lippen ab. Sie wussten, dass die 7,62-Millimeter-Kugel eines Sturmgewehrs aus dieser kurzen Entfernung sogar das Panzerglas durchschlagen würde, vor allem wenn sie waagrecht abgefeuert wurde. Sie sahen sich kurz an, dann öffneten sie die Türen, warfen sich, jeder auf seiner Seite, ins Straßenrandgestrüpp und verschwanden mit lautem Rascheln aus dem Blickfeld.

Ahab rannte zur linken Seite des gepanzerten Fahrzeugs, Goran und Ernesto übernahmen die rechte Flanke. Alle drei trugen schwarze Kleidung und Sturmhaube, ebenso wie Rune, der vierte Mann, der am Steuer des dunkelblauen Hiace saß. Der japanische Lieferwagen blockierte die Auffahrt, vor ihm rauschte der Verkehr vierspurig vorbei, links nach Södertälje, rechts nach Stockholm.

Ernesto und Ahab hielten Wache für den Fall, dass die beiden Wachmänner auf die Idee kamen, zurückzukehren oder aus den anderen Autos in der Schlange jemand ausstieg. Goran hängte sich das Sturmgewehr über die Schulter, entnahm seiner Gürteltasche einen orangefarbenen Klotz Plastiksprengstoff, klatschte ihn in Kopfhöhe an das Seitenblech des Iveco und stellte den Timer der elektrischen Zündkapsel ein. Dann preschte er mit Ernesto hinter den Stromkasten am Straßenrand. Ahab ging auf der anderen Seite des gepanzerten Fahrzeugs in Deckung.

Als sie hinter dem Stromkasten kauerten, beschlich Ernesto das Gefühl, Goran könnte das Ganze verbockt haben. Auch wenn er noch so ein großer Experte bei den serbischen Partisanen gewesen war. Vielleicht war das Semtex schlecht geworden oder zu alt oder der Zünder beschädigt. Es würde nicht zur Explosion kommen, sondern beim bloßen Versuch eines Überfalls bleiben. Peinlich. Und es hätte keinen Zweck, gegenüber dem Boss nach Erklärungen zu suchen.

Die Sekunden zogen sich in die Länge. Ernesto spürte einen Druck auf den Schläfen wie manchmal, wenn er einen Kater hatte. Der Mittagspausenverkehr klang ab und ging in den Feierabendstoßverkehr über. Die Sonne sank und ging wieder auf, die Tage wurden kürzer und dann wieder länger. Ernesto wurde fünfunddreißig, vierzig, fünfzig. Scheiße, nein, so alt würde er nicht werden. In dem Alter konnte man ja nicht mehr in den Spiegel schauen.

Sein Kopf sonderte Schweiß ab, gleichzeitig trocknete ihm der Mund aus. Ernesto hob den unteren Rand der Sturmhaube ein wenig an und spuckte den schwedischen Kautabakklumpen, den er unter der Oberlippe stecken hatte, ins Gras. Dann fiel im das Stichwort »DNA« ein und er klaubte den schwarzen Brocken samt den damit in Berührung gekommenen Grashalmen auf, steckte ihn in die Tasche seiner schwarzen Jeans und wischte den Handschuh an der Hose ab.

»Pssst!«

Goran deutete auf den großen Volvo-Kombi, der hinter dem Iveco stand. Ein blonder, aber im Gesicht hochroter Durchschnitts-Svensson hatte offenbar genug vom Warten. Er öffnete die Fahrertür, strich sich die spärlichen Haare aus der Stirn, stieg aus und zog die Hosen hoch. Er trug sowohl Hosenträger als auch einen Gürtel. Der Volvo jaulte voller Panik, weil der Sicherheitsgurt offen war, obwohl der Motor lief.

Dann knallte es. Ernesto und Goran warfen sich auf die Erde und hielten sich, etwas zu spät, die Ohren zu. Die Druckwelle fuhr über sie hinweg und brachte den jungen Wald hinter ihnen zum Schwanken. Der Stromkasten wankte, hielt aber stand.

Als Ernesto vorsichtig den Kopf hob, spähte Goran bereits über den Lauf seines AK hinweg zur Auffahrt.

»*Little big* Ladung«, sagte Goran. Er wohnte seit über zehn Jahren in der Stockholmer Gegend, konnte aber noch immer nicht richtig Schwedisch. Seine Englischkenntnisse ließen ebenfalls zu wünschen übrig.

Für seine Künste als Sprengmeister galt das Gleiche: Es regnete weiterhin Metallschrott vom Himmel, in großen und kleinen Teilen. Der Durchschnitts-Svensson lag neben seinem Volvo auf dem Rücken. Ein großes, geschwärztes Stück Blech steckte ihm wie ein Messer in der Brust, und ein Blinker des Iveco war in die linke Augenhöhle eingedrungen. Er blinkte nicht mehr.

Das gepanzerte Fahrzeug war auf die rechte Seite gekippt. Leise drehte sich das linke Vorderrad in der Luft, das Hinterrad wurde von der Handbremse blockiert.

Ahab war komplett unter das Fahrzeug geraten. Man sah nicht mal einen feuchten Fleck. Goran sah Ernesto an und winkte ab. Kann man nichts machen.

Ernesto nickte und stürzte an Goran vorbei auf die qualmende Ruine des Iveco zu. Er blickte in das unsaubere Loch, das der Sprengstoff ins Blech gerissen hatte, und stellte fest, dass die Geldsäcke zum Teil zwar schwarz geworden, aber ansonsten unversehrt geblieben waren. Er warf sich das Gewehr auf den Rücken und griff mit beiden Händen nach dem Rand des Lochs, verbrannte sich trotz Handschuhen die Finger, stieg dem toten Auto aber dennoch auf die Flanke und ließ sich in den Laderaum hinab.

Rune fuhr den Hiace so dicht wie möglich rückwärts an den Iveco heran, stieg aus und verstreute rund um den gesprengten Lieferwagen Krähenfüße. Dazu stellte er zwei große Sporttaschen mit der Aufschrift »BOMB«. Das war Schwedisch. Und Englisch. Inzwischen warf Ernesto die Geldsäcke zu Goran hinunter, der sie in den Laderaum des Hiace beförderte. Zweiundvierzig schwere Säcke, alle voll mit gebrauchten Scheinen. Sie sollten zur Vernichtung gebracht werden, darum waren sie nicht registriert und auch nicht mit Farbpatronen geschützt. Die Beute würde mit Sicherheit zig Millionen Kronen ausmachen.

Die Sonne verschwand hinter den Wolken. Hat schwache Nerven, dachte Ernesto. Kann nicht hinsehen. Ein Windstoß rüttelte an den Birken und brachte die Espen zum Zittern. Im Norden war der Himmel so grau, dass es hinter Hallunda sicherlich schon regnete.

Als Ernesto aus dem Iveco-Wrack kletterte, saß Rune schon wieder auf seinem Platz hinter dem Lenkrad des Hiace. Noch war der erste Tropfen nicht gefallen.

»*Hurry* ab!«

Goran hatte die Hecktüren zugemacht und trieb Ernesto zur seitlichen Schiebetür. Dieser blickte sich um, konnte nichts Alarmierendes entdecken und sprang in den Wagen. Rune ließ im selben Moment die Kupplung kommen, und Ernesto fiel auf die Geldsäcke. Dabei geriet das Sturmgewehr zwischen Rippen und Beute, aber das merkte er nicht einmal.

Er sah auf die Armbanduhr. Zwei Minuten waren vergangen, seit sie die Wachmänner erschreckt und in die Flucht gejagt hatten. Kein schlechter Stundenlohn, auch wenn sie zwei Säcke an diverse Helfer abgeben mussten: an ein Wachmannduo für interne Hinweise, an die Autodiebe, die in diesem Moment die Karren, die sie rund um Botkyrka, an der Autobahn und anderswo, geklaut hatten, starteten, und an diejenigen, die in der näheren Umgebung weitere »Bombentaschen« und Krähenfüße platzierten, um die Bullen zu täuschen und aufzuhalten.

Auf der Minusseite mussten Ahab und der Durchschnitts-Svensson verbucht werden, aber es hatte eben alles seinen Preis. Ahab hatte das Risiko gekannt, und der Durchschnitts-Svensson konnte auch nicht so blöd gewesen sein, dass er nicht begriffen hätte, was er riskierte. Hätte er halt im Wagen bleiben sollen.

Allerdings hatte Ernesto keine Lust, Anna Bescheid zu sagen, Ahabs Frau. Das sollte Rune besorgen, der hatte es ihr schließlich auch besorgt, als Ahab zuletzt im Knast war. Behauptete Rune jedenfalls.

Goran zog die Schiebetür in voller Fahrt zu, riss sich die Sturmhaube vom Kopf und zeigte Ernesto den erhobenen Daumen. Der dunkle Kerl mit dem Bürstenschnitt war drauf und dran, zu lächeln.

Ein Windstoß brachte das Auto aus der Spur, aber Rune konnte sofort gegenlenken. Sein kurzes blondes Haar steckte noch immer unter der Maske, als er mit der Faust gegen das Fenster zum Laderaum schlug und juchzte:

»Wahnsinn! Wir haben's getan!«

Ernesto zog sich die durchgeschwitzte Haube vom Kopf und stopfte sie in die Tasche, dann richtete er sich auf den Geldsäcken auf.

»Wie *Roope Ankka*«, sagte er auf Finnisch, in der Sprache seiner Mutter. »Ich komme mir vor wie *Roope Ankka*.«

Goran kapierte nichts, weil er nicht wusste, dass *Roope Ankka* die finnische Version von Dagobert Duck war, aber er nickte trotzdem, noch immer guter Laune.

»*Tonight ... party*!«

»Party, Party«, bestätigte Ernesto.

Am liebsten hätte er jetzt breit gegrinst. Noch ein paar Fahrzeugwechsel, dann war das Ding erledigt. Nichts konnte mehr schiefgehen.

2

Beim zweiten Fahrzeugwechsel hörten sie ein dumpfes Grollen aus dem Wald.

»*What is* das?«, wunderte sich Goran an der Heckklappe des schwarzen Volvo-Geländewagens. In einer Hand hielt er einen Geldsack.

»Wie ist es jetzt mit heute Abend?«, rief Rune auf Schwedisch von der Fahrertür aus herüber. »Trinken wir was?«

»Aber keinen Alkohol«, sagte Ernesto ebenfalls auf Schwedisch, nahm den letzten Sack aus dem Chevy und warf ihn Goran zu. »Davon kann man nämlich betrunken werden, hab ich gehört.«

Der Sack traf Gorans erstarrten Arm und fiel mitsamt dem vorigen Sack zu Boden.

»Au«, sagte Goran, starrte aber weiterhin in nördliche Richtung, auf einen Punkt hinter Ernesto.

Ernesto drehte sich um. Es war nichts zu sehen. Allerdings hörte man etwas. Es klang, als würde ein großes Flugzeug im Wald notlanden und auf sie zudonnern. Der Himmel war düster, rechts hinter den Bäumen schwappte dunkel der Tullinge-See. Auf dem Waldweg waren weder Jogger noch Nordic-Walker unterwegs.

Eine Windbö schüttelte Ernesto durch. Rune saß bereits am Steuer des Geländewagens und steckte den Schlüssel ins Schloss. Sämtliche Autos waren mit ihren Schlüsseln bei Autohändlern in der Umgebung geklaut worden. Viele Händler hatten nämlich nach wie vor die Schlüssel ihrer Gebrauchtwagen im Büro an einem Brett hängen oder bestenfalls in der Schreibtischschublade liegen.

»Scheiße, was ist das?«

Gute Frage von Rune. Ernesto fragte sich das nämlich auch.

Der Wald schien sich zu bewegen. Er kam auf sie zu. Die großen Fichten lösten sich samt den Wurzeln aus der Erde, setzten zum Flug an und krachten sofort wieder auf den Boden. Dann erblickte Ernesto eine düstere Wolkenskulptur, die in entsetzlichem Tempo näher kam, und zwar quer durch den Wald, wobei sie Bäume, Sträucher und Steine aufwirbelte.

Rune ließ den Motor an, aber der Volvo hatte sich noch keinen Meter bewegt, als der Wirbelsturm ihn erreichte. Ernesto konnte gerade noch denken, dass es besser gewesen wäre, rechtzeitig zu fliehen. Der Tornado – oder die Trombe oder was das war – ergriff ihn und Goran und die auf der Erde liegenden Geldsäcke und den Chevy und den Volvo und schleuderte alles hoch in die Luft, dem Himmel entgegen, dem Schwarzen Loch, das sie alle für immer und ewig verschlingen würde.

Vergebens griff Ernesto im Flug nach Halt. Die Zentrifugalkraft presste ihm die Luft aus der Lunge und verhinderte, dass neue eingesaugt werden konnte, die Rotation ging in den Kopf, trübte Blick und Bewusstsein. Ernesto begriff, dass die Autos auf die Erde fielen, aber die Geldsäcke und sonstigen losen Teile, inklusive Rune, wurden vom Strudel mitgerissen und in irrsinniger Fahrt immer weiter nach oben und zugleich in Richtung Süden geschleudert.

In Richtung Tod.

Ernesto rechnete damit, gleich sein ganzes Leben als Film vor sich ablaufen zu sehen, aber der Film riss schon, bevor er richtig angefangen hatte. Ein schwarzer Himmel stürzte über ihn herab. Es gab kein Licht, kein Leben, gar nichts mehr.

Und dann kam Ernesto zu sich. Er sog vorsichtig ein bisschen Luft in die Lunge, hielt den Atem an und ließ ihn dann entweichen, noch immer vorsichtig. Der zweite Atemzug war schon gieriger. Danach hielt ihn nichts mehr, und er atmete mit Volldampf. Es brannte in der Brust, die Rippen schmerzten, alles tat ihm weh. Aber das bewies bloß, dass er am Leben war.

Behutsam bewegte er die Glieder. Dabei stellte er fest, dass er auf dem Rücken lag, auf stabilem, etwas klebrigem und feuchtem Untergrund. Langsam öffnete er die Augen, auch sie taten weh, aber er konnte damit sehen, nachdem sie sich an den bleichen Lichtschein hinter den hellgrauen Wolken gewöhnt hatten.

Es regnete nicht mehr, aber auf dem mit schwarzer Dachpappe gedeckten Flachdach standen Pfützen. Ernesto war durch und durch nass. Seine Kleider waren zerfetzt. Blaue Flecken und Schrammen überzogen seinen ganzen Körper, aber er konnte sich bewegen. Nicht ein Knochen war gebrochen oder ausgerenkt. So wie es sich anfühlte. Die Trombe hatte ihn bloß durchgeschleudert wie eine Waschmaschinentrommel den Overall fürs Eislochangeln und ihn dann auf irgendeinem Dach abgelegt.

Wo waren die anderen? Wo war das Geld?

Abgesehen von einigen abgerissenen Ästen, ein bisschen Müll und den grauen Blechteilen der Belüftungsanlage war das Dach leer und verlassen. Es hatte die Ausmaße zweier Fußballfelder.

Ernesto wusste nicht, ob eine Stunde oder ein Jahrhundert vergangen war. Oder ob er sich schneller als das Licht bewegt hatte und in die Zeit vor seiner Geburt zurückgekehrt war, so wie in dem Film, wie hieß er noch, *Zurück in die Zukunft*.

Am Himmel donnerte es erneut, unter einer dunklen Wolke zeichnete sich der Kondensstreifen eines Düsenflugzeugs ab, vorne blinkten Lichter. Anscheinend hatte es ihn nicht allzu weit zurückverschlagen.

Ernesto drehte sich vorsichtig auf die Seite, rollte auf den Bauch und ruhte einen Moment aus. Er horchte. Von allen Seiten drangen Verkehrsgeräusche an sein Ohr. Irgendwo in der Nähe schackerte eine Elster. Auch Möwen kreischten.

Jetzt hieß es vorwärtskriechen, und sei es nur durch abwechselndes Runzeln und Glätten der Stirn. Wenig später gelang es ihm, auf alle viere zu kommen und sich langsam fortzubewegen. Zwischendurch klatschte er mit dem Gesicht in eine Pfütze oder auf das raue Bitumen der Dachpappe, aber beides belebte ihn nur noch mehr. Er wollte wissen, wo er sich befand. Er wollte wissen, wo die Beute hingeraten war. Goran und Rune sollten selber sehen, wo sie blieben, er tat es schließlich auch.

Nachdem er einmal auf alle viere und in Fahrt gekommen war, wäre er beinahe vom Dach gestürzt. Zum Glück war der Rand erhöht, sodass seine Hand gerade noch rechtzeitig gestoppt wurde. Aber er schepperte mit dem Kinn gegen die Blecheinfassung und dabei biss er sich auf die Zunge. Er erinnerte sich an die Regeln des Zen und nahm den Schmerz an, bis er ihn nicht mehr spürte.

Vor ihm lag ein Asphaltmeer. Hier und da sah man vereinzelte Autos wie kleine Inseln. In der Nähe dröhnte die Autobahn, das Schild zur Auffahrt teilte mit, dass es auf der E4 nur sechs Kilometer bis Södertälje waren.

Auf dem Brachland zwischen Autobahn und Parkplatz stand eine riesige, rot-weiße Leuchtreklame der Lebensmittelkette ICA. In der näheren Umgebung befanden sich weitere Geschäfte und Tankstellen. Das hier konnte nur Moraberg sein. Ernesto wusste, wo er war.

Er sah auf die Uhr. Sie war um Viertel nach zwölf stehengeblieben, zu dem Zeitpunkt, als der Wirbelsturm zugeschlagen hatte. Man konnte die Sonne nicht sehen, aber aus der Verkehrsmenge schloss Ernesto, dass der Mittagspausenverkehr bereits aufgehört und der Feierabendverkehr noch nicht eingesetzt hatte.

Schließlich fand sich eine Leiter. Sie führte zur Gebäuderückseite, wo die Lieferrampe, die Müllbehälter samt Kartonagenpresse und die Autos und Fahrräder des Personals standen. Der Asphalt grenzte unmittelbar an den Wald, in den die Trombe ihre unregelmäßige Schneise geschlagen hatte. Offenbar war der Wirbelsturm vor dem Supermarkt erschlafft und hatte sich in Luft aufgelöst.

Eine dunkelhaarige Frau mittleren Alters rauchte neben der Laderampe eine Zigarette. Während Ernesto auf ihr Verschwinden wartete, überlegte er sich, was er tun sollte. Wenn er der Spur der Trombe folgte, konnte es sein, dass er die Geldsäcke fand. Es konnte aber auch sein, dass er auf die Polizei stieß, falls ein anderer das Geld bereits gefunden hatte. Die gesamte Ladung würde er sowieso nie finden, auch Rune und Goran nicht. Jedenfalls nicht lebendig. Es war unglaubliches Glück, dass er den Hurrikan lebend überstanden hatte.

Eine vollkommen andere Frage war es, wie er dem Boss das Abhandenkommen von Geld und Komplizen erklären sollte.

Am besten überhaupt nicht. Der Boss würde die Trombe nie und nimmer schlucken. Er würde sie auf der Stelle ausspucken, damit sie mit Ernesto kurzen Prozess machte.

So wie es der Superweiß-Tornado in der alten Fernsehwerbung mit hartnäckigen Flecken tat.

3 In Helsinki schien die Sonne, aber vom Meer her wehte ein rauer Wind. Ernesto stellte seine Plastiktüte auf dem Bürgersteig vor dem Fährterminal ab, ließ die Sonnenbrille von der Stirn auf die Nase rutschen und zog den Reißverschluss der Lederjacke hoch. Sein Körper fühlte sich noch immer an, als wäre er durch die Mangel genommen worden, aber er konnte sich immerhin schon wieder einigermaßen bewegen.

Vom Innenstadthafen zum Bahnhof war es nicht weit, er ging zu Fuß, um ein bisschen Sauerstoff zu tanken. In den zehn Jahren, die er nun in Finnland lebte, war das Straßenbild zumindest in der Hauptstadt bunter geworden, weshalb Ernesto mit seinen schwarzen Locken nicht mehr auffiel. Auch die Lederjacke mit der Teufels-Aufschrift und dem dazugehörigen gehörnten Konterfei auf dem Rücken erregte keine besondere Aufmerksamkeit.

Bevor der Intercity losfuhr, kaufte er sich die beiden finnischen Boulevardblätter und *Dagens Nyheter* aus Schweden, trank einen Kaffee und dachte nach. Im Zug las er die Zeitungen. Die Boulevardblätter zeigten Fotos von einem ausgebrannten Mazda auf einer schwedischen Autobahn. Die dazugehörigen Artikel waren fast identisch, weil aus einer schwedischen Zeitung übersetzt:

Wieder dreister Überfall in Stockholm

Zwei Tote

Stockholm. In Stockholm kam es am Montag zu einem außergewöhnlich dreisten und brutalen Überfall. Der Geldtransporter einer Sicherheitsfirma wurde im Süden der Stadt von drei oder vier Männern gestoppt, die den Fahrer und den Beifahrer mit automatischen Schusswaffen bedrohten.

Einer der Maskierten kam bei dem Überfall ums Leben. Er geriet unter das gepanzerte Fahrzeug, als dieses auf die Seite kippte, nachdem die Täter ein Loch in die Karosserie gesprengt hatten. Auch ein Polizeikommissar in Zivil, der zufällig vor Ort war, wurde bei dem Vorfall getötet. Er wurde von zwei Teilen des gesprengten Fahrzeugs getroffen.

Die übrigen Täter konnten fliehen. Sie wurden unter anderem per Helikopter verfolgt.

Die Räuber hinterließen Krähenfüße und blockierten Straßen mit angezündeten Fahrzeugen. Am Tatort wurden außerdem zwei verdächtige Taschen gefunden.

Die beiden Mitarbeiter der Sicherheitsfirma kamen unbeschadet davon. Von der Beute fehlt jede Spur.

Stimmt, es fehlt jede Spur, seufzte Ernesto lautlos und legte die finnischen Zeitungen auf den Nebensitz. Er warf noch einen Blick in *Dagens Nyheter*, wo so ziemlich das Gleiche stand, nur mit mehr Text und ein paar zusätzlichen Fotos. Der getötete Kommissar wurde mit dem Namen Wilander genannt und über den grünen Klee gelobt. Es hieß, er hinterlasse eine erwachsene Tochter.

Und was war mit Ahab? Sein Name wurde nicht erwähnt, und auch von seiner Alten war nicht die Rede. Immer dasselbe. Die Geschichte wurde aus der Sicht der Machthaber geschrieben.

Allerdings hatte auch Ernesto den toten Komplizen nicht besonders gut gekannt. Ahab war erst vor zwei Jahren in der Gang aufgetaucht. Kam irgendwo aus dem Norden von Stockholm, die Eltern stammten aus dem Libanon, hieß es. Ein ganz normales, relativ zuverlässiges Bandenmitglied. Keine besonderen Fähigkeiten und nicht gerade wahnsinnig viel Humor. Dafür schwer auf seine Boots bedacht. Die waren immer perfekt gewichst.

Die Landschaft entlang der Bahnstrecke änderte sich nicht großartig, zumindest wurde sie nicht schöner. Noch vor Järvenpää schlief Ernesto ein und träumte von Chile, das er nur von Bildern und aus den Geschichten seines Vaters kannte. Angeblich war es ein wunderbares Land gewesen, bis die Junta kam und mit Unterstützung der CIA die Macht an sich riss.

In Riihimäki fuhr Ernesto auf. Der nächste Halt war Hämeenlinna, dort würde er aussteigen, darum wagte er es nicht, noch einmal die Augen zuzumachen. Sollte er irgendwann mal nach Südamerika fahren und sich ansehen, was von dem Paradies seines verstorbenen Vaters noch übrig war? Eventuell würde er sogar noch auf Verwandte stoßen, zumindest auf deren Grabsteine. Nicht alle hatten wie sein Vater fliehen können.

In Hämeenlinna wehte ein milderer Wind, es fehlte das Raue des Meeres. Am Bahnhof gab es ein neues, sauberes System von Unterführungen mit leeren Schaufenstervitrinen in den Wänden. Ernesto ging unter den Gleisen hindurch in den Stadtteil Sairio, eine Gegend mit alten Holzhäusern. Eher zufällig fand er durch mehrere Nebenstraßen ans Ziel, indem er einem schwarzweißen Kater folgte.

Die rot gestrichenen, zweistöckigen Holzhäuser in der steil ansteigenden Straße, die Sahanmäki – Sägewerkhügel – hieß, waren vor hundert Jahren für die Arbeiter der mit Dampf betriebenen Säge gebaut worden. Von unten her schoben sich bereits Reihenhäuser aus weißem Backstein in unmittelbare Nähe der Holzgebäude mit der verblassten, abblätternden Farbe, an den übrigen Grundstücksgrenzen schlossen sich jedoch Gärten mit Einfamilienhäusern an.

Das Grundstück war mit Gras überwuchert, das vorderste der ehemaligen Arbeiterhäuser nach einem Brand verkohlt und mit Plastikbändern abgesperrt. Verbogene Dachbleche und rostige Holzöfen lagen noch immer dort, wo die Feuerwehrmänner sie hingeworfen hatten. Der Kater verschwand im Gestrüpp und scheuchte dabei träge eine Krähe auf, die ebenso träge auf den Ast einer Fichte flog, um dort zu krächzen.

Das zweite Wohnhaus war unversehrt. Am Fensterrahmen der Eckwohnung im Erdgeschoss prangte noch eine Fernsehantenne, unter dem Fallrohr stand eine rote Tonne und an der Wand des Nebengebäudes hing ein grüner Briefkasten aus Kunststoff, auf dem der Name VIIRILÄ stand.

»Ernesto?«, fragte eine weibliche Stimme von der Hausecke her.

»Tante Henna«, sagte Ernesto und drehte sich um.

Die Tante sah aus wie früher, bloß zehn Jahre älter, also fünfundfünfzig. Na ja, vielleicht auch ein bisschen dünner und krummer, und dafür im Gesicht noch ein bisschen aufgedunsener. Falls das überhaupt möglich war. Verschossene rotbraune Steppjacke, verschossene Jeans. Die langen, ungekämmten Haare wirkten noch roter als zuvor. Nur am Ansatz blitzte es hellgrau, fast weiß. Der Scheitel befand sich ungefähr in der Mitte.

Fast ohne zu torkeln kam sie auf Ernesto zu und umarmte ihn. Er hatte das Gefühl, ein zerbrechliches Skelett im Arm zu halten.

»Hättest du Bescheid gesagt, hätte ich wenigstens was zum Kaffee besorgt.«

»Ich musste so plötzlich los«, sagte Ernesto. »Aber ich hab was mitgebracht.«

»Ja?«, fragte Henna und ließ ihn los. »Was denn?«

Eine halbe Stunde später tranken sie in Hennas Küche Kaffee mit Satz. Das Fenster stand offen, ab und zu hörte man von unten das Rumpeln eines Zuges, dann wieder eine Bahnhofsdurchsage. Ansonsten schwieg der Stadtteil, nur ein Hund kläffte irgendwo in der Ferne. Es klang nach einem Spitz.

Ursprünglich hatte es in dem Haus nur einzelne Zimmer mit Herd gegeben, aber später hatte man umgebaut und komplette Ein- und Zwei-Zimmer-Wohnungen daraus gemacht. Henna hatte eine Ein-Zimmer-Wohnung. Mit Küche und antikem Klo. Fließendes Wasser in beide Richtungen, aber nur kalt. Die Sauna befand sich im Nebengebäude, geheizt wurde mit Kachelofen und Holzherd. Immerhin gab es Strom; darum auch der tragbare Fernseher auf der verbeulten Kommode in der Küche.

Die Wohnung glänzte nicht durch übertriebene Sauberkeit, aber man hatte eine gute Aussicht: Über Bäume hinweg sah man den hohen Schornstein des verlassenen Sägewerks, dahinter den See und an dessen anderem Ufer die Burg und die alte Kaserne. Jede Menge roter Backstein.

Henna hatte noch immer die Steppjacke an, Ernesto hatte seine Lederjacke an den Haken gehängt. Ihren Kaffee reicherte Henna mit einem ordentlichen Schuss Finlandia an, den sie auch Ernesto offerierte. Aber er begnügte sich damit, sich ein Stück Kautabak unter die Oberlippe zu schieben.

»Was bedeutet eigentlich die Teufel-Aufschrift da auf deiner Jacke?«, wollte Henna wissen.

»Das bedeutet gar nichts«, wich Ernesto aus. »Im Moment sind Klamotten mit finnischem Text bloß international in Mode.«

»Und warum dann der Hörnerkopf?«

»Ein Typ, den ich kenne, hat mir den gemacht.«

Damit gab sich Henna zufrieden. Sie nahm einen Schluck von ihrer Kaffee-Wodka-Mischung und verzog keine Miene.

»Falls du nicht weißt, wo du unterkommst, hier hast du freie Auswahl. Außer mir wohnt keiner mehr im Haus. Im Herbst wird allerdings alles abgerissen, für Reihenhäuser und Doppelhaushälften. Ich bin der letzte Mohikaner; mir haben sie auch schon eine Wohnung im Mietshaus angeboten, aber wer geht schon freiwillig von daheim fort? Ich gehe erst, wenn sie mich hinaustragen. *No pasaran*, wie es früher hieß. Es wird nicht nachgegeben.«

»Sie werden nicht durchkommen.«

»Eben«, sagte Henna und nahm einen weiteren Schluck aus ihrer Tasse. »Ist Victor noch politisch aktiv?«

»Nein, nicht mehr. Papa hatte ein paar Probleme, das eigene Geld und das Geld der Partei auseinanderzuhalten. Und das als Kassenwart im Ortsverein.«

Henna seufzte und reduzierte den Inhalt ihrer Tasse.

»Hat er nicht aus ähnlichen Gründen damals Finnland verlassen?«

»Na ja, damals war es das Geld vom Flüchtlingsverein gewesen. Papa war deswegen sogar in Untersuchungshaft gekommen. Aber die Schweden wollten keine Anklage erheben, weil er in Chile immerhin der Zahnarzt von Allende gewesen war. Hieß es jedenfalls.«

»Mir gegenüber hat Victor einmal gestanden, dass er

Allende nur einmal in Valparaíso eine Plombe im Backenzahn ersetzt hat. Auf Valparaíso hat er ewig ein Loblied gesungen. Großartige Aussicht von den steilen Hängen auf den Pazifik, irrsinnig viele Aufzüge und ohne Ende Treppen. Angeblich bekam man stramme Waden, wenn man die regelmäßig rauf- und runterging. Aber er wollte nicht zurück. Zu viele Erinnerungen ...«

Henna ereiferte sich fast, erschrak dann aber selbst über ihre Begeisterung und gab noch einen Schuss Wodka in den Kaffee. Ernesto nahm einen Schluck von seinem Kaffee ohne Schuss. Er hatte keine große Lust, über seinen Vater zu reden. Nicht einmal mit Henna.

Inzwischen wurde die Sauna in dem separaten Hofgebäude warm, vom Schornstein, der an den Rändern bereits bröckelte, stieg fast senkrechter Rauch zum hellblauen Himmel auf. Es roch nach Samstag. Nach den Samstagen der Kindheit, als die Familien noch komplett in diesem Haus versammelt gewesen waren. In der Wohnung nebenan, von wo aus man ebenfalls den Schornstein, die Burg und die Kaserne sah. Es fehlten nur die Schreie kleiner Kinder auf dem Hof, die Stimmen der Männer und Frauen, die Schritte vor dem Haus, im Gang, auf der Treppe. Das Leben.

»Und, was hast du all die Jahre getrieben?«, fragte Henna.

Mit einem Achselzucken schüttelte Ernesto die Erinnerungen ab.

»Ich wollte Medizin studieren, bin aber nicht reingekommen. Wahrscheinlich hätte ich für die Prüfung ein bisschen lernen sollen.«

»Und weiter?«

»Was machst du denn so?«

»Ich bin in Rente. Das heißt, zuerst war ich bloß arbeitslos. Aber wer braucht in Hämeenlinna schon eine kommunistische Journalistin ...? Vor allem, wenn sie vorbestraft ist.«

Ernesto zuckte mit den Schultern. Henna brauchte ihm nichts zu erklären, er wusste Bescheid.

Sie musterte ihn aufmerksam, mit leicht zusammengekniffenen Augen.

»Einen prächtigen Bart hast du dir stehen lassen. Du siehst aus wie ein aufgeputzter Che Guevara. Hörst du bestimmt nicht zum ersten Mal, oder?«

Ernesto strich sich kurz über den exakt geschnittenen Bart.

»Na ja ... Es gibt schon welche, die mich Che nennen. Aber ich werde ihn wahrscheinlich abrasieren.«

»Ist die Polizei hinter dir her?«

»Warum sollte sie?«

»Die Schweine jagen doch immer nach den Unschuldigen. Hier bei uns und in der ganzen Welt. Und du bist immerhin der Sohn deines Vaters.«

»Stimmt, aber von mir wollen sie nichts.«

»Von wem dann?«

Ernesto gab sich Mühe, den Naiven zu spielen, aber Henna ließ sich nicht hinters Licht führen.

»Ein bisschen was kriege ich schon noch mit. Auch wenn ich ständig blau bin. Du würdest doch nicht einfach so nach zehn Jahren die Schwester deiner verstorbenen Mutter besuchen, wenn du nicht einen Grund hättest, Schweden zu verlassen. Hast du Schulden bei einem Dealer oder so etwas?«

»Ich nehm nur Kautabak«, behauptete Ernesto.

»Wie auch immer. Ich kann die Wahrheit jedenfalls ertragen. Ich habe schließlich fünf Jahre Gefängnis und den Zusammenbruch der Sowjetunion ausgehalten ...«

Sie goss Finlandia nach. In ihrer Tasse war kaum noch genug Kaffee, um die hochprozentige Flüssigkeit zu färben.

Ernesto trank seine Tasse leer und stand auf.

»Ich werde mal im Saunaofen ein bisschen Holz nachlegen. Und dann suche ich mir eine Wohnung aus.«

Henna antwortete nicht. Sie hielt die Tasse mit beiden Händen an die Lippen und schaute aus dem schmutzigen Fenster in die hellere Vergangenheit.

»Ach ja«, sagte Ernesto, als er seine Tasse ins Spülbecken stellte. »Falls jemand nach mir fragt: Du hast mich seit zehn Jahren nicht gesehen.«

Henna schüttelte den Kopf, ohne den Blick vom Fenster zu wenden.

»Hier kommt nie jemand her. Außer Victor ...«

»Welcher Victor?«

»Der Kater.«

»Warum ausgerechnet Victor?«

»Der ist genauso faul wie dein Vater. Und genauso niedlich ... Aber Janita kann ich es doch sagen?«

»Sie ist immerhin meine Kusine«, sagte Ernesto und blieb vor der Tür stehen. »Wie geht's ihr denn?«

»Wie soll's ihr gehen. Sie ist vor ein paar Jahren aus Turku zurückgekommen und hat jetzt eine Mietwohnung im Stadtteil Katinen. Einwandfrei. Und Arbeit hat sie auch. Ist mit einem Eishockeyspieler zusammen. Allerdings hat sie ihn noch nicht mit hierher gebracht. Würde ich auch nicht tun, wenn ich so eine Mutter hätte.«

»Sag doch so was nicht«, erwiderte Ernesto. »Was ist dieser Eishockeyspieler für einer?«

»Ein bourgeoises Jüngelchen. ›Taube‹ nennen sie ihn. Scheint nichts zu taugen. Aber ich bin die Letzte, die anderen Leuten Ratschläge erteilen sollte«, schmunzelte Henna.

Und nahm noch einen Schluck.

4

Nase besaß einen erstaunlichen Instinkt. Mitten beim Kaffeetrinken war ihm schlagartig eingefallen, wo der Schnorrer stecken könnte: im Ausflugszentrum Aulanko. Und tatsächlich schlief er dort im Morgentau seinen Rausch aus, auf dem Rücksitz seines BMW-Cabrios, mit einer Rübe wie nach einem Tsunami, einschließlich blutiger Nasenlöcher. Die dicken blonden Haare durcheinander, aber die Klamotten sauber; Markenware, vom hellbraunen Sakko bis zur weißen Jeans und den schwarzweißen Lederturnschuhen mit dünnen Sohlen. Für die Frauen wahrscheinlich noch immer ein gut aussehender Typ, groß und breitschultrig und mit einem Riesenkinn, stimmige Proportionen. Und das Kinn unrasiert wie bei einem Model.

Er wurde nicht mal richtig wach, obwohl Nacken ihn an den Haaren in Sitzposition brachte und ihm ein paar wischte, dass ihm das Kimi-Häkkinen-Stoneface auseinanderfiel.

»Ey ... was ... soll ... der ... Scheiß ...«, bröckelte es dann langsam aus ihm heraus, und nach jeder Silbe leckte die Zunge über die trockenen Lippen.

»Koks trocknet die Schleimhäute aus«, wusste Nase. Das reinste Lexikon auf zwei Beinen. Mit denen stand er neben dem BMW und warf einen großen Schatten auf den Schnorrer.

Nacken hielt den Kerl noch immer an den Haaren und bog ihm den Hals dabei ziemlich krumm. Er ging mit seiner Visage ganz dicht ans Gesicht seines Kunden heran, ignorierte den alten Schnapsgeruch und sagte:

»Die Fete ist vorbei, Taube. Zahl deine Schulden.«

Taube wurde dann schnell wach. Riss die Augen auf

und versuchte sich hastig zu erklären, aber brauchbare Wörter kamen dabei nicht heraus, weil Nacken ihm die Luftröhre abknickte. Bloß der Mund bewegte sich und ein dünnes Röcheln drang aus der Kehle. Er verdrehte die Augen, wie in Zeitlupe hoben sich seine Hände und fielen aus zwanzig Zentimetern Höhe wieder runter.

»Und so was will ein scheiß Athlet sein«, meinte Nase.

Nase musste immer zeigen, wer hier Readers Digest las. ›Wie erweitere ich meinen scheiß Wortschatz.‹ Scheiße. Scheiße, was für ein scheiß Komiker.

Auf dem Parkplatz standen ein paar Autos herum, wahrscheinlich von Joggern. Das große Blockhaus, das sie Ausflugszentrum nennen, schien menschenleer, und unten am Seeufer war auch niemand zu sehen. Die Sonne stach zwischen den Kiefern hindurch und wärmte schon, und wenn man aufs Wasser blickte, blendete es. Nicht das geringste Lüftchen.

»Nacken, he! Der Kunde ist schon ganz blau.«

So war es. Darum ließ Nacken so weit locker, dass Taube Luft bekam und reden konnte.

»Anscheinend ist dir gerade die Stute durchgegangen, oder war's ein Hengst, im vollen Galopp in den Wald, aber was soll's, ich bräuchte bloß ein kleines Briefchen, dann wird das schon wieder, dann besorg ich die Kohle irgendwo; wie tief steh ich noch mal in der Kreide?«

»Scheiß Junkie. Wer zwingt dich, dir eine Linie nach der anderen reinzuziehen? Wärst du bei den roten und den blauen Linien auf dem weißen Eis geblieben, hätte sogar was aus dir werden können.«

»Scheißdreck. Die Schinderei hält doch keiner aus. Und in der NHL wäre es noch grauenhafter, das ganze Leben nichts als Training, und mit meinem Talent käme ich trotzdem nicht über die Farm-Liga hinaus, wer soll das mit klarem Kopf ertragen?«

»Schwer zu sagen«, gab Nase zu. »Aber wenn du so weitermachst, hältst du auch nicht mehr lange durch. Die Zinsen wachsen jede Woche, das Kapital wird kein Stück kleiner, und du winselst nach noch mehr Stoff. Bald müssen wir dir die Kniescheibe kaputt schießen.«

»Dann war's das mit der Eishockeykarriere, noch bevor die neue Saison richtig angefangen hat«, sagte Nacken. »Wie willst du dann erst deine Schulden bezahlen?«

Auf dem See kreischte eine Möwe. Taube wusste nicht, wen er ansehen sollte, Nase oder Nacken. Er drehte den Kopf unruhig hin und her, soweit es Nackens Griff erlaubte, und allmählich schnallte er, worum es ging.

»Ihr ... könnt doch nicht die Taube töten, die euch goldene Eier legt, sonst legt sie doch gar keine mehr.«

»Du kriegst fünf Tage«, sagte Nase. »Wenn du bis Freitagmorgen nicht mindestens zehn Riesen rüberwachsen lässt, kannst du dir eine künstliche Kniescheibe und ein Plastikgelenk bestellen. Vielleicht bezahlt's dir der Verein.«

»Oder die Krankenkasse«, ergänzte Nacken.

»Aber ...«

Taube bekam seinen Satz nicht zu Ende, weil Nacken ihn an den Haaren hochhob, aus dem Auto hievte und fallen ließ.

Für Nacken war es kein Problem, Taube zu hassen. Er kannte ihn seit Grundschulzeiten, als er noch nicht Taube genannt wurde, sondern Juha Pulkkinen. Zwei Jahre gingen sie in dieselbe Klasse, dann blieb Nacken mal wieder hängen und schmiss die Lehranstalt ganz. Seine Schulpflicht hatte er abgesessen. Taube machte weiter bis in die Oberstufe, und für einen guten Preis schrieb ihm Eero Luhtala im Abendgymnasium das Abitur, unter falschem Namen. Danach hatte sich Taube auf Eishockey konzentriert.

Er hatte immer alles umsonst gekriegt, aber alles wieder verloren. Sein Vater war Bankdirektor und Stadtrat und die Mutter Ärztin, und auch im Verein kam er lange über die Runden, obwohl er trainierte, wie es ihm passte; zwischendurch legte er immer wieder lange Alk-Strecken hin, auch mit Koks, verbrannte die Kohle seines Vaters, als hätte er Angst, sie könnte auf der Bank schlecht werden. In Nackens Familie waren Männer mit Geld eher selten, und wenn mal einer auftauchte, dann hatten ihn die Bullen innerhalb kürzester Zeit kassiert. Und das Geld ebenso, falls noch etwas davon übrig war.

»Scheiß Loser«, sagte Nacken und trat Taube in den Magen. »Verdammter Schnorrer.«

Nacken hatte sein Leben lang kämpfen müssen. Daheim mit seinem Metzgervater, mit seiner Mutter und seinen Geschwistern, in der Schule mit den Lehrern und dem Rektor. Draußen mit allen möglichen Bossen und Bullen und Bonzen, mit dem Sozialamt und den Tussis vom Arbeitsamt. Um alles musste bis aufs Blut gekämpft werden.

Taube bekam ordentlich auf die Flügel. Aber Nacken schlug und trat nicht ins Gesicht, das hätte unschön ausgesehen. Nein, er machte bloß den Rumpf, die Arme und die Beine ein bisschen weich, passte aber auf, dass keine Knochen brachen. Die waren noch nicht an der Reihe. Er war Profi, er wusste, wie man mit einem Kunden je nach Verfassung umzugehen hatte. Und er wusste, wie man Schlagringe und Stiefel mit Stahlkappen so einsetzte, dass man sich nicht die eigene Haut abschuppte oder die Zehen brach.

»Es kommt jemand«, sagte Nase.

Nacken ließ schnell den Schlagring in der Tasche verschwinden, packte Taube am Arm und half ihm auf die Beine.

»Guck halt, wo du hintrittst. In der Natur liegen überall Steine und Wurzeln rum ...«

»Ich ... weiß ... gar ... nicht ... wie ... mir ... das pa...«, ächzte Taube, als ein Paar mittleren Alters in Trainingsanzügen forsch nordisch vorbeiwalkte.

Nacken hielt Taube am Arm fest und betrachtete ihn. Ein Mann ohne Eier. Kein Wunder, dass er sich auf dem Eis nicht mehr durchsetzen konnte. Schon letzte Saison hatte man ihn nach Järvenpää abgeschoben, in die zweite Liga, und auch dort schaffte er es bloß auf die Bank. Jetzt gingen Gerüchte um, er hätte schon seine Schlittschuhe und alles zum Verkauf auf dem Flohmarkt weggegeben.

Aber den Wagen hatte Taube noch, wahrscheinlich zugelassen auf den Namen von Papa oder Mama.

»Den nehmen wir als Anzahlung mit«, sagte Nase, sobald der Passat des Walkerpaars vom Parkplatz verschwunden war, und schwang sich ans Steuer. »Steig ein, Nacken, wir lassen den Scheißkerl hier. Ein bisschen laufen tut ihm gut.«

»Ich lass doch meinen Van nicht hier stehen«, sagte Nacken. »Sonst klaut ihn mir Taube noch, um ihn mir später wieder zu verkaufen. So genial wie er ist.«

»Ich brauche ja mindestens einen Tag, um zu Fuß von hier in die Stadt zu kommen«, jammerte Taube und hielt sich Bauch und Kopfhaut, rappelte sich dabei aber trotzdem auf.

»Einfach mutig den Daumen raushalten«, munterte ihn Nase auf. »Wer weiß, vielleicht nimmt dich eine reiche Alte mit. Und zahlt dir deine Schulden, wenn du sie genug bezirzt.«

»Im Ernst, Freunde, ich schaff das auf keinen Fall ...«

Von einem Baum tropfte ein abgenagter Tannenzapfen direkt auf Taubes Stirn. Er prallte ab, Taube fing ihn auf und warf ihn zurück.

»Jetzt hacken schon die Eichhörnchen auf mir herum ...«

»Nacken, hast du gesehen? So ein Mistvieh!«, begeisterte sich Nase. »Dem müsste man ne kleine Kutte schneidern, dann könnten wir es als Maskottchen für unsren Club nehmen.«

Nacken war nicht so begeistert. Er hatte allmählich die Nase voll davon, dass ihm alle Leute aus dem Weg gingen, wenn er in Kutte das Haus verließ. Es wirkte sich auch störend aufs gesellschaftliche Leben aus. Man hing immer mit denselben Leuten zusammen, entweder im Hauptquartier der Schwarzen Engel in Kantola oder in der Stadt. Andere Leute drängten sich einem eher weniger auf, sogar die Bullen beobachteten einen lieber aus der Distanz.

Und wollten die Kutten verbieten. Was war an denen eigentlich so schlimm? Ordentliche schwarze Lederwesten, auf dem Rücken in großen Buchstaben BLACK ANGELS und vorne auf der linken Brust das Gleiche in Klein. Außerdem hatten sie nicht mal Motorräder. Sie fuhren mit Vans durch die Gegend, mit diesen großen amerikanischen Dingern. Manche hatten sie getunt, manche nicht. Der Plymouth Grand Voyager vom Boss war schwarz-weiß gespritzt, nach dem Vorbild amerikanischer Sheriff-Autos, und auf der Kühlerhaube und auf den Vordertüren prangte jeweils ein großer Stern. Inzwischen fuhr den Van die Alte vom Boss, weil der

Boss im Februar mitten im Hafturlaub verschwunden war.

»Wir sehn uns«, sagte Nase optimistisch zu Taube und gab Gas.

Taube nickte resigniert. Nacken winkte dem Eichhörnchen zu und stieg in seinen Van. Er hatte bereits die Tür zugeschlagen, da rief er noch durchs offene Fenster:

»Ich kann dich mitnehmen, Taube.«

Taube sprang auf den Beifahrersitz, bevor Nacken den Motor starten konnte.

»In die Stadt, oder?«

»Ja, genau, ich will in die Stadt, yes, dank dir, Mensch ...«

Der Motor des Chrysler sprang an. Nacken ließ die Kupplung kommen und seufzte. Was tat man nicht alles.

5

Ay caramba, dachte Victor, warf einen Blick in den gesprungenen Spiegel im Flur und seufzte. Schon am Gesicht sah man, dass ihn das Leben nicht mit Samthandschuhen angefasst hatte. Und wenn, dann war ein Schlagring darunter verborgen gewesen. Den weißen Augenbrauenflaum und den schmalen Schnurrbart konnte man auf der blassen, pergamentartigen Haut kaum erkennen. Die weißen Haare waren dünn und leblos, die dunklen Augen tief in den noch dunkleren Augenringen versunken. Die ausgeblichenen Jeans und das karierte Hemd hingen ihm am ramponierten Körper wie an einer Fahnenstange.

Der Mensch sollte nicht älter als dreißig werden. Danach ging es nur noch bergab. Zweimal dreißig war bereits einmal zu viel.

Wieder schaute er durch den Türspion. Die Aussicht hatte sich nicht verändert, aber es klingelte erneut. Victor machte auf.

»Polizei, guten Tag«, sagte eine blonde Dreißigjährige auf Schwedisch, schob sich durch die Tür und zog sie hinter sich zu. »Victor Darra?«

»Scheint so. Aber mein Name ist Jarra. Nicht verwandt mit dem Sänger Jara, und trotzdem wäre ich um ein Haar ins Estadio Nacional geraten. Oder in das kleinere Stadion, Estadio Chile, das zuerst benutzt wurde. Jara wurde dorthin gebracht, und etwas später fand man seine Leiche auf der Straße.«

»Das tut mir leid.«

»Mir auch. Was hat Ernesto diesmal angestellt?«

»Ein Stück Kautabak ausgespuckt.«

»Bekommt man dafür schlimm was aufgebrummt?«

»Dafür kann man lebenslänglich kriegen«, sagte die Frau und schob sich an Victor vorbei in die Küche.

Sie roch gut, nach Frühling und nach Blüten. Fast so wie der Frühling in Valparaíso in den Sechziger- oder Anfang der Siebzigerjahre. Und sie sah noch besser aus in ihrer engen Jeans und dem weißen T-Shirt. Ob sie einmal Speerwerferin gewesen war, oder Schwimmerin? Starke Arme und ein kräftiger Oberkörper, muskulöse, aber schlanke Beine. Ein Gesicht wie eine ehemalige Miss, aber feiner.

Victor machte sich an der Espressokanne zu schaffen.

»Ich wusste ja, dass die EU den Kautabak verbieten will, aber das ist doch lächerlich. Lebenslänglich für einen Priem!«

»Es kommt darauf an, wo man ihn ausspuckt.«

Sie setzte ihren Weg ins Wohnzimmer und auf den Balkon fort. Victor betrachtete sie durch die Scheibe und erinnerte sich. Es war das Jahr 69, genau wie kurz zuvor ihre Stellung. Gina war Schwimmerin gewesen und hatte Medizin studiert. Richtige Medizin, nicht bloß Zahnmedizin, wie Victor. Trotzdem hatte sie mit ihm das Frühlingsfest der Studenten verlassen. Dieser Frühling hatte Jahre angedauert. Sie hatten bereits über die Gründung einer Familie gesprochen, als der Frühling dann plötzlich in den Winter überging. In ewigen Winter.

Victor stellte den Kocher auf die Herdplatte und folgte der Frau auf den Balkon. Der Himmel war dunkelgrau, es regnete noch nicht richtig, es schien aber auch keine Sonne. Fast glaubte er, die Schaumkronen des Pazifik und die bunten Hänge von Valparaíso zu sehen, das Rumpeln der Aufzüge und das Bellen der umherstreunenden Hunde zu hören, fast glaubte er, den Geruch von Tang und toten Fischen einzuatmen. Fast wäre er enttäuscht gewesen.

Vom fünften Stock aus hätte man weit sehen können, bis auf die Innenstadt von Södertälje, stünden ringsum nicht dicht an dicht weitere achtstöckige Häuser, die so aussahen wie dieses. Jetzt sah man nur alle möglichen Nachbarn, die zurückstarrten. Neidisch, als sie Victors Besuch erblickten. Er trat ans Geländer, neben die Frau, und sah ihr in die eisblauen Augen.

»Wohin hat Ernesto ihn denn gespuckt?«

»Auf die Erde.«

»Klingt schrecklich.«

»Außerdem hat er den Klumpen von der Erde aufgehoben und in die Tasche gesteckt.«

»So ein ordentlicher Junge«, wunderte sich Victor. »Kommt nicht nach mir und nicht nach seiner Mutter. Auch nicht nach seiner Tante, wenn ich's mir recht überlege.«

»Die Hose mit der Tasche wurde auf einem Waldweg gefunden, in einem Auto, das gestohlen und danach angesteckt worden war. Der feuchte Tabakklumpen ist allerdings nicht verbrannt. Man konnte ihm leicht eine DNA-Probe entnehmen.«

»Und natürlich habt ihr Ernestos DNA im Register, weil der Junge gesessen hat ...«

»Wegen bewaffneten Raubüberfalls und Körperverletzung. Ganz recht. Und das ist noch nicht alles.«

»Was denn noch?«

»Dieselbe DNA wurde an einem Kautabakpriemrest im Gras neben der E4 gefunden, an der Auffahrt Hallunda. Genau an der Stelle, wo gestern Morgen ein Werttransporter überfallen und einer von uns erschossen wurde.«

»Kam dabei nicht auch ein Gangster ums Leben?«

»Wer will die alle zählen«, schnaubte die Frau. »Gehen wir hinein, hier stinkt's.«

»Das ist die Chemiefabrik«, sagte Victor. »Irgendwann merkt man es nicht mehr. Man gewöhnt sich an alles ...«

»Ich habe gehört, dass auch am Galgen der erste Tag der schlimmste sein soll.«

Sie gingen hinein. Victor schloss die Balkontür, aber trotzdem schnupperte die Frau argwöhnisch im Zimmer herum.

»Eine Junggesellenbude«, erklärte Victor. »Der Kaffee ist fertig.«

Er goss Espresso in zwei fast saubere Tassen. Es waren zwei unterschiedliche Tassen, aber es tranken ja auch zwei unterschiedliche Personen daraus. Die Frau war nicht Gina, obwohl auch Gina, die väterlicherseits italienischer Abstammung war, blonde Haare und blaue Augen hatte. Victor wusste nicht einmal, ob Gina noch lebte. Vermutlich nicht. Ihr hatte es nicht genügt, Patienten zu heilen. Sie hatte die ganze Welt heilen wollen, und an ihrer Seite schien das im Chile der damaligen Zeit fast möglich gewesen zu sein. Sie hatte Victor dazu bewegen können, an Friedensmärschen und Konzerten des *Nueva Canción* teilzunehmen, an Veranstaltungen, wo über die Rechte der armen Campesinos und über die Landreform und die Macht des internationalen Kapitals und auch noch über Onkel Sam gesprochen wurde.

Kein Wunder, dass man Victor dann abgeholt und zur Marinestation gebracht hatte. Gina war bereits am Tag zuvor verschwunden, aber Victor hatte nicht begriffen, wohin und warum. Erst als es zu spät gewesen war.

Einen Löffel fand er nur für die Besucherin. Sie setzten sich mit dem größtmöglichen Abstand auf das durchgesessene Sofa mit dem dunkel gewordenen Bezug. Der Kaffee war kochend heiß, weshalb Victor seine Tasse zum Abkühlen auf den Tisch stellte. Die Frau folgte seinem Beispiel und strich sich über die Stupsnase. Unwillkürlich fiel einem eine bestimmte finnische Speerwerferin ein, wie hieß sie noch schnell? War die nicht auch mittlerweile bei der Polizei?

»Wissen Sie, wo man Ernesto erreichen kann?«

»Er meldet sich nicht besonders oft. Er ruft vielleicht einmal im Jahr an oder kommt vorbei, aber auch das nicht immer.«

»Haben Sie seine Nummer?«

»Er wechselt sie ständig, man kann ihn nicht erreichen. Man kann nur warten und hoffen.«

»Tja«, sagte die Frau, stand auf und nahm eine Visitenkarte aus ihrer Handtasche. »Falls Ernesto Kontakt mit Ihnen aufnimmt, bitten Sie ihn doch, diese Nummer anzurufen. Ich kann ihm helfen, wenn er sich stellen will, ohne dass ihn gleich einer von uns aus Versehen erschießt.«

Victor nickte ernst. Bevor er ins Exil ging, hatte er im Chile der Pinochet-Zeit alle Arten von Polizisten zu Gesicht bekommen, hauptsächlich böse. Die gab es sicherlich auch in Schweden. Wahrscheinlich überall.

»Ich werde versuchen, mit dem Jungen zu reden. Ich kann aber nichts versprechen.«

»Ich weiß. Aber man sollte alles versuchen.«

»Außer Galgen und Tango«, sagte Victor. »Trinken Sie Ihren Kaffee nicht?«

»Ein andermal, vielen Dank.«

Als sie weg war und auch ihr Nachbild von der Netzhaut verschwunden war, richtete Victor den Blick auf die Visitenkarte.

Laura Jansson, Kriminalhauptmeister, Stockholm. Und darunter eine Handynummer mit Ländervorwahl und allem. Victor hatte den Verdacht, dass Laura Jansson noch viele Nächte lang in seinen Träumen auftauchen würde. Und erst recht am Tag.

Nicht ganz Gina, aber eine angenehme Abwechslung zu den ewigen Albträumen von Valparaíso und Santiago. Vorausgesetzt, Laura Jansson nahm in den Albträumen nicht den Platz von Gina ein.

MITTWOCH

6 Sobald sie den Supermarkt verlassen hatten, blieb Erja stehen und setzte Osmi die Helmmütze auf. Als sie der Kleinen die Fäustlinge anzog, tauchte neben ihr ein Mann auf, der etwas steif ging.

»Hallo.«

»Hallo«, sagte Erja und blickte auf.

»Gugel, gugel«, sagte Osmi im Kinderwagen.

»Wie geht's euch?«, fragte der dunkelhaarige Mann. Er sah gut aus und war groß, nicht ganz so groß wie Jore, aber immerhin. Und er kam Erja irgendwie bekannt vor.

Herrgott, dass war Erno! Beziehungsweise Ernesto, aber seinerzeit wurde er Erno genannt. Die dunklen Augen funkelten wie früher, fast schüchtern. Das Gesicht hatte ein paar Furchen und einen dünnen Oberlippenbart, war aber ansonsten das alte. Über diese dicken, gewellten Haare hatte Erja einst gestrichen, diese Lippen hatte sie geküsst ...

»Was machst du denn hier?«, fragte sie schnell, bevor sie mit den Gedanken schon wieder woanders war.

»Ich wollte dich besuchen.«

»Du hast eine ziemlich lange Pause eingelegt.«

Erno zuckte mit den Schultern.

»Zehn Jahre.«

»Wo bist du gewesen?«

»In Schweden.«

»Was hast du dort gemacht?«

Erno wies mit der Hand auf den Kinderwagen und die gelbgrünen Plastiktüten in dessen Korb.

»Gehst du mit dem Kind und den Einkäufen irgendwohin?«

»Ach ja, ich hab ganz vergessen, euch bekannt zu machen«, sagte Erja. »Osmi, das ist Erno. Ein alter Bekannter von Mama. Erno, das ist Osmi. Meine Tochter.«

»Freut mich«, sagte Erno und zwinkerte Osmi zu.

Osmi lallte etwas.

Erja setzte den Kinderwagen in Bewegung. Vor dem Supermarkteingang gab es zu viele Ohren. Erno ging neben ihr her wie ein gut dressierter Hund. Oder wie ein Ehemann. Vor zehn Jahren hätte gar nicht viel dazu gefehlt.

Jetzt trug er eine Teufels-Lederjacke und ging wie ein Motocross-Star, der vom Sattel gefallen war. Auch mit so einem war Erja ein paar Mal ausgegangen, bevor sie Ozzy kennenlernte.

Das Einkaufszentrum im Stadtteil Hätilä räkelte sich vor dem Mittagspausenandrang noch in der Morgensonne. Gut zehn Geschäfte und zwei Banken, Pub, Pizzeria und Café, alle praktisch rund um einen Platz gelegen, nur einen Kilometer vom Stadtzentrum entfernt. Um diese Zeit waren hauptsächlich Rentner, Arbeitslose und Hausfrauen unterwegs.

»Du hättest wenigstens mal eine Karte schicken können«, sagte Erja, als sie den Parkplatz passiert und den Gehweg erreicht hatten. »Wir waren immerhin zusammen.«

»Na ja«, sagte Erno, den Blick auf den Asphalt gerichtet. »Ich musste plötzlich schnell weg, und dann dachte ich, du machst dir nichts mehr aus mir.«

»Ich hab ein halbes Jahr gewartet, bevor ich dann mit Ozzy gegangen bin.«

Darauf sagte Erno nichts. An der Ampel überquerten sie die Straße und gingen die steile Ruutikellarintie hinauf. Erja fiel ein, dass sie sich die Wimpern nicht getuscht hatte. Bisschen peinlich. Sie trug Turnschuhe und Jeans, die sie sich in der Schwangerschaft gekauft hatte und die jetzt zu weit waren. Die Milch sickerte bereits durch die Kompressen und machte BH und Bluse nass. Zum Glück hatte Osmi wenigstens saubere Sachen an, und der Kinderwagen war auch nicht der allerschlechteste.

»Hast du aktuell jemand?«, fragte Erno plötzlich.

»Wie jemand?«

»Anstelle von Ozzy. Ich hab gehört, er ist verschwunden.«

Erja richtete den Blick langsam auf Erno.

»Bewirbst du dich auf Ozzys Stelle, oder was?«

»Wenn du noch keinen hast, dann ...«

»Du Scheißkerl«, sagte Erja und blieb am Ende des Anstiegs stehen. Sie ließ zwei Heavy-Metal-Jungs auf dem Fahrrad vorbei, bevor sie weiterredete. »Du warst zehn Jahre lang irgendwo in Schweden und glaubst, du kannst einfach so zurückkommen, ja?«

»Ich könnte ja zuerst um Entschuldigung bitten. Wäre das was?«

Erja wartete ab. Erno bat um Entschuldigung, er appellierte mit der ganzen Kraft seines Blickes an sie. Dann fragte er:

»Und, wie ist es?«

»Sorry, aber ich hab schon einen anderen.«

»Wen?«

»Jore.«

»Welchen Jore?«

»Jore Hurme. Du kennst ihn nicht, er ist erst aufgetaucht, als du schon weg warst.«

»So ein Mist. Jetzt hab ich mich umsonst entschuldigt.«

»Das war ja wohl das Wenigste.«

Wieder zuckte Erno mit den Schultern. Eine ätzende Angewohnheit. Jetzt fiel Erja auch wieder ein, dass sie das schon vor zehn Jahren genervt hatte. Nie hatte man auf eine Frage eine anständige Antwort bekommen, immer bloß Ausflüchte und Schulterzucken.

Ein cleverer Kerl, aber faul. War in der Schule richtig gut über die Runden gekommen, obwohl er nicht viel gelernt hatte. Eine Zwei im Durchschnitt, und im Abi fünf Mal Laudatur. Wahrscheinlich hätte er auch ein sechstes gekriegt, aber fürs Zusatzfach hätte er lernen müssen, weshalb er es lieber ausließ. Auch das hatte Erja genervt, die sich für jede Drei minus schwer hatte ins Zeug legen müssen.

Jore übernahm wenigstens Verantwortung. Er hatte auch die Führung bei den Schwarzen Engeln übernommen, nachdem Ozzy während des Hafturlaubs untergetaucht war. Sie hatten Osmis Taufe bloß angesetzt, damit Ozzy Urlaub bekam, und dann verschwand der Kerl einfach.

In der Straße standen hauptsächlich alte Holzhäuser, dazwischen ein paar Reihenhäuser aus Backstein. Weit vorne schimmerten ein bewaldeter Höhenzug und darauf ein grauer Aussichtsturm.

»Wollen wir ein bisschen nach Aulanko in den Wald gehen?«, fragte Erno. Ganz beiläufig.

Erja schlug ihm die Handtasche gegen den Kopf. Es war nichts Schweres darin, und sie hatte auch nicht weit ausgeholt, damit das Handy nicht kaputt ging. Trotzdem stöhnte Erno erstaunt auf und hielt sich mit schmerzverzerrtem Gesicht die Schläfe. Sein Schmerz war allerdings eher seelischer Natur.

»Was soll das denn?«

»Ich hab das Gefühl, du kapierst nicht, was man dir sagt«, antwortete Erja und setzte den Kinderwagen wieder energisch in Bewegung. Ernos Zehen gerieten unter die Räder, es ruckelte ein bißchen, und Osmi jauchzte auf.

»Jetzt bleib mal geschmeidig, Erja. *Take it easy*, oder *ta det lungt*, wie man in Schweden sagt«, rief Erno dem Gespann hinterher.

Ohne sich umzudrehen sagte Erja so deutlich, dass Erno es unter Garantie hören konnte:

»Geh du nur zurück nach Schweden. Und vor allem: bleib dort!«

Erno erwiderte nichts.

Zu Hause legte Erja sofort Bon Jovi auf, dann zog sie Osmi die warmen Sachen aus. Gemeinsam sangen sie *You Give Love A Bad Name*, Osmi mit eigener Textversion. Dabei fragte sich Erja, wie sie sich nur zwei so schlechte Männer hintereinander hatte aussuchen können. Steckte in ihr so etwas wie ein Hammelmagnet?

Zum Glück hatte der Magnet jetzt seine Wirkungskraft verloren. Jore war ein wunderbarer Mann. Intelligent und zuverlässig.

7 Hurme bückte sich unmerklich, als er das Café am unteren Rand des Marktplatzes betrat. Nur zwei Zentimeter kleiner als zwei Meter, war er es gewohnt, bei Türrahmen den Kopf einzuziehen – aber nur dort.

Das Café Laurell war bereits halb voll, so früh am Vormittag hauptsächlich mit Schülern und Studenten. Auch der ein oder andere Rentner war darunter, da es auf dem Marktplatz regnete. Die Stammkunden setzten sich nie an den Fenstertisch links von der Tür, auch dann nicht, wenn Hurme dort noch nicht saß. Dieser Tisch war für andere tabu. Aber jetzt saß ein Kerl mit dunklen Locken an dem Tisch und wirkte noch nicht einmal nervös. Saß einfach mit dem Rücken zur Tür da und schlürfte seinen Kaffee. Auf dem Rücken seiner schwarzen Lederjacke stand in weißen Buchstaben »*Perkele*«, das finnische Wort für Teufel, und darunter war ein rot-grüner Kopf mit Hörnern abgebildet. Es sah mehr wie eine Karikatur aus, aber vielleicht war das Absicht.

Hurme holte sich am Tresen einen Kaffee und ging an seinen Tisch. Er setzte sich mit dem Rücken zur Wand. Der Eindringling war ein paar Jahre jünger, höchstens mal dreißig, und insgesamt dunkler als ein durchschnittlicher Finne. Zigeuner oder Südländer. Allerdings trug er keine Zigeunerklamotten, sondern ganz normale Jeans und Schuhe und unter der Lederjacke ein schwarzes T-Shirt.

»Angeblich kenne ich dich nicht, weil du erst so spät dazugestoßen bist.«

»Warst du schon bei uns daheim?«

»Nein, ich hab Erja vorm S-Market getroffen. Und Osmi.«

»Dann kennst du ja die Lage.«

Erno grinste.

»Und – wie ist es so als Boss?«

»Wahnsinnsverantwortung«, sagte Hurme und ließ die Schultern sinken. »Geht an die Substanz.«

»Du hast also auch mit dem Ringen aufgehört.«

»Kamen zu viele andere Sachen dazwischen. Knast und neue Jobs. Wie läuft's in Schweden?«

»Schweden ist halt Schweden, nichts dran zu ändern. Braucht man auch nicht. Größere Projekte, hilflosere Bullen. Knäste wie Hotels. Die Meister entschuldigen sich, wenn sie die Tür abschließen.«

»Hinter Schloss und Riegel sitzt man trotzdem. Was treibt dich hierher?«

»Persönliche Gründe«, sagte Erno in seine Kaffeetasse, blickte dann wieder auf und bemerkte Hurmes linken kleinen Finger. Ihm fehlte ein Stück. »Was ist mit deinem Finger passiert?«

»In der Autotür eingeklemmt.«

»Autotüren können manchmal ganz schön gemein sein«, sagte Erno und richtete den Blick dann langsam auf Hurmes Augen. »Hör zu ... Ich hätte einen Vorschlag.«

»Willst du in den Club?«, riet Hurme.

»Zu den Schwarzen Engeln, oder was?«

»Ja. Ich trage die Kutte nicht ständig. Erregt zu viel Aufsehen.«

»Und so ein schmächtiges Kerlchen wie du fällt sonst ja auch nicht auf«, grinste Erno.

Hurme reagierte nicht darauf, sondern fuhr fort:

»Für einen, auf den man sich verlassen kann, haben wir immer Verwendung.«

»Stoff und Inkasso, oder was?«

»Wir geben auch Kredite, zum richtigen Preis. Am besten wir fahren direkt nach Kantola zum Clubraum und suchen dir ne passende Kutte raus.«

Erno zuckte mit den Schultern und nahm einen Schluck Kaffee.

»Wir haben in Schweden auch einen Club: ›*Perkele*‹. Zuerst waren nur Finnen drin, aber inzwischen ist von allem was dabei. Das gleiche Business wie bei euch, aber noch ein bisschen mehr. Du weißt schon. Werttransporte und so.«

»Mit so was fang ich gar nicht erst an. Wir haben unsere Geschäfte, die laufen gut, da soll man nichts riskieren.«

»Und wo bleibt die Spannung? Genauso gut könnte man sich erschießen oder arbeiten gehen. Nur wenn man ein paar Dinger dreht, spürt man, dass man lebt. Und man hat einen besseren Stundenlohn.«

»Bei solchen Dingern ist das Risiko zu hoch. Ich steck in so was nicht mehr die Nase rein, und meine Jungs auch nicht. Hoffentlich gilt das auch für dich. Bloß nicht in einem Wespennest herumstochern. Die Bullen brummen ewig und aggressiv um dich herum und stechen zu, sobald sie eine Chance bekommen. Und du musst den Ball flach halten. Dann sinkt der Profit, und das gefällt den Aktionären nicht. Ich bin ja praktisch so was wie der Chief Executive Officer.«

»Der Exekutionsoffizier? Gibt's in Finnland inzwischen eine Junta?«

»Der Geschäftsführer, du Hammel. Die Jungs können mich rausschmeißen, wenn ich meinen Job nicht anständig mache. Oder Ozzy, falls er noch mal zurückkommt. Ich kann es mir nicht leisten, Mist zu bauen.«

»Weißt du, wo sich Ozzy in Luft aufgelöst hat?«

»Mir hat er nichts gesagt. Ich war nur sein Laufbursche und die Pflegetante von Izzy. Jetzt muss ich mir das ganze Business selbst beibringen.«

Erno nickte und wechselte das Thema:

»Probier mal die Apfeltaschen, die sind hier verdammt gut. Wie früher bei Viljanen.«

Er holte sich selbst ein zweites goldgelbes Gebäckstück und brachte auf einem separaten Teller noch eines für Hurme mit.

»Geht auf mich.«

»Danke«, sagte Hurme und warf sich das Teilchen in den Rachen. Am Stück. »Ver-dammt gut.«

Erno aß seines etwas langsamer, auf die schwedische Art wahrscheinlich. Aber immerhin ohne Kuchengabel. Hurme spülte sich den trockenen Mund mit Kaffee aus und musterte seinen alten Kumpel. Der schmale Oberlippenbart ließ ihn wie eine vierschrötige Version von Johnny Depp aussehen, die Nase war jedoch das finnische Kartoffelmodell. Die hatte Erno wahrscheinlich von seiner Mutter geerbt.

»Ich bräuchte ein bisschen Startkapital«, sagte Erno.

»An was für eine Summe hast du gedacht?«

»So zehn Riesen. Also in Euro.«

»Was ist das schon?«, meinte Hurme. »Du erledigst für mich ein paar Jobs, dann hast du es verdient.«

»Was für Jobs?«

»Inkasso oder so. Ich sag's dir, sobald ich es weiß.«

»Ich bräuchte die Kohle jetzt.«

»Solche Summen trage ich nicht am Mann. Aber komm heute Nachmittag nach Kantola, ich fahr vorher am Depot vorbei.«

»Wo ist der Club genau?«

Hurme erklärte es ihm. Auf Erno konnte man sich

verlassen, er war ein alter Kumpel. Für so einen gab es auch als freier Mitarbeiter Verwendung.

»Und zwanzig Prozent Zinsen, wenn es klappt«, ergänzte Hurme.

Erno tat schockiert.

»Zwanzig?«

»Zwanzig. Du kannst natürlich auch zur Bank an der Ecke gehen, aber bei deinen Sicherheiten …«

Erno sah Hurme in die Augen. Er nickte.

»Okay, zwanzig.«

Hurme schaute aus dem Fenster und nickte Allu Nygren zu, der gerade draußen vorbeiging. Der blonde Zigeuner im Jeansanzug grüßte zurück. Sie hatten kein Hühnchen mehr miteinander zu rupfen. Das Huhn war gegessen, alles geklärt.

»War das Allu?«, fragte Erno.

»Genau der. Immer noch derselbe harmlose Säufer und Langfinger. Aber falls du jemanden suchst, dann frag Allu.«

»Kann man sich auf ihn verlassen?«

»Solange du ihm nicht den Rücken zukehrst.«

»Also so wie auf jeden anderen auch«, sagte Erno und trank seinen Kaffee aus. »Wir sehn uns.«

»Bis heute Nachmittag dann.«

Erno nickte und ging schnurstracks Allu hinterher. Hurme hatte selbst schon mit dem Gedanken gespielt, Allu anzuheuern, war aber zu dem Ergebnis gekommen, dass er nicht zum Schwarzen Engel taugte. Er gehörte eher zu der Sorte Hasenfuß.

Die nächste Kundschaft wartete bereits draußen im Regen und spähte kurz darauf herein: eine zwanzigjährige Braut, die aussah, als käme sie vom Land. Schien Studentin zu sein. Wollte vermutlich etwas, das Hurme ihr nicht geben würde. Als Boss ging man besser keine unnötigen Risiken ein. Aber er würde ihr sagen können, an wen sie sich wenden soll, an seine Mitarbeiter.

Wenn man jetzt noch einen ordentlichen persönlichen Strohmann finden würde. Aber es war fast unmöglich, brauchbares Personal aufzutreiben. Den Schlauen konnte man nicht vertrauen, und die Dummen schadeten mehr als sie nützten. In anderen Branchen war das wahrscheinlich nicht anders.

Kaum war die Tussi reingekommen, war ihr Mumm dahin. Sie wich Hurmes Blick aus und stürmte aufs Klo. Hurme beschloss, beim Warten noch einen Kaffee zu trinken. Mal einen Espresso, zur Abwechslung.

8

Allu betrachtete in der Fußgängerzone die Auslage eines Juweliers, als ihm jemand die Hand auf die Schulter legte. Er zuckte zusammen und wollte schon davonlaufen, aber ein fester Griff hielt ihn fest. Er drehte den Kopf und sah einen Mann, den er vor zehn Jahren gekannt hatte. Braune Augen wie Rosinen. Dunkles, welliges Haar, Kartoffelnase und dicke Lippen, die vom dünnen Oberlippenbart noch betont wurden.

»*Peace, man, peace*«, sagte Erno und hob die großen Hände, die Innenflächen Allu zugekehrt. »Und *respect* und so weiter.«

»Erno, Mensch«, sagte Allu, entspannte sich und wandte sich ganz dem alten Bekannten zu. Als er sah, was auf Ernos Lederjacke stand, erschrak er, sagte aber trotzdem, was er dachte. »Du hast zugenommen.«

»Das sind alles Muskeln, pass bloß auf. Trinkst du noch Bier?«

»Wenn mir einer eins ausgibt.«

Der Regen tröpfelte so spärlich, dass kaum ein Passant Lust hatte, seinen Regenschirm aufzuspannen. Allu und Erno hatten erst gar keinen dabei, aber auch sie fanden, dass die Stühle im Freien gern weiterhin in aller Ruhe an den Tischen lehnen durften. Sie gingen ins gegenüberliegende *Tawastia Bank*. Allu nahm einen Tisch in der Ecke des halbdunklen Raums in Beschlag, Erno holte die Biere vom Tresen. Es waren schon ziemlich viele Leute zum Mittagessen da, und es wurden immer mehr.

»Warst du in Sachen Verlobung unterwegs?«, fragte Erno, als Allu den ersten Schluck von seinem Glas *Lapin kulta* nahm.

»Vor dem Schaufenster drüben?«
»Nein, auf dem Markt natürlich.«
»Na ja, was heißt Verlobung ... Obwohl, ich bin schon dabei, solider zu werden. Fast mache ich mir Sorgen.«
»Wie alt bist du jetzt? Achtunddreißig?«
»Sechsunddreißig«, korrigierte Allu und wischte sich den nicht vorhandenen Schaum aus dem Mundwinkel. »Aber ich gehör trotzdem zu den Senioren.«
»Hättest du Lust, noch ein großes Ding zu machen? So richtig was für die Rente, die Mutter aller Raubüberfälle? So fett, dass es schon Kunst ist?«
»Deine Kunst kenne ich ...«, murmelte Allu und sah Erno scharf an. »Du scheinst außer Bier noch was anderes genommen zu haben.«
»Nur Kautabak und Kaffee.«
Allu schüttelte den Kopf, schwankte aber noch. Einerseits und andererseits. Das Angebot klang verlockend, aber die Scheu vor der Gefahr war da. Erno war ein guter Kumpel, den würde er nicht betrügen. Von dem würde er nicht einmal Leila etwas sagen.
»Überleg es dir in Ruhe, bevor du etwas sagst«, fuhr Erno fort. »Du weißt, dass du dich auf mich verlassen kannst.«
Allu nickte. Erno war ihm einmal vor der Imbissbude am Markt zu Hilfe gekommen, als ihn zwei Skins aus Lahti blöd angeredet hatten, von wegen Rassenreinheit. Erno hatte den einen unter den rechten und den anderen unter den linken Arm genommen, ein bisschen zugedrückt und dann die Schädel gegeneinanderprallen lassen. Anschließend hatten es die Jungs unheimlich eilig gehabt, nach Hause zu kommen.
»Ich bin eher der Typ Einzelsportler«, sagte Allu.

»Du redest aber eindeutig über eine Mannschaftssportart.«

»Besonders viele Leute braucht man dafür nicht. Zehn, auf die man sich verlassen kann, vier Hauptrollen und der Rest kleine Nebenrollen. Es kann auch eine Braut dabei sein, aber lieber Kerle. Die bringt man leichter zum Schweigen, weil man ihnen besser Angst einjagen kann.«

»Ich weiß nicht ...«

»Es muss auch nicht sein«, sagte Erno. »Trinken wir unser Bier und reden wir über was anderes.«

»Ist mir recht.«

Der gibt aber schnell auf, dachte Allu. Fast enttäuscht.

Erno blieb beim Thema:

»Kennst du jemanden, der mir eine Wumme verkauft? Stinker ist anscheinend nicht mehr in der Branche.«

»Nein, Stinker Nieminen ist in keiner Branche mehr aktiv. Der stinkt heutzutage auf dem Friedhof vor sich hin. Auch wenn es nicht durch die Erde bis nach oben dringt.«

»Was hat dem üblen Geruch denn den Garaus gemacht?«

»Ein noch üblerer. Einer seiner Kunden. Wollte die Handgranate unbedingt sofort ausprobieren und zog den Stift raus, während Stinker das Geld zählte. Weil sie neben Stinkers Auto standen, gingen außer Stinker und dem Kunden auch Stinkers Benz samt Warenmuster drauf. Und die Kohle konntest du anschließend auch zusammenkehren.«

»Und wer besorgt einem hier jetzt eine Knarre?«

»Leksa Miettinen. Ich kann dich empfehlen.«

»Und ein bisschen größere Knallkörper? Dynamit und so?«

»Ich kenne da einen, aber der ist sozusagen in Rente.«

»Ein Jenseits-Senior, oder wie?«

»Noch nicht ganz uralt. Ich kann ja mal anfragen, ob er Interesse hat.«

»Pass aber auf, was du sagst.«

»Das weiß ja nicht mal ich, was ich sage.«

Erno musterte Allu langsam und ließ dabei das Bier in seinem Glas kreisen.

»Bist du sicher, dass du nicht mitmachen willst?«

»Nein«, sagte Allu und nahm einen großen Schluck. »Also ... es wär schon nicht schlecht, in Rente zu gehen. Das heißt, eigentlich bin ich es ja schon, Arbeitsunfähigkeit, verstehst du, aber wer kann von so einer Rente schon leben?«

»Bevor ich mehr erzähle, muss ich sicher sein, dass du mitmachst. Damit ich dich nicht umlegen muss.«

Allu wurde plötzlich kalt. Er suchte Rat bei seinem Glas, dann sah er wieder Erno an.

»Okay, ich bin dabei.«

»Dann lass uns ein bisschen spazieren fahren.«

Sie leerten die Gläser und gingen. Auf dem Parkplatz neben dem Markt wartete ein türkis-weißer Wartburg, ein rundlicher, ostdeutscher Räucherkasten aus den Sechzigerjahren. Angeblich hatte Erno ihn von seiner Tante geliehen.

»Ich muss mir einen Wagen besorgen, der weniger Aufsehen erregt«, meinte Erno.

»Das wär sicher nicht schlecht«, bestätigte Allu.

»Und einen, der zuverlässiger ist. Den hier hab ich schon einmal anschieben müssen.«

Jetzt sprang der Wartburg allerdings beim ersten Versuch an. Er qualmte und knatterte dermaßen, dass alle glotzten. Erno cruiste in den Verkehrsfluss hinein, fuhr über Hallituskatu und Kasarmikatu auf die Paasikiventie und dann links in Richtung Keinusaari. Die Blinker klapperten mit den Scheibenwischern um die Wette, wobei die Wischblätter schlenkerten, was das Zeug hielt, und es trotzdem nur mit Ach und Krach schafften, die Sicht im Nieselregen freizuhalten.

Als sie auf die Silberschmiedebrücke kamen, tauchten hinter dem Regenschleier die neuen Wohnblocks am Seeufer auf.

»Das Ufer da haben sie auch zugebaut«, sagte Erno und schüttelte den Kopf.

»Noch nicht ganz«, korrigierte Allu. »Es kommt aber noch was dazu. Da drüben, an der Vanajantie. Der Recyclinghof und so weiter muss dann weg.«

An der Ampel bog Erno rechts in die Vanajantie ab. Die gepflasterte Straße führte zwischen heruntergekommenen Werkstätten und Gewerbehallen hindurch. Der Wartburg hüpfte von einem Schlagloch zum nächsten. Allu hatte eigentlich keine Angst, er wunderte sich bloß.

»Wo fahren wir hin?«

»Das wirst du gleich sehen.«

Erno bog wieder rechts ab, in eine asphaltierte Straße, passierte erneut ein paar Werkstätten und überquerte die schmale Stelle, die den Vanaja-See von dem kleinen Luukkanlahti-Gewässer trennte. Hinter dem Teich sah man das Haus der Zeitung *Hämeen Sanomat*, auf dessen Dach die Zeit- und Temperaturanzeige mit eckigen Ziffern zwischen den Bäumen hindurch leuchtete: +14.

»Hast du vor, den Baumarkt da vorne zu überfallen?«

»Nein«, sagte Erno. Hinter dem Baumarkt fuhr er links und fügte hinzu: »Auch nicht die Schrebergärten oder das Logistikzentrum der Post. Und auch nicht die Verpackungsfabrik.«

»Dann vielleicht das da?«

Erno nickte und hielt unmittelbar nach dem Logistikzentrum an, gegenüber der Verpackungsfabrik Polarpak. Dort war ein Stück Wald, hinter dem der See schimmerte. Als Erno den Motor abstellte, schmerzte die Stille in den Ohren. Die Regentropfen fielen wie kleine Bomben aufs Dach.

Rechts an den Wald schloss sich ein eingezäuntes Gelände an, auf dem weiß das Gebäude der ehemaligen Betonfabrik aufragte. Davor standen die weißen Fahrzeuge einer Sicherheitsfirma und Zivilfahrzeuge in allen möglichen Farben. Die ferngesteuerte gelbe Schranke an der Einfahrt wurde von einer Kamera überwacht. Auf dem Zaun, der ums Gelände lief, lag doppellagiger Stacheldraht.

»Von dort aus wird Geld zu Bankautomaten und Geschäften in ganz Südfinnland geliefert. Im Bestfall liegen da zehn Millionen Euro auf einmal.«

Allu fing an, das schmutzige Seitenfenster herunterzukurbeln, um besser zu sehen. Nach der ersten Umdrehung fiel die Scheibe scheppernd ins Innere der Tür, ein Wunder, dass sie nicht zu Bruch ging.

»Woher weißt du das?«, fragte Allu und versuchte das Fenster wieder hochzukurbeln. Die Kurbel drehte sich im Leerlauf.

»Meine Kusine arbeitet dort«, sagte Erno und schaute durch die Windschutzscheibe auf das Depot.

Allu versuchte in die andere Richtung zu kurbeln und hatte plötzlich die lose Kurbel in der Hand.

»Janita, oder wie?«, fragte er, steckte die Kurbel in die Türablage und wandte sich Erno zu, als wäre nichts passiert.

Erno fuhr zusammen.

»Du erinnerst dich an sie?«

»Flüchtig«, bagatellisierte Allu. Aber er spürte, wie er plötzlich lächelte, Erno konnte den Rest leicht erahnen.

Allu und Janita hatten es vor Jahren mal mit dem Zusammenleben versucht, aber es war an dem gescheitert, woran es im Alter von zwanzig normalerweise scheitert: an der ganzen Unsicherheit, daran, dass es zu viele Möglichkeiten gab und man sich nicht traute, sich auf etwas festzulegen, weil man Angst hatte, man könnte eine noch bessere Chance verpassen. Die aber in der Regel doch nicht kommt.

Wobei Allus Problem wahrscheinlich schon damals eher darin bestanden hatte, dass er zu gierig seine Chancen ergriff. Außerdem hatte er inzwischen Leila und das künftige gemeinsame Kind, er brauchte Janita also nicht mehr nachzutrauern. Er hatte auch gar nicht mehr an sie gedacht, bis Erno sie erwähnte.

Wie sie inzwischen wohl aussah? Wo hatte sich die Braut eigentlich in den letzten zehn Jahren versteckt?

»Sie war zwischendurch in Turku«, erzählte Erno ungefragt. »Hat was studiert und auch gearbeitet. Vor ein paar Jahren ist sie zurückgekehrt.«

»Hat sie jemanden?«

»Weiß ich nicht, ich bin nicht auf die Idee gekommen, sie danach zu fragen, als wir uns gestern getroffen haben. Immerhin ist sie meine Kusine. Ich dachte, du wolltest solide werden?«

»Ich frag ja bloß«, gab Allu zurück.

Erno sah in den Rückspiegel.

»Es hat keinen Sinn, der Vergangenheit nachzuweinen. Und über die Zukunft weiß man nichts. Man muss sich auf die Gegenwart konzentrieren.«

»Du bist ja richtig weise geworden.«

»Ich hab Zen gelesen.«

»Die Anleitung, wie man ein Motorrad repariert? Das hab ich irgendwo mal gesehen ...«

»Das solltest du dir mal in der Bücherei ausleihen«, sagte Erno nachdenklich und ließ die Kupplung kommen.

9 Auf dem Parkplatz des ICA-Supermarkts in Södertälje-Moraberg regnete es. Nicht stark, aber doch so, dass Victor fürchten musste, dass er durchnässt war, bis er die Sachen in den Kofferraum seines Samara umgeladen und den Einkaufswagen zurückgebracht hatte. Vielleicht könnte er den Wagen einfach stehen lassen. Die Wachmänner sollten ruhig etwas tun für ihr Geld.

Madre de dios! Er hatte das Chili vergessen. Ohne Chili kein *Chili con carne*. Oder doch, *mero carne*, aber wer mochte schon bloßes Hackfleisch essen, mit oder ohne Bohnen?

Es blieb ihm nichts anderes übrig, als noch einmal in den Supermarkt zu gehen. Sobald er die Tüten im Auto hatte.

Während er noch beschäftigt war, hörte Victor ein Auto von hinten näher kommen. Ein Diesel, großer Motor, mindestens ein Lieferwagen. Als das Fahrzeug anhielt und eine Schiebetür energisch geöffnet wurde, drehte sich Victor langsam um. Im selben Moment spürte er einen heftigen Schlag gegen den Hinterkopf. Er sah Sterne, dann riss für einen Moment der Film.

Als die Vorführung weiterging, stellte Victor fest, dass er sich in einem fahrenden Auto befand. Am Geräusch und am Geruch erkannte er, dass es das Dieselfahrzeug von eben war. Er lag auf einem Gummibelag auf dem Bauch. Es war dunkel wie in einem Sack, denn sein Kopf steckte in einem solchen. Zum Glück war es ein Jutesack, sodass er einigermaßen atmen konnte. Der Stoff war rau, er schürfte das Gesicht blutig, wenn der Kopf in Kurven und beim Anfahren und Bremsen hin und her geworfen wurde. Victors Hände waren hinter dem Rücken mit Kabelbinder gefesselt, die Füße hatte man ihm mit dem gleichen Hilfsmittel fixiert. Sobald er sich bewegte, schnitt der Kunststoff in die Haut, und das Blut hörte auf zu zirkulieren.

Der Wagen fuhr ziemlich schnell, wahrscheinlich auf der Autobahn. Victor erinnerte sich, wie er in seiner Praxis in Valparaíso verhaftet worden war. Man hatte ihm eine Kapuze über den Kopf gezogen und ihn in die Marineschule gebracht. Es hatten zwei schwerwiegende Anklagen gegen ihn vorgelegen: Er hatte den gleichen Vor- und fast den gleichen Nachnamen wie der Liedermacher des *Nueva Canción*, und er hatte elf Jahre zuvor Salvador Allende eine Backenzahnplombe ersetzt, als Allende noch Gesundheitsminister und auf Dienstreise in Valparaíso gewesen war.

Victor hätte gelacht, hätte er nicht weinen müssen. Er hatte verbundene Augen, und man hatte ihn geschlagen. Man folterte ihn in einem Eisenbett mit Strom und schlug mit einem Stock auf ihn ein. Über Nacht hängte man ihn an den Händen auf. In dem Stadium fragte man ihn nichts. Man wollte nichts von ihm hören, obwohl er sich erbot, alles zu gestehen.

Einige Wochen später brachte man ihn nach Santiago, in die Londres 38, wo ihn die Geheimpolizei bearbeitete. Er wurde verprügelt. Man verabreichte ihm Stromschläge: das Gehirn explodierte und das Herz brach aus dem Brustkorb aus. Man ließ ihn nicht schlafen. Das Licht brannte Tag und Nacht, Marschmusik dröhnte laut. Wieder hängte man ihn an den Händen auf. Wenn er einschlief, weckte man ihn. Sein Gefühl für Zeit und Ort ging völlig verloren, die Wirklichkeit wurde getrübt. Trinken durfte er nicht, Essen bekam er irgendwann einmal, und es war schlecht. Zähne und

Haare fielen ihm aus. Er magerte zum Gerippe ab. Es gab kein Bett in der Zelle, und auf dem Fußboden fror man. Man durfte die Kleider nicht wechseln, eine Waschgelegenheit gab es nicht. Auf die Toilette durfte er einmal am Tag. Man spielte ihm ein Band vor, auf dem seine Mutter zu hören war, die ein ums andere Mal vergewaltigt wurde und dabei seinen Namen rief, obwohl sie schon acht Jahre zuvor gestorben war.

Schließlich wurde Victor zum Verhör gebracht, und man verlangte von ihm, die Namen all seiner Komplizen zu nennen. Er nannte alle Namen, die ihm einfielen, von Donald Duck bis Allende und Nixon. Er verriet auch Gina. Und seinen Vater und seine Mutter, die sich nie hatten in etwas hineinziehen lassen, sondern nur ihre Fischhandlung in Valparaíso betrieben hatten, bis die Mutter starb, als sie im Hafen unter eine Frachtkiste mit einem Flügel geriet. Nachdem er einen Tropfen Wasser bekommen hatte, erfand Victor weitere Namen. Er wurde noch ein bisschen gefoltert und erneut verhört, aber er hatte nicht mehr die Kraft, sich noch mehr Namen auszudenken.

Kahl, als zahnloses Gerippe mit leerem Kopf wurde er freigelassen und zu einem Flugzeug nach Helsinki gebracht. Er begriff überhaupt nichts, wusste mit Müh und Not seinen Namen und auch den nicht richtig. Er glaubte, wirklich Victor Jara zu sein. Auf dem Flughafen von Helsinki küsste er sofort den Asphalt und sang *El Pueblo unido*, bis die übrigen Flüchtlinge ihn zum Schweigen brachten. Immerhin hatten sie ihm nicht die Finger gebrochen und die Zunge herausgeschnitten, wie es die Soldaten im Estadio Chile bei Victor Jara getan hatten. Bevor sie ihn erschossen.

Nach und nach, im Laufe mehrerer Jahre, hatte Victor Jarra das Leben wieder zu fassen bekommen, jedenfalls oberflächlich. Die Haare wuchsen nach, wenn auch weiß, er bekam künstliche Zähne und etwas Fleisch auf die Knochen. Sein Kopf funktionierte einigermaßen. Er versuchte sogar, Aufschluss über Ginas Schicksal zu erhalten, aber sie war einfach als verschwunden erklärt worden. Wahrscheinlich hatte man sie umgebracht und ihren Leichnam beseitigt. Über seinen Vater Hector hörte Victor nicht einmal das.

Auf einem Kultur-Abend des Flüchtlingsvereins fand Victor eine Frau, die Bibliothekarin Hella, oder genauer gesagt fand Hella ihn. Trotz Victors Passivität wurde ihnen ein Sohn geboren: Ernesto. Zum Zahnarzt taugte Victor nicht mehr, dafür zitterten seine Hände zu sehr. Aber er fand Arbeit als Wachmann für Industrieanlagen und diesen Posten behielt er, obwohl er jedes Mal erschrak, wenn er nachts in einem Objekt ein rasselndes Geräusch hörte. Bisweilen brach er beim Anblick seines Spiegelbilds in Uniform sogar in Tränen aus, weil es ihn an die Soldaten erinnerte, die ihn in Valparaíso und Santiago bewacht hatten. Die Folterer hatten keine Uniformen getragen, sie waren in Zivil gewesen.

Schließlich nahm Victor den Posten des Kassenwarts beim Flüchtlingsverein an, obwohl er keine Ahnung mehr hatte, wie in seiner ehemaligen Praxis die Buchhaltung gemacht worden war.

Als Hella starb, verlor Victor erneut seinen Realitätssinn. Er hielt seinen eigenen Sohn für einen Verhörleiter der DINA und versteckte sich vor ihm unter dem Bett. Um wieder ins Exil gehen zu können, unterschlug er Geld des Flüchtlingsvereins. Er war schon auf dem Flughafen, um nach London zu fliegen, wagte es aber nicht, durch die Sicherheitskontrolle zu gehen, weil er Angst vor Elektroschocks hatte.

So wurde er zum Betrüger und unterwarf sich seinem Schicksal. Er kam in Riihimäki in Haft, von dort nach Nuppulinna in den offenen Vollzug, bis seine Strafe zur Bewährung ausgesetzt wurde. Schon im Knast fing er an zu trinken. Der Gefängnisfusel zeichnete die Welt gerade weich genug, um nicht mehr ständig Angst haben zu müssen. Nachdem dann auch die Bewährungsstrafe verbüßt war, folgte er seinem Sohn nach Schweden, sah ihn dort aber so gut wie nie. Das Leben ging irgendwie weiter, Victor lernte Schwedisch und gewöhnte sich an, *Absolut*-Wodka zu trinken. Er lebte von der Arbeitsunfähigkeitsrente, die er aus Finnland bezog. Nach und nach lernte er Schwedens Flüchtlinge kennen und wurde Kassenwart eines kleinen Ortsvereins der Partei, kam mit seinen Rechnungen durcheinander und steckte den Überschuss in die eigene Tasche, damit die Bilanz ausgeglichen war. Wenn man ihn darauf aufmerksam machte, dass etwas fehlte, zahlte er das Geld zurück.

Und jetzt war er hier. Als die Reifen des Fahrzeugs auf dem Asphalt quietschten, kehrte Victor wieder nach Chile zurück. Man hatte ihn gerade in seiner Praxis abgeholt, angeblich verhaftet, man hatte ihm eine Kapuze über den Kopf gezogen und zu einem schwarzen Mercedes der Marine geführt. Wohin wurde er gebracht? Er war immerhin Victor Jara, der große Name des *Nueva Canción*, der Allende unterstützt hatte. Er musste so auftreten, wie es seines Namens würdig war.

Als das Auto anhielt und die Schiebetür geöffnet wurde, erhob sich Victor mit dem Sack über dem Kopf auf die Knie und begann zu singen:

»*El pueblo unido* ...«

»*Shut* ab!«, befahl jemand vorne links, packte Victor am Arm und zerrte ihn aus dem Wagen.

Gleich darauf riss man ihm den Sack vom Kopf. Die Helligkeit blendete ihn, und er fiel wieder auf die Knie. Aber mit brechender Stimme sang er weiter:

»*... jamás será vencido ...*«

Ein Volk, das fest zusammensteht, kann man nicht besiegen. So hieß es in dem Lied. Das chilenische Volk stand nicht fest zusammen, deshalb wurde es geschlagen. Aber Victor würde fest zusammenstehen.

Bis zum letzten Mann.

Als ihn ein harter Faustschlag im Magen traf, krümmte er sich und rang nach Luft. Bevor er seine Stimme wiederfand, stieß man ihn in den Rücken, er fiel auf sandigen Beton, sein Kinn schmerzte, und dann wurde etwas gegen sein Rückgrat gedrückt, das er am Klicken als Pistole erkannte. Als große Pistole.

»Halt's Maul! Wo ist dein Sohn? Fang an zu singen!«

Das war immerhin Schwedisch. Victor verstand jedes Wort, war aber nicht sicher, ob er nun singen sollte oder nicht. Dazu hatten sie ihn doch gerade aufgefordert.

»*El pueblo unido ...*«, ächzte er gegen den Beton, »*jamás será vencidouugh ...*«

Die letzte Silbe gehörte nicht zum Liedtext. Victor improvisierte sie, als man ihm die Pistole in die Nieren schlug.

»Wo ist dein Sohn?«

»Ernesto«, präzisierte ein zweiter Mann.

Victor Jara hatte keinen Sohn, weshalb er nicht wusste, wovon die Männer sprachen. Auf jeden Fall hatte er beschlossen, nicht zu reden. Selbst wenn es ihn das Leben kosten sollte.

»*El pueblo unido*«, sang er, »*jamás será vencido ...*«

Das Lied erschallte noch Stunden später in der verlassenen Fabrikhalle, wo man Victor zwischen Zigarettenstummeln zum Sterben zurückgelassen hatte.

Er wusste nun wieder, wer er war. Victor Jarra. Er war stolz auf sich. Er hatte sein Volk nicht verraten. Diesmal nicht.

Und seinen Sohn auch nicht.

10 Kaum hatte Leila die Tür hinter sich zugemacht, kam die alte Rauhala aus der Nachbarwohnung gestürzt. Nun gab es keinen Fluchtweg mehr. Die Alte kam zu ihr, tätschelte ihr den Bauch und fragte:

»Im wievielten Monat sind wir denn jetzt?«

»Im neunten«, antwortete Leila verlegen, obwohl sie sich vorgenommen hatte, nicht zu antworten.

»Ist bestimmt nicht einfach für eine Frau, so ganz allein, wo das Kind ja auch keinen Papa hat«, legte die Oma nach. »Steht schon fest, ob es ein Junge oder ein Mädchen wird?«

»Äh ...«

»So ist das, so ist das. Viel Übelkeit und Migräne gehabt? Hast du dich krankschreiben lassen? Oder bist du schon in Mutterschutz?«

Leila hatte bereits den Mund aufgemacht, um genau die Worte herauszulassen, die sie für angemessen hielt, entschied sich im Namen des Nachbarschaftsfriedens jedoch für eine gemäßigte Variante: »Was geht dich das an?«

Sie wollte noch ein ›Scheißspitzel‹ anfügen, schluckte aber auch das. Ihre Selbstzensur funktionierte, und das war gut so. Trotzdem schnappte die Alte nach Luft. Leila nutzte die Gelegenheit, um sich in den Aufzug zu flüchten, der glücklicherweise gerade da war, und drückte auf P.

Die Tür ging zu, der Lift setzte sich in Bewegung. Leila lehnte sich an die Wand und vermied es, in den Spiegel zu schauen.

Ansonsten ging es ihr ausgesprochen gut. Nach den ersten zwei Monaten hatte sogar die Migräne nachgelassen. Die Haut blühte, weil sich der Organismus reinigte, aber das machte nichts. Sie hatte ja einen Mann, sie musste sich nicht mehr zurechtmachen. Und sollte die alte Rauhala etwas anderes glauben, dann bitte schön. Leila lebte ihr eigenes Leben, sie würde nie so werden wie ihre Nachbarin und nie in den Angelegenheiten anderer Leute herumstochern. Allerdings hatte die Oma das als junge Frau womöglich auch gedacht. Wer konnte das wissen?

Das Leben war unberechenbar. Vor anderthalb Jahren hatte Leila von Allu noch nichts gewusst, außer dass er ein Dauerinformant ihres Kollegen Murto war. Sie hätte nie geglaubt, irgendwann von ihm schwanger zu sein und eine Art Zusammenleben mit ihm zu planen. Wenn sie auch noch nicht so recht wusste, was für eines.

Vorläufig hielten sie ihre Beziehung geheim und wohnten unter verschiedenen Adressen, aber Allu kam mindestens einmal die Woche vorbei und rief sie noch öfter an.

Leila rief ihn nie an. Das ging gar nicht. Er wechselte ständig die Nummer, kaufte sich Prepaid-Karten vom Kiosk. Zwar sagte er, er werde mit den kriminellen Machenschaften aufhören, aber er hatte wohl eine etwas andere Auffassung von kriminellen Machenschaften als Leila. Eigentlich kein Wunder, schließlich handelte es sich bei dem einen um einen Berufskriminellen und bei der anderen um eine Polizistin.

Gangster und Cop.

Als sie sich aus der Haustür schob, dachte Leila, dass sie eigentlich nicht so fürchterlich zugenommen hatte. Ihr Bauch war halt gewachsen. Das erschwerte die Bewegungen. Und man musste ständig aufs Klo rennen, weil die Gebärmutter auf die Blase drückte.

Jetzt hatte Leila beschlossen, für das Baby ein paar Sachen zum Anziehen zu kaufen. Für den Jungen. Man hatte es beim Ultraschall gesehen, die Schwester hatte gefragt, ob sie es wissen wollte, und natürlich wollte sie das. Damit sie keine Klamotten in den falschen Farben kaufte. In der Hinsicht war sie altmodisch.

Das alte gelbe Holzhaus, in dem Sibelius einst gewohnt hatte, stand wie verloren auf dem Hinterhof des Einkaufszentrums Linna, des ehemaligen Kaufhauses Sokos, wie ein entfernter Vetter, den man beim Familienfest in der Ecke vergessen hatte. Leila wusste, was das für ein Gefühl war. Als sie klein war, hatte man sie einmal zu einer Hochzeit nach Kainuu mitgenommen, wo sie niemanden gekannt hatte. Sie hatte dort auch keinen kennen wollen, außer ihrer Mutter. Ihr Vater war damals schon auf der Straße gewesen, oder in Nachbars Garten, je nachdem. Das reinste Flugobjekt. Flog von Blüte zu Blüte, bis er an Prostatakrebs starb. Schade, dass er keine Gelegenheit hatte, länger zu leiden.

Die Mutter war ein paar Jahre früher gestorben. An Brustkrebs. Das hatte Leila mehr mitgenommen, als sie zugab. Aber auch das hatte sie überstanden. Und seit mehr als zwei Jahren trank sie nicht mehr. Allerdings zählte sie die Tage nicht genau. In letzter Zeit hatte sie nicht einmal mehr Lust, etwas zu trinken. Ihr schmeckte das Leben auch so, ohne Suff.

Das Handy klingelte, als sie sich noch im warmen Sprühregen auf dem Hinterhof des Einkaufszentrums befand. Sie kramte das Telefon aus der Handtasche, schaute aufs Display, wo ›unbekannter Anrufer‹ stand, und meldete sich, sobald sie den hinteren Eingang erreicht hatte.

»Na, Unbekannter, wie geht's?«

»Ganz gut«, antwortete Allu. »Hast du dich schon für einen Namen entschieden?«

»Hab ich dir doch gesagt. Valto Oskari, nach deinem Vater.«

»Aber wenn es ein Mädchen wird?«

»Anni Helena, nach meiner Mutter.«

»Anni Helena? Ist das nicht so eine Mehlsorte?«

»Was kann ich dafür?«

»Dann kannst du sie auch gleich Aurora nennen. Oder Müllers Bestes.«

»Hör auf. Sonst werde ich noch beleidigt.«

»Ach ja, du bist ja in einem empfindlichen Zustand. Sorry.«

»Was laberst du da für einen Sch... Käse?«

»Schkäse?«, wunderte sich Allu.

»Ich versuche die Kraftausdrücke zu reduzieren oder zumindest beim Fluchen harmlosere Formulierungen zu benutzen. Es ist nicht gut für ein Kind, wenn es die ganze Zeit hässliche Wörter hört. Am Ende wird es noch ein hässliches Kind.«

»Unser Kind wird nicht hässlich. Wie viele Wochen noch?«

»Der berechnete Termin ist nächste Woche. Aber wenn es nach seiner Mutter kommt, wird es nicht so lange warten wollen.«

»Wenn es nach dem Vater kommt, hat es keine Eile.«

»Mir reicht's allerdings allmählich. Wäre schön, mal wieder in die alten Klamotten zu passen.«

»Wo bist du gerade?«

»Am Hintereingang vom Sokos. Ich dachte, ich guck nach was zum Anziehen für das Kleine.«

»Ich kann dich heute Abend besuchen.«

»Wenn ich nicht daheim bin, bin ich in Ahvenisto.«

»Im Freibad?«

»Nebenan. Da gibt's ein Wasserbett.«

»Dann komm ich da hin. Hör mal, Leila ...«

»Na?«

»Ich hab da eine Geschichte laufen. Die könnte im großen Stil Kohle bringen.«

»Deine Geschichten kenne ich. Pass bloß auf, dass du dich jetzt nicht in den Knast bringst! Wäre ziemlich peinlich, mit dem Baby zu Besuch zu kommen.«

»Noch peinlicher wäre es für mich. Aber ich hab nicht vor, was zu tun, wofür man in den Knast kommt.«

»Vergiss es nicht.«

»Ja, ja, Mami. Küsschen!«

»Und wenn du Kohle willst, dann geh arbeiten.«

»Tu ich ja auch.«

»Und wo?«

»Das ist eine Überraschung. Lass uns jetzt aufhören, ich muss los.«

»Zum Bewerbungsgespräch?«

»So in der Art«, sagte Allu. »Bis heute Abend dann.«

»Um wie viel Uhr?«, fragte Leila, aber Allu hatte bereits aufgelegt.

Der Nieselregen war noch immer warm, aber der Himmel sah nun um ein Grad schwärzer aus. Allu heckte garantiert etwas Kriminelles aus. Wieder einmal. Bis jetzt hatte er noch nie im Knast gesessen, aber früher oder später würden sie ihn erwischen. Konnte man das irgendwie verhindern?

Mit diesem Bauch war es schwierig, jemanden unbemerkt zu beschatten. Vor allem jemanden, der einen kannte. Aber versuchen konnte man es.

Leila ging vom Hintereingang zum Lift, mit dem man auf die Parkebene kam. Dort hatte sie immer ihren kleinen Renault stehen.

11

»Meine erste Leiche?«, sagte Nikkilä. »Daran kann ich mich gut erinnern. Die hab ich selber gemacht …«

»Wie gemacht?«, wunderte sich Rahila. »Hast du jemanden erschossen?«

»Warte doch mal ab, immer der Reihe nach.«

Während sich Nikkilä eine Camel ansteckte, nahm Rahila auf dem Beifahrersitz des Zivil-Mondeos die Haltung eines aufmerksamen Zuhörers an. Der Junge hatte gelernt, was sich gehörte. Immerhin war er schon fast drei Monate in Hämeenlinna und Nikkiläs Partner. Seit Leila in Mutterschutz gegangen war.

»Das passierte in den Achtzigerjahren. Ich fuhr Streife, im ersten Sommer nach der Polizeischule. Mit einem gewissen Walesa, der ist jetzt schon in Rente. Eigentlich hieß er Moilanen, aber er hatte genau so einen Schnurrbart wie Wałesa, falls du dich erinnerst. Der polnische Gewerkschaftsführer.«

»Hattet ihr hier damals einen polnischen Gewerkschaftsführer?«

»Hört sich Moilanen deiner Meinung nach polnisch an?«

»Woher soll ich das wissen? Ich wurde da vielleicht gerade erst geboren.«

»Jedenfalls war es Ende August, so wie jetzt auch, so ein ruhiger Tag am Anfang der Woche, es regnete nicht, aber es schien auch nicht direkt die Sonne. Wir hatten uns gerade vom Imbiss da drüben zwei Hotzis geholt, da kam der Alarm. Es hatten Leute angerufen und gemeldet, in der Stadt würde sich ein Mann komisch benehmen.«

»Wie, komisch?«

Nikkilä hatte das Fenster offen, er blies den Rauch nach draußen. Der Wind vom Vanaja-See blies ihn wieder zurück.

»Da ging einer angeblich schwerfällig, mit krummem Rücken durch die Straßen und krakeelte und fuchtelte herum wie der Billige Jakob, aber keiner verstand ein Wort.«

»Der Kerl war besoffen«, vermutete Rahila.

Nikkilä räusperte sich und blies einen Rauchkringel in Rahilas Richtung. Der Kringel war nicht perfekt, aber er musste reichen.

»Wer erzählt hier eigentlich?«

»Ich hab nur vermutet ...«

»Ich hatte das damals auch vermutet. Aber Walesa sagte, nee, weil er kennt den Mann. Und ich würde ihn auch kennen, wenn ich mich ab und zu im Zentrum von Hämeenlinna aufhalten würde und nicht mein ganzes kurzes Leben lang in einem Kaff wie Hauho, mit dem Fenster zum Wald.«

»Eine lokale Berühmtheit.«

»Genau. Also dieser Huttunen, nicht ich. Walesa verfluchte bei der Gelegenheit sämtliche Touristen, die keine Ahnung von den bedeutenden Männern dieser Stadt hatten, als hätte es hier außer Sibelius und Irwin Goodman niemanden gegeben.«

»Gab es welche?«

»Zumindest den stummen Huttunen. So hieß die besagte Persönlichkeit nämlich. Im nüchternen Zustand krakeelte er angeblich lauter unverständliches Zeug, aber wenn er sich auch nur ein bisschen die Kehle befeuchtet hatte, flutschte es mit dem Reden, wie bei Heikki Kahila. Er sah auch ein bisschen so aus. Und er hatte selten einen nüchternen Tag. Walesa hatte den Verdacht, dass dem Kerl ein Betriebsunfall unterlaufen, sprich dass ihm der Sprit ausgegangen war.«

»Wer ist dieser Kahila? Noch so einer von den hiesigen Pennern, oder was?«

»Ach so, du kommst ja nicht von hier. Und bist noch so jung. Das war mal ein Nachrichtensprecher.«

Nikkilä schnippte die Asche aus dem Fenster. Auch die brachte der Wind zurück, sie fiel ihm direkt in den Schoß. Er wischte sie mit der freien Hand von den Jeans und erzählte weiter.

»Die letzte Meldung war aus der Karistonkatu gekommen, vom Ufer da unten. Irgendein Arsch aus Helsinki rief mit dem Handy an, ein Betrunkener hätte ans Fenster seines Volvos geklopft und Fingerabdrücke hinterlassen. Du kannst dich bestimmt noch an die Handys aus den Achtzigern erinnern, so groß wie Koffer ... Aber gut.«

»Mein Opa hat immer noch so eins«, sagte Rahila. »Da ist jedes Mal sofort der Akku leer, wenn man ihn anruft.«

»Das wundert mich überhaupt nicht. Jedenfalls machten wir einen U-Turn und fuhren dann die Straße runter zum Seeufer. Wahrscheinlich war es schon ein bisschen später im August, weil das Casino zuhatte und auch keine Schiffe mehr zu sehen waren. Aber Huttunen war zu sehen, er kam auf uns zugewankt und nahm dabei die ganze Breite des Uferwegs ein. Er hatte so einen hellen Popelinemantel an, der flatterte wie bei Clint Eastwood im Western. Clint kennst du doch noch? Früher hatten die Penner solche hellen Popelinemäntel, ich weiß auch nicht, warum. Die blieben ja nie lange hell.«

»Clint scheint dein Idol zu sein. Du hast auch so ein Grübchen im Kinn. Und die gleiche Frisur.«

»Hör auf, mich zu verarschen, wenn du den Rest hören willst.«

»Okay, okay. Ich bin ganz still.«

»Schön zu hören«, sagte Nikkilä, drückte die Zigarette im Aschenbecher aus und warf einen Blick auf den jungen Kollegen. Kräftiger Kerl, aber das Gesicht so glatt, als würde es dem Sänger einer Boygroup gehören, nach vorne gekämmte, kurze, dunkle Haare, spitze Koteletten bis zu den Backen und eine halblange schwarze Lederjacke. Unter dreißig. Wer so jung war, dem konnte man nicht trauen.

»Nun erzähl schon weiter«, sagte Rahila. »Ich sag auch nichts mehr.«

Nikkilä räusperte sich.

»Wir fuhren Huttunen entgegen, und der war begeistert, krakeelte und grölte auch uns entgegen und schwenkte die Arme wie eine Windmühle, die es hier ja nicht mehr gibt, auch wenn ein Stadtteil zum Beispiel noch Myllymäki heißt. Man konnte seine Fahne riechen, der Kerl war stockbesoffen. Das wunderte mich, nach dem, was mir Walesa erzählt hatte, und Walesa meinte auch, dafür muss es eine Erklärung geben, er jedenfalls glaubt das nicht, was er sieht.«

»Und? War er's?«

»Wir wussten es nicht gleich. Wir hörten uns eine Zeitlang sein Gestammel an, dann sagte Walesa zu ihm, pass auf, Huttunen, entweder du hältst jetzt die Schnauze und beruhigst dich, oder wir bringen dich aufs Präsidium und helfen dir beim Beruhigen. Es sind noch Zellen frei.

Aber denkst du, er hätte sich beruhigt? Einen Scheißdreck hat er«, schnaubte Nikkilä. »Stattdessen hat er noch mehr in der Gegend herumgefuchtelt und dabei mit einem Finger meine Nase getroffen. Nicht schön, wenn sich so ein Dreckfinger in dein Nasenloch bohrt, wer weiß, was für Aids man davon bekommt. Ich stieß den Kerl gegen den Streifenwagen und sagte ihm, du kriegst Handschellen, wenn du dich nicht beruhigst.«

Nikkilä blies einen neuen Rauchring – er gelang ihm ganz gut, löste sich jedoch schnell auf – und sah Rahila scharf an.

»Genau in dem Moment beruhigte er sich. Er röchelte irgendwie, als sein Rücken gegen die Kühlerhaube stieß, dann fiel er auf die Knie und kippte mit der Schnauze auf die Erde. Und stand nicht mehr auf.«

»Was war passiert? Herzinfarkt, oder was?«

»Von wegen. Er hatte ein Messer im Rücken. Ein Arbeitsmesser Marke Mora. Es steckte bis zum roten Plastikgriff zwischen den Schulterblättern.«

»Aber ...« Rahila schnappte nach Luft. »Warum hat das keiner gesehen?«

»Wer wühlt schon bei so einem Lumpensack in den Klamotten? Das Messer steckte so tief zwischen seinen Fetzen, dass man es erst sah, als er mit den verrutschten Klamotten auf dem Bauch lag.«

»Das konntest du ja nicht wissen!«

»Der Meinung war auch Walesa. Er meinte, früher oder später wäre Huttunen sowieso gestorben. Jemand hatte ihn abgestochen, und ich hatte das Werk bloß vollendet.«

»Habt ihr nicht versucht, ihn wiederzubeleben?«

»Wir kamen nicht dazu. Da kam nämlich ein gewisser Topi Heikkinen angerannt und rief, Scheiße, jetzt hat sich der Messerdieb selbst umgebracht. Als Nächstes fragte er, ob er sein Messer wiederhaben könne, er hätte dafür noch Verwendung.«

»Ihr habt's ihm aber nicht gegeben?«

»Natürlich nicht. War ja Beweismaterial. Aber Walesa wollte wissen, wie Huttunen es geschafft haben sollte, mit Hilfe seines Rückens an Topis Messer zu kommen. Und Topi erzählte es. Er hatte am Busbahnhof gestanden, und da waren zwei Punker zu ihm gekommen und hatten ihn angemacht, von wegen bist du Kartoffelbauer, weil du so eine Nase hast und so weiter. Topi hatte nichts gesagt, sondern war in den R-Kiosk gegangen und hatte sich ein Arbeitsmesser Marke Mora gekauft. Die Scheide nahm er gar nicht erst mit, er sagte, er nimmt es gleich in Gebrauch. Aber just in dem Moment, als er es in einem von den Bengeln versenken will, taumelt Huttunen mit dem Rücken voran aus dem Bus Nummer vier. Und läuft direkt ins Messer.«

»Autsch.«

»Das hab ich auch gesagt. Wir fragten ihn, was dann passierte. Dann stießen die Juniorpunks Topi zu Boden und flüchteten in den Bus, und als Topi wieder auf die Füße kam, war der Bus weg und Huttunen torkelte die Sibeliuksenkatu hinauf in Richtung Markt.«

»Und Topi hinterher.«

»Ja, aber zuerst versuchte er den Bus einzuholen, er dachte, er kann die Stachelköpfe mit der bloßen Faust erledigen.«

»Und Huttunen ging inzwischen auf den Markt und versuchte den Leuten klarzumachen, dass es ihn im Rücken sticht, ja?«

Nikkilä nickte.

»Aber keiner kapierte was von dem Krakeele. Na, Topi konnte mit dem Vierer nicht mithalten, er wurde schon vor der Brücke abgehängt und blieb außer Atem am Brückenkopf stehen. Aber nachdem er eine Zeitlang durchgeatmet hatte, blickte er zufällig in Richtung Uferpark, und dort standen wir bei Huttunen und wunderten uns.«

»Ou ou«, sagte Rahila. »Was kam dann? Ihr habt Topi natürlich eingebuchtet, oder?«

»Mussten wir ja. Aber dem Richter gefiel Topis Geschichte so gut, dass er ihm nur eine Bewährungsstrafe wegen Körperverletzung aufbrummte, weil ihm Huttunen ja aus eigenem Ungeschick in die Quere gekommen war. Ich kam mit einem blauen Auge davon, weil Walesa mir sagte, was ich sagen soll. Wir sagten beide aus, Huttunen wäre gegen den Streifenwagen getaumelt.«

»Ach ja?«

Rahila starrte Nikkilä an. Nikkilä geriet in Rage.

»Hätte ich mich vielleicht wegen so einem Huttunen aufhängen sollen?«

»Natürlich nicht. Aber es wundert mich nicht, dass du dich daran noch so gut erinnerst.«

Nikkila schaute an Rahila vorbei zum Imbiss und sagte:

»Jetzt macht er auf. Wir können uns Hotzis holen.«

»Und die Strafe hat sich auch in der Berufung nicht geändert?«

»Nein. Du bist dran mit Bezahlen.«

Sie stiegen aus und Rahila sah Nikkilä über das Autodach hinweg an.

»Können wir das riskieren? Wenn die Alarmsirene anspringt ...«

Nikkilä hörte nicht länger zu, er hatte Hunger.

Der Alarm kam erst, als sie mit dem Hotzi in der einen und einem halben Liter fettarmer Milch in der anderen wieder zum Mondeo zurückkehrten: In Nummi schlug einer seine Frau, die Nachbarn hatten in der Zentrale angerufen.

Nikkilä setzte sich ans Steuer und machte sich über seinen Hotzi her. Die Spezialität aus Hämeenlinna, deren Name wahrscheinlich irgendwie an Hotdog erinnern sollte, war genau, wie sie sein sollte: gegrillte Fleischwurst in einer Teigtasche, mit ordentlich Senf. Im Rückspiegel sah Nikkilä, dass sein knochiges Gesicht mit den eingefallenen Wangen und dem Grübchen im Kinn ausdruckslos und die blonde Stirnwelle gewollt unordentlich war. Rahila stellte den Milchkarton zwischen seine Schenkel auf den Sitz und streckte die Hand nach dem Funkgerät aus.

»Finger weg!«, nuschelte Nikkilä mit vollem Mund.

»Aber ...«

»Schreib dir hinter die Ohren, Junge, dass du jetzt bei der Kripo bist. Wir mischen uns nicht in die Angelegenheiten der Schutzpolizei ein, wenn wir nicht ausdrücklich darum gebeten werden. Oder hast du schon Sehnsucht nach der wunderbaren Welt der Hausbesuche?«

»Nein ...«

Nikkilä beobachtete, wie Rahila schluckte, als eine Streife den Alarm quittierte. Der Junge hatte noch einiges zu lernen.

»Hast du eigentlich kapiert, was am Imbiss gerade passiert ist?«

»Du hast dir einen Hotzi und eine Milch geholt?«

Nikkilä seufzte schwer.

»Hast du nicht gemerkt, dass ich mit dem einen Typen geredet hab?«

»Mit dem Zausel mit dem Bart? Was habt ihr groß geredet, übers Wetter und so?«

»Übersetzt heißt das, ich hab ihn gefragt, ob es was Neues gibt, und Arnie hat gesagt, nein.«

»Aha«, sagte Rahila. So richtig kapierte er es nicht.

Nikkilä redete weiter:

»Der Zausel mit dem Bart ist mein bester Informant. Arnold ›Bumm-Bumm‹ Laitinen, ein ehemaliger technischer Offizier aus der Panzerbrigade in Parola. Wurde gefeuert und bekam ein paar Jahre Knast, weil er eines Sommers seinem Arbeitgeber eine Einweg-Bazooka geklaut und damit die Sauna seines Wochenendhausnachbarn in die Erdumlaufbahn gefeuert hat. Der Nachbar war zum Glück nicht in der Sauna gewesen.«

Rahila starrte nun mit anderen Augen durch die Fensterscheiben auf die Umrisse des Imbissbesitzers.

»Warum hat er das getan?«

»Arnie böllert eben gern. Außerdem hatte er mit dem Nachbarn einen Streit wegen der Frau oder wegen der Zufahrt. Als wir kamen und ihn festnahmen, lamentierte er, warum der Scheißnachbar ausgerechnet zur falschen Zeit schwimmen gehen müsse ... Aber Arnie war in Therapie und ist inzwischen ungefährlich. Bloß hat er höllische Schadensersatzzahlungen am Hals.«

»Ehrlich?«, fragte Rahila kreidebleich.

»Ich würde dich doch niemals anlügen«, sagte Nikkilä und startete den Wagen. »Setzen wir unsere Runde fort.«

12

»Das macht nichts«, sagte Janita und strich Taube über die blonden Haare. »Ich verstehe das. Du hast es gerade besonders schwer ...«

»Einen Scheißdreck verstehst du«, fuhr Taube sie an. Er stieß ihre Hand weg, sprang vom Bett auf und ging nackt auf den Balkon. Dort stützte er sich mit beiden Händen aufs Geländer und starrte düster auf den Katuma-See.

Janita wohnte im Stadtteil Katinen zur Miete, im fünften Stock eines Wohnblocks. Am gegenüberliegenden Ufer grünte der Golfplatz Vanajanlinna vor sich hin, wo gewisse NHL-Stars, Formel-1-Fahrer und sonstige reiche Promis mit dem Trolley herumfuhren. Das war ein Leben! Da musste man nicht befürchten, dass einem jemand den Schläger über den Rücken zog oder mit dem Schlägerkopf die Zähne in den Hals schlug oder einen von hinten checkte, dass die Knochen krachten.

Von der Seespitze drang das Geräusch der Fernstraße herüber, auf dem Nachbarbalkon wurden Würstchen gegrillt, dass es nur so brutzelte. Es roch nach angebranntem Fleisch und Zigaretten.

Taube brauchte dringend etwas, mit dem er sich zudröhnen konnte. Oder nicht ganz zudröhnen, aber doch so, dass das Leben ein bisschen erträglicher wurde. Wie sollte er den Schotter für die Schwarzen Engel auftreiben, wenn er sich nicht mal gut genug konzentrieren konnte, damit es mit Janita klappte? Janita war immerhin ein Rasseweib, eine heiße, gut gebaute Rothaarige, und alles andere als schüchtern.

Zu Viagra oder Cialis wollte Taube nicht greifen,

auch wenn die neuerdings überall verkauft wurden. Das waren Sachen, die ihm irgendwie unnatürlich vorkamen. Außerdem halfen sie nur in einer Hinsicht.

Wenigstens eine Linie. Wenn man wenigstens eine Linie bekommen könnte. Das Gute an Koks war ja, dass man davon nicht chemisch abhängig wurde, nur psychisch. Er konnte jederzeit aufhören. Wenn er wollte. Aber warum damit aufhören? Warum im trostlosen Alltag vor sich hin frösteln, wenn Koks das Leben so viel voller, so viel lebendiger machte?

Eishockey war im Grunde das Einzige, was Taube konnte. Aber auch da war er nicht gut genug, jedenfalls nicht, solange er nicht anständig trainierte. Daran waren sein Vater und seine Mutter schuld. Sie hatten es ihm immer viel zu leicht gemacht. Hätte er um alles ein bisschen kämpfen müssen, so wie ein Arbeiterkind oder ein Zögling aus dem Waisenhaus, wäre er mit seinem Talent ganz groß herausgekommen. Dann wäre er schon seit Jahren der King der NHL, in der Punktebörse und auf der Gehaltsliste.

Leider konnte man sich seine Eltern nicht aussuchen. Und seine Eltern hatten auch noch immer nicht alle Hoffnung verloren oder mit ihm gebrochen, obwohl er schon Gott weiß was angestellt hatte. Auch als eine Haftstrafe wegen der Drogen drohte; damals hatte sein Vater am richtigen Schnürchen gezogen, und der Stoff, den die Bullen bei ihm gefunden hatten, war aus dem Lager mit beschlagnahmter Ware verschwunden gewesen. Aus Mangel an Beweisen hatte der Staatsanwalt die Angelegenheit dann fallenlassen.

»Komm wieder rein, Taube«, sagte Janita, die an der Balkontür stand. »Ich habe hier eine Überraschung für dich ...«

Er wollte schon ungehalten reagieren, aber dann siegte die Neugier. Und die Hoffnung erwachte. Janita selbst nahm nichts, aber sie wusste, was Taube brauchte. Durch sie war er damals auch an seine erste Linie gekommen. Das war ein teurer Spaß, aber für Qualität zahlte man gern. Vor allem, wenn man Geld hatte.

Wenn man keines hatte, musste man auf Pump gehen. Schulden machen. Und Bankzinsen waren nichts gegen das, was Drogendealer abkassierten. Auf die Summe kamen jede Woche fünf Prozent drauf, und bei Zins und Zinzeszins wurde auch aus einem kleinen Kredit schnell ein Mühlstein um den Hals. Allein für die Zinsen gingen das Eigene und das Gestohlene drauf, ganz zu schweigen davon, dass man ständig neue Schulden machen musste, damit man neuen Stoff bekam.

Taube kannte das Leihhaus und sämtliche Antiquitätenläden. Massenweise hatte er Zeug von seinen Eltern hingetragen, und Ende des Monats wurde es von Mutter oder Vater wieder ausgelöst oder zurückgekauft. Irgendwann hatte auch das nicht mehr gereicht, und er hatte richtig klauen müssen. Aber wieder war es seinem Vater gelungen, das Ganze durch Beziehungen unter den Tisch fallen zu lassen. Inzwischen war jedoch auch bei seinem Vater der Geduldsfaden ziemlich straff geworden.

Irgendwo müsste er richtig absahnen, um die Schulden bei den Engeln loszuwerden und sich so viel Koks kaufen zu können, dass es ihm nie ausging. Einen weißen Berg, einen Killermangiaro, oder wie das Buch hieß, das sie vor Jahren in der Schule ganz lesen und sogar ein bisschen verstehen mussten.

Janita kam auf den Balkon und zog Taube an der Hand nach drinnen. Sie hatte ihren String und ein weites T-Shirt mit Coca-Cola-Schriftzug angezogen und die langen Haare zum Pferdeschwanz gebunden. Taube musste sich auf den Bettrand setzen, dann machte Janita die Balkontür zu und legte sich auf Taubes Schoß, schlang ihm die Arme um den Hals und sah ihn von unten schelmisch an wie ein weiblicher Eishockeyfan, der ein Autogramm wollte, aber nicht auf ein Stück Papier.

»Rate mal, was meine Überraschung ist!«

»Du willst schon wieder?«, schlug Taube lustlos vor.

»Warum nicht, wenn du kannst. Aber zuerst will ich dir was schenken ...«

»Und was?«

»Schau mal auf den Nachttisch. Auf meinen Handspiegel.«

Taube schaute hin und wachte auf. Er stieß Janita von sich, stürzte zum Nachttisch und zog sich ordentlich was in beide Nasenlöcher. Zuerst brannte es ein bisschen. Nacken hatte recht, Koks trocknete die Schleimhäute aus. Aber als der Stoff im Blut ankam und zu wirken begann, verflog das bisschen Brennen, und Taube wurde von einem wahnsinnig guten Gefühl gepackt. Das Blut schäumte in den Adern, die Sinne wurden geschärft, Instinkt und Trieb bekamen Power. Er war der King, er war das Ass. Er machte, was er wollte, und er machte es gut.

Noch eine Ladung, und Taube war bereit. Janita hatte sich inzwischen ins Bett gelegt. Taube drehte sich zu ihr um und tat, was ein Mann tun musste. Heftig, gnadenlos. Immerhin war er Mittelstürmer. Center. Ein Panther fast.

»Das entscheidende Tor ist gefallen«, sagte Janita, als Taube sich auf den Rücken drehte, um Atem zu holen. »Und jetzt hörst du mir einen Moment zu und versuchst zu kapieren, was ich dir sage. Es ist wichtig.«

»Hä?«, machte Taube.

»Du hast doch gesagt, du brauchst tierisch viel Kohle. Du hättest Schulden oder so.«

»Stimmt.«

»Hast du nie daran gedacht, die Bank deines Vaters auszurauben?«

»Du glaubst gar nicht, wie oft, aber so ein Hammel bin ich auch wieder nicht, bei einem Banküberfall wird man immer erwischt, da hängen Kameras und alles.«

Janita malte mit der Fingerspitze ein rituelles Zeichen auf Taubes wachsenthaarte Brust und fragte:

»Aber wenn du das Geld raubst, bevor es die Bank erreicht hat? Beim Transport?«

»Wie soll ich das machen? Dem Fahrer mit einem Cross-Check drohen?«

»Ich kenn da einen Typen, der plant so ein Ding. Der besorgt die Waffen und die Informationen, alles. Du musst nur mitmachen. Du verdienst gutes Geld für einen Job von ein paar Minuten.«

»Wer ist der Typ?«, interessierte sich Taube.

»Das kann ich dir nicht sagen. Aber ich kann dich empfehlen.«

Das klang gut. Das klang so gut, dass Taube aufsprang und auf den Balkon rannte, sich mit beiden Händen am Geländer festhielt und seinen besten Tarzan-Schrei ausstieß, inklusive Jodler. Johnny Weissmüller wäre stolz auf ihn gewesen.

Hinter der Trennwand zum Nachbarbalkon starrte der fette Zottelbart von nebenan um die Ecke, mit offenem Mund und aufgerissenen Augen, die brennende Kippe an der Unterlippe hängend.

»Wann hast du das letzte Mal gebumst?«, fragte ihn Taube und verzog sich wieder nach drinnen.

Das zweite Drittel würde gleich losgehen. Oder war es das dritte?

13 Henna erkannte die Stimme des Anrufers. Diese Stimme schüttelte all die Jahre von ihr ab wie der Herbstwind das Laub aus der Birke vor dem Haus.

»Deinen Tenor werde ich nie vergessen«, sagte sie in den Hörer.

»Ich ... ich bin ein bisschen schwach auf der Brust. Ich kann nicht lange reden.«

»Schwach auf der Brust?«, erschrak Henna. »Was hast du?«

»Ich kann es nicht ... erklären«, ächzte Victor. »Du musst Ernesto warnen ... Sag ihm, dass ich nichts verraten habe, aber sie wissen ...«

»Wo bist du?«

»... die wollen mich hier sterben lassen, *caramba* ... Aber ich sterbe nicht, aus reiner Bosheit nicht ...«

»Wer will dich sterben lassen?«

»Dieselben Teufel wie beim letzten Mal! Die haben schon Gina mitgenommen, sie wissen alles ... Sie kommen und töten, foltern und vergewaltigen ... Marschmusik und Elektroschocks, kalter Fußboden, wässrige Paella ...«

»Beruhige dich, Victor«, beschwor ihn Henna und nahm einen großen Schluck *Finlandia* aus der Flasche. Jetzt war keine Zeit, um etwas ins Glas zu gießen. »Bist du wieder schwach geworden?«

»An vielen Stellen ... Im Gesicht und an den Armen und am Bauch und an den Beinen ... und innere Verletzungen hab ich ... Zum Glück bin ich gefunden worden. Ich liege jetzt im Krankenhaus, hier in Santiago ... nein, in Södertälje. In Södertälje bin ich.«

»Pinochet steht schon am Rande des Grabes, du. Chile ist wieder eine Demokratie. Zumindest fast.«

»Was redest du für wirres Zeug, Hella?«, ereiferte sich Victor überraschend scharf. »Wer von uns beiden ist denn gefoltert worden?«

»Ich bin Henna«, korrigierte Henna.

»Henna! Warum ... warum hast du Hella umgebracht?«, stammelte Victor. »Meine Liebste ...«

»Das weißt du ganz genau. Ich habe geglaubt, ich bekäme dich für mich, wenn Hella nicht mehr zwischen uns steht ... Ich hatte dich nämlich zuerst gesehen! Ich sehe es noch so lebhaft vor mir ... Klarer als den gestrigen Tag. Ich schrieb an einem Artikel über eine Ladung Flüchtlinge, die ins Land kam. Du warst einer von ihnen und bist als Erster aus der Maschine gestolpert, in den Schneeregen am Flughafen Helsinki, hast angefangen zu grölen, bist aber gleich auf die Schnauze gefallen, weil du so schwach warst.«

»Ich habe den Boden geküsst«, sagte Victor. »*El pueblo unido ... jamás será vencido ...*«

»Ein Volk, das fest zusammensteht, kann man nicht besiegen, ja, ja«, sagte Henna und nahm noch einen Schluck Wodka. »Aber wo findet man so ein Volk? Nirgendwo. Alle sind nur auf ihren eigenen Vorteil aus.«

»Früher ...«

»Ach, Scheißdreck! Es war schon immer ein und dieselbe Klauerei. Wenn jemand so naiv ist, an das Allgemeinwohl zu glauben, wird er ausgenutzt, solange sein Kinderglaube reicht. Ich kann mich auch daran gut erinnern ... Ich durfte kostenlos oder zum Hungerlohn Artikel schreiben, und als dann endlich eine Stelle frei wurde, bekam sie ein Freund des Chefredakteurs, ob er nun schreiben konnte oder nicht ... Und Hella war auch nicht anders ... meine eigene Schwester. Ich stellte sie dir vor, und sie schlug sofort zu. Und gab nicht nach, obwohl ich ihr sagte, ich hätte schon reserviert. Zehn Jahre lang sah ich mir das an, kümmerte mich sogar um euren Jungen, als wäre es mein eigener. Dann riss mir der Geduldsfaden ...«

Henna kam zur Besinnung, als sie am anderen Ende der Leitung ein Schnarchen hörte. Oder eine Art Röcheln. Es raschelte, dann meldete sich eine weibliche Stimme.

»Entschuldigung, er schläft jetzt«, sagte die Stimme auf Schwedisch.

»Okay«, sagte Henna.

Möge er in Frieden ruhen.

Henna legte den Hörer auf die Gabel des violetten Telefons. In der dicken Staubschicht blieben deutlich sichtbare Fingerabdrücke zurück. Es war eine Weile her, dass sie den Apparat zuletzt benutzt hatte. Oder Staub gewischt hatte. Für beides gab es auch keinen Grund.

Der andere Victor döste draußen auf dem Brunnendeckel, trocknete in der Sonne seinen zottigen Pelz. Der Nieselregen hatte bereits um die Mittagszeit aufgehört. Durch das offene Fenster drang das Geräusch eines Zuges herein, es war ein Pendolino, er hupte, bevor er in den Bahnhof einfuhr. Ansonsten war es still in der Wohnsiedlung am Hang. Ernesto war vor zwei Stunden verschwunden, wohin auch immer. Hatte angeblich etwas zu erledigen. Er ging zu Fuß, der Wartburg war ihm nicht mehr gut genug. Erregte angeblich zu viel Aufsehen. Und während der Fahrt hatte man manchmal plötzlich das lose Lenkrad in der Hand.

Henna schlug das Herz bis zum Hals. Sie merkte, wie sie sich immer mehr aufregte. Zuerst Ernesto und jetzt Victor. Immer wieder kam die Vergangenheit an die

Oberfläche, auch wenn man sie noch so energisch zu ertränken versuchte. Die Last der Jahre drückte ihr auf die Schultern und zwang sie in die Knie, raubte ihr fast den Atem.

Und das alles wegen ein paar Dutzend Messerstichen. Oder wie viele waren es genau gewesen? Sie erinnerte sich nicht mehr. Sie wollte sich nicht daran erinnern. Und sie erinnerte sich trotzdem noch an alles, und zwar viel zu genau: an den klaren Wintertag, an die Eisblumen am Fenster, an Hella, die von der frischen Luft und vor Begeisterung rote Backen hatte, als sie in der Küche erzählte, sie würden nach Schweden gehen, sie habe dort Arbeit gefunden und Victor sei auch etwas in Aussicht gestellt worden, außerdem falle Erno dort nicht so auf, weil es in Schweden mehr Kinder mit etwas dunklerer Haut gebe als in Finnland. Und ich?, hatte Henna geschrien, ich spiele hier bereitwillig seit über zehn Jahren die zweite Geige, kümmere mich um den Jungen, als wäre es mein eigener Sohn, tröste Victor, wenn du grausam zu ihm bist, und das ist jetzt der Dank – ihr lasst mich einfach sitzen, ja? Hella wird daraufhin kreidebleich. Was meinst du damit, dass du und Victor …? Und das Brotmesser, das Henna in der Hand hält, um damit den Hefezopf zu schneiden, erwacht zum Leben, es senkt sich nicht in den Zopf auf dem Schneidebrett, sondern erhebt sich in die Luft, wie aus eigener Kraft, ohne Hennas Zutun, saust auf die am Kopfende des Tisches sitzende Hella nieder, auf ihre Schulter, die Klinge trifft schräg auf und rutscht ab, kratzt nur ein bisschen an der Strickjacke. Hellas Staunen verwandelt sich in Entsetzen, sie hebt die Hände, um sich zu schützen. Du, meine eigene Schwester? Hennas linke Hand wischt die Deckung beiseite, und die rechte sticht das Messer in die

Brust, in die Mitte, die Klinge dringt durch den Stoff bis ins Fleisch und knackt das Brustbein, gleitet daran hinab und reißt eine lange, blutende Wunde auf, wieder hebt sich Hennas Hand und senkt sich wieder, viele Male hintereinander, Hella kippt mitsamt ihrem Stuhl auf den Fußboden, liegt auf dem Rücken, und Henna stürzt sich auf sie, sticht immer wieder zu, sie zählt bis zweiunddreißig, ist sich aber nicht ganz sicher, womöglich ist sie beim Zählen durcheinandergekommen, wie auch sonst, und dann liegt Hella ganz schlaff da, leblos, ausdruckslos. Blutüberströmt.

Und Ernesto steht daneben, der zehnjährige Junge mit den braunen Augen und den langen Locken, er steht da, sieht hin und fragt schließlich:

»Was hast du mit der Mama gemacht, Henna?«

Und Henna schaut auf ihre Hände, lässt das Messer fallen und fällt selbst in einen dunklen Schacht, aus dem sie noch immer nicht herausgekommen ist.

Sie hat es nicht einmal versucht.

14

Die alte Halle mit dem Halbrunddach stand am Rand eines Fichtenwäldchens, nicht weit von der Ortsmitte von Turenki entfernt, aber so, dass man sie von der großen Straße aus nicht sehen konnte. Hinter der Halle stand ein Veteranenhaus mit Eternitverkleidung, abgeschirmt von einem zwei Meter hohen, rot gestrichenen Bretterzaun. Ernesto parkte den braunen neunhunderter Saab vor der Halle und stieg aus, um sich in der Nachmittagssonne die reparaturbedürftigen Autos auf dem asphaltierten Gelände anzusehen. Sein Körper wurde allmählich wieder beweglich, jedenfalls hatte er die schlimmste Steifheit abgeschüttelt. Die Trombe kam ihm immer mehr wie ein böser Traum vor, an den er sich allerdings noch allzu gut erinnerte.

KFZ-WERKSTATT ALANEN stand in großen Buchstaben über der Doppeltür der Halle. Die Aufschrift musste mindestens aus den Sechzigerjahren stammen und sah nicht so aus, als wäre sie gerade kürzlich nachgemalt worden. Von Leuchtreklame keine Spur.

Man hörte Schweißgeräusche aus der Halle. Ernesto stellte den Kragen seiner Lederjacke auf, stieß den einen Türflügel auf und trat ein. Die Fenster waren hoch und schmutzig und nützten nicht viel. Aber an der Decke brannte eine Neonröhre neben der anderen, sie sorgten dafür, dass der Raum in Licht badete, in flackerndem Licht.

Ein halbes Dutzend Autos standen in der Halle, bei allen war die Reparatur noch nicht abgeschlossen. Ganz hinten schweißte ein grauhaariger Mann im grauen Overall ein neues Blech an den Unterboden eines aufgebockten alten Mercedes. Der Funkenregen schlug gegen die schwarze Scheibe der roten Schweißmaske. Weiter vorne beugte sich ein kleiner, dunkelhaariger Mann über die verbeulte Fahrertür eines weißen Opel Astra. Von hinten konnte Ernesto nur den weiten dunkelblauen Overall sehen, die Arbeitssandalen und den Pferdeschwanz, der unter der Mütze hervorsprang. Das Fenster des Astra war offen. Der kleine Mann schob zuerst eine Scheibe und danach einen Metallhaken durch das Fenster, drehte dann ganz langsam den Haken und zwang das Türblech, sich halbmillimeterweise zu dehnen. Wenig später war keine Beule mehr zu sehen.

»Das ist ja richtige Kunst«, sagte Ernesto.

Der kleine Mann erschrak und drehte sich mit dem Haken in der Hand zu Ernesto um. Nun war es an Ernesto zu erschrecken. Der Mann war eine Frau, der weite Overall hatte getrogen.

Sie ließ ein Lächeln aufblitzen, von dem Ernesto weiche Knie bekam. Ihre dunkelbraunen Augen waren mandelförmig. Auf den Lippen trug sie Pink, auf den hohen Wangenknochen einen Hauch von Motoröl. Ihre Gesichtszüge ließen an Osten denken, aber sie hatte beim Sprechen keinen Akzent. Jedenfalls hörte Ernesto nichts dergleichen.

»Das ist noch nicht gut genug«, sagte sie und nahm einen roten Hammer und einen grünen Meißel mit Plastikkopf vom Werkzeugwagen. Damit bearbeitete sie die unmittelbare Umgebung der Delle von außen. »Das ist ein neues System aus Amerika, ich mache das erst seit einem Jahr. Heutzutage hält der Lack das gut aus. Wenn ein Stein dagegen schlägt, entstehen Wellen – wie im Wasser, wenn man einen Stein hineinwirft. Wenn man eine Zeitlang abwechselnd von innen dreht und von außen klopft, kriegt man das wieder sauber hin. Da braucht man keine neue Lackierung und nix.«

Ernesto nahm einen großen Vorschlaghammer vom Wagen und fragte:

»Und wenn man damit zuschlägt?«

Die Frau sprang auf.

»Spinnst du?«

Sie wurde so laut, dass der alte Mann seine Schweißarbeit unterbrach, Sauerstoff- und Gasflasche zudrehte und sich die Schweißmaske auf die Stirn schob.

»Was ist denn los?«

»Ich bin gekommen, um meinen Anteil zu kassieren.«

»Ich bin noch nicht tot!«, schnauzte der alte Mann und stand auf, den Schweißbrenner noch in der Hand. »Außerdem habe ich dich in meinem Testament nicht berücksichtigt!«

»Du kennst mich ja nicht mal«, verteidigte sich Ernesto.

»Solche wie dich erkennt man gleich«, sagte die Frau. »Ob Engel oder Teufel, alles ein und dieselbe Bande.«

Anscheinend hatte sie den kleinen Schriftzug auf Ernestos Lederjacke gesehen.

»Es könnte mir ja egal sein, aber ihr habt angeblich einen Kredit bekommen. Schon vor zehn Jahren, als die Bank euch drohte, die ganze Firma dichtzumachen.«

»Das war der scheiß Währungskredit«, sagte der alte Mann und legte den Schweißbrenner auf den Boden. »Wir hätten gar keine Not gehabt, aber der verdammte Irreführer von der Bank ...«

»Wie, habt ihr was gegen Banken?«, fragte Ernesto mit erwachtem Interesse.

»Wieso?«, wollte die Frau wissen. Sie sah immer noch so aus, als hätte sie Lust, mit Hammer und Meißel Ernestos Schädelplatte auszubeulen.

»Ich dachte nur. Weil ihr offenbar kein Geld habt und ich wiederum Bedarf an so einer abgelegenen Werkstatt hätte, in der man mit Autos alles Mögliche machen kann ...«

»Wir machen keine illegalen Sachen!«, schnauzte der Mann und kam mit energischen Schritten näher. Allerdings hinkte er auf dem linken Bein, weshalb das Energische schon auf den ersten Metern zu einem staksenden Humpeln verkümmerte. Ernesto musste an den Glöckner von Notre Dame denken, in dem Film, in dem Anthony Quinn die Hauptrolle spielte. Der Alte war genauso klein und bucklig.

»Wer redet denn von illegalen Sachen?«, sagte Ernesto. »Ihr sorgt lediglich dafür, dass die Autos laufen. Ich bringe sie her und wieder weg.«

Die Frau musterte Ernesto eine Zeitlang mit ihren großen braunen Augen, legte dann den Hammer und den Meißel auf den Werkzeugwagen zurück. Sie winkte dem Alten zu und fasste Ernesto beim Arm.

»Mach du mit der Arbeit weiter, Papa. Ich führe die Verhandlungen. Schließlich bin ich ja auch die Geschäftsführerin ...«

Ernesto legte den Vorschlaghammer auf den Boden.

»Wo gehen wir hin?«

»Wir haben da hinten ein Büro. Ich heiße übrigens Marjo.«

»Erno.«

»Sieh an ... beide hinten den gleichen Buchstaben.«

Der Alte starrte sie an, als sie an ihm vorbeigingen. Ernesto lächelte ihm zu, und Marjo tätschelte ihm die Schulter.

»Kein Problem, Paps. Ich weiß, wie man mit Kerlen fertig wird.«

Der Mann lächelte so säuerlich, dass Ernesto annehmen musste, dass Marjo ein bisschen zu gut mit den Kerlen fertig wurde. Nach Ansicht ihres Vaters, wohlgemerkt.

Ernesto fand es eher vielversprechend. Das galt auch für ihren Gang, bei dem sich die Hüften bewegten, als säßen sie in Kugellagern. Hatte wahrscheinlich mit den äußeren Einflüssen zu tun.

»Du kommst mir cleverer vor als die zwei, die früher hier waren«, sagte Marjo auf dem Weg ins Büro mit Schlafzimmerstimme.

»Ich hab gehört, dass es Idioten waren«, sagte Ernesto. »Darum bin ich geschickt worden, um nachzusehen, wie hier eigentlich die Lage ist.«

»Na, wenn du schon so clever bist«, meinte Marjo und fasste in den Blechschrank des Büros, »dann kapierst du sicher auch sofort, was das hier ist.«

Der Schlafzimmerton war wie weggeblasen. Warum, war leicht zu verstehen. Sie richtete eine zweiläufige Schrotflinte auf Ernestos Magen und lud durch.

Instinktiv spannte Ernesto die Bauchmuskeln an, obwohl er wusste, dass ihm das gegen die Schrotkugeln nicht viel nützen würde. Der Abstand betrug zwei Meter. Würde er sich auf die Braut stürzen, hätte sie Zeit genug, abzudrücken, bevor er den Lauf zur Seite biegen konnte. In dem spärlich eingerichteten Büro konnte man nirgendwo in Deckung gehen. Und Ernesto stand bereits so weit über der Schwelle, dass er es auch nicht bis hinter den Türrahmen schaffen würde. Eine Waffe hatte er nicht dabei.

Warum hatte er der Braut so ausschließlich auf den Arsch geguckt, anstatt die Aufmerksamkeit auch mal auf die Hände zu richten? Na, eben deswegen, natürlich. Der Mensch war primitiv. Zumindest in der männlichen Ausgabe.

Zum Glück hielt die Frau die Flinte routiniert und wirkte auch sonst ziemlich ruhig, auch wenn ihre Wangen unter den Ölflecken rot geworden waren. Es war nicht zu befürchten, dass sie aus Versehen abdrückte.

»Okay, ich gehe«, sagte Ernesto. »Aber euch ist doch klar, dass es dabei nicht bleibt?«

»Nein«, sagte die Braut. »Ich kenne jemanden bei der Polizei, dem sage ich Bescheid. Wir haben für die geliehenen zehntausend schon mindestens zwanzigtausend bezahlt. Ich finde, das reicht.«

»Ihr habt die Bedingungen gekannt, als ihr den Kredit aufgenommen habt.«

»Mein Vater hat das kaum geschnallt. Der hat noch nie was von Geld verstanden. Ein Wunder, dass die Klitsche hier überhaupt noch stand, als ich die Zügel in die Hand nahm.«

Ernesto schaute die Frau an und fing an zu lächeln.

»Leg die Flinte weg und lass uns verhandeln. Ich habe alle Vollmachten.«

»Ich scheiß auf deine Verhandlungen!«, fuhr Marjo ihn an und machte eine kleine Bewegung mit dem Gewehrlauf. »Verpiss dich!«

»Okay, okay«, beschwichtigte Ernesto. »Aber es kann sein, dass später andere Besucher kommen. Und ich wette, dass ihr nicht besonders gut versichert seid ...«

»Was sollen die verfluchten Anspielungen, du Gauner«, knurrte der Alte hinter Ernesto. »Marjo hat recht. Ihr habt uns genug gemolken. Jetzt reicht es. Wenn noch mal einer von euch seine Visage hier zeigt, drück ich ab, verdammt noch mal! Dafür gibt es höchstens eine Bewährungsstrafe wegen übertriebener Notwehr. Wenn wir erzählen, wie ihr uns zugesetzt habt ...«

»Das hat man nun davon, wenn man Menschen in ihrer Not helfen will«, sagte Ernesto resigniert und schickte sich an, an dem Alten vorbei zum Ausgang zu gehen.

»Wenn du meinem Vater zu nahe kommst, schieße ich!«, drohte Marjo.

Sie schießt nicht, schätzte Ernesto. Nicht von hinten. Und danach wird sie es nicht mehr wagen, weil ich mir ihren Vater als Schutzschild schnappe.

Ernesto hatte den Alten schon fast erreicht. Er machte einen Satz nach rechts, streckte die Hände nach dem Overallärmel des Mannes aus und brach plötzlich zusammen, weil das linke Bein mitten im Schritt unter ihm nachgab. Erst da hörte er den Knall hinter sich und spürte den brennenden Schmerz in der Wade. Die Schrotkugeln hatten das Fleisch unangenehm aufplatzen lassen.

»Scheiße!«, brüllte Ernesto und hielt sich mit beiden Händen das Bein, wälzte sich auf dem Betonboden und versuchte den Blutfluss zu stoppen, indem er sich ein Stück von seiner zerfetzten Jeans um die Wade band. »Du bringst mich um!«

»Noch nicht«, sagte die Frau und kam näher, wobei sie den Hahn des zweiten Laufs spannte. »Du hast wohl geglaubt, ich schieße nicht.«

»Die Kleine ist eine bessere Entenjägerin, als ich es je gewesen bin«, sagte der Alte stolz. »Die trifft immer.«

»Ich brauch einen Verband, damit ich nicht ausblute!«, jammerte Ernesto.

»Dann kriechst du am besten zu deinem Auto und holst dir was aus dem Verbandskasten«, sagte Marjo und bewegte wieder den Lauf der Flinte. »Oder glaubst du, dass ich auf einen verwundeten Mann nicht schieße?«

Ernesto sagte nichts mehr, sondern rappelte sich auf und hüpfte ächzend und mit schmerzverzerrtem Gesicht auf einem Bein zum Ausgang. In dieser Werkstatt glaubte er an gar nichts mehr.

»Wenn es dabei bleibt, sage ich der Polizei nichts«, rief ihm Marjo vom Hallentor aus zu, als Ernesto schon an seinem braunen Saab lehnte und die Fahrertür aufmachte. »Wir sind jetzt quitt.«

»Quitt!«, prustete es aus Ernesto heraus. »Und mein Bein?«

»Das hat sozusagen stellvertretend hinhalten müssen. Tut mir leid«, sagte sie und schulterte die Flinte. »Die Idioten haben meinem Vater vor zwei Jahren das Knie zertrümmert.«

»Könnten wir nicht noch mal verhandeln? Ich bräuchte wirklich so eine Werkstatt. Ich zahle auch. Einen guten Preis ...«

Marjo nahm die Flinte wieder von der Schulter und richtete sie auf Ernesto.

»Hau ab!«

Ernesto hätte sich in den Hintern treten können, wenn er gekonnt hätte. Warum hatte er nicht den Mund gehalten? Jetzt hatte er keine andere Möglichkeit mehr, als den Rückzug anzutreten. So ehrenvoll es ging. Und zwar schnell.

Zum Glück hatte der Saab Automatikgetriebe. Mit dem Bein wäre es eine zu große Aufgabe gewesen, die Kupplung zu bedienen. Er wendete, dass der Sand aufspritzte, und raste zweihundert Meter übers Feld zur großen Straße, fuhr ein Stück in Richtung Hämeenlinna und hielt am nächsten geraden Abschnitt am Straßenrand an.

Der Turnschuh triefte vor Blut. Ernesto zog die Lederjacke aus, dann das T-Shirt und knotete es fest um die linke Wade. Die Schrotkugeln hatten Fleisch und Adern aufgerissen, aber die Knochen schienen heil zu sein. Allerdings fühlte es sich so an, als säßen sie an der falschen Stelle. Man musste sich ziemlich zusammenreißen, um den Schmerz zu ertragen und anzunehmen.

Verdammte Scheiße, was hatte die Braut getan! Dafür würde er sich rächen. Aber noch nicht gleich. Zuerst musste das Ding gedreht werden. Falls er das mit diesem Bein hinbekäme.

Na klar, würde er es hinbekommen. Er hatte gar keine Wahl. Die Kumpels aus seiner alten Gang waren vielleicht schon auf dem Weg nach Hämeenlinna. Der Boss kannte ihn zu gut, er wusste alles über ihn. Alle Finnen kannten sich. Vor allem im Ausland.

Warum war er seinerzeit nicht in Hämeenlinna geblieben? Warum hatte er nach Schweden gehen müssen? Na, der Boss, Tomppa Juvonen, hatte ihn dorthin gelockt. Sie sollten reich werden, das war der Plan.

Dieses Wunder hatte er zwar nicht zu Gesicht bekommen, dafür aber schwedische Gardinen. Eine echte Sehenswürdigkeit. Tomppa saß auch gerade hinter welchen, zwei Jahre wegen Steuerhinterziehung. Sogar seine goldene Uhr war er losgeworden, weil er auf einem Zeitungsfoto damit angegeben hatte. Prompt hatte der Gerichtsvollzieher zugeschlagen.

Aber Ernesto musste jetzt erst mal zum Sägewerkhügel und die Wunden reinigen. Henna hatte bestimmt Desinfektionsmittel. Er startete den Wagen und machte das Radio an. Es kam ein Lied von Marion: »Tom Tom Tom« ... Yeah, was für ein Song!

Es war gar nicht schlecht, so durch die Gegend zu fahren, sogar mit kaputtem Bein.

15 Allu schob sich in die heiße und nach Fett stinkende Imbissstube und wartete, bis ein dicker dreißigjähriger Anstreicher seine Fleischbällchenkartoffelbreiportion bekommen hatte und sich an den Fenstertisch verzog.

»Was darf's sein?«, fragte Bumm-Bumm-Arnie hinter der Theke und wischte sich die Hände an der langen Schürze ab, auf der gerade keine Fettflecken zu erkennen waren. Unter der Schürze trug er die Hosen eines Tarnanzugs und ein dunkelgrünes T-Shirt. Immerhin hatte er seine ewige Tarnjacke ausgezogen.

Arnie war nicht groß, aber dafür umso breiter. Irgendwie viereckig, eher stämmig als dick. Um die fünfzig. Der natürlich wuchernde Bart leuchtete radikal rot. Das Gesicht war aufgedunsen und fleischig, die Augen waren Schlitze, nicht viel tiefer als die übrigen Furchen, aber es blitzte darin blassblau. Arnie sah aus wie ein Mann, der vom Leben nichts mehr erwartete. Wahrscheinlich würde er nicht enttäuscht werden.

»Hättest du was da, was richtig abgeht?«, fragte Allu.

»Die Atom-Pirogge ist ziemlich beliebt. Oder die Polizei Spezial.«

»Atom klingt besser, aber ist die nicht ein bisschen schwer zu handhaben?«

»Hängt vom Verwendungszweck ab«, meinte Arnie, rückte sich das Schiffchen auf den dicken blonden Haaren zurecht und beugte sich nach vorne. Man roch am Atem, dass ihm die arbeitsplatzspezifischen Vergünstigungen schmeckten. Knoblauch inklusive. »Ich hab noch Bewährung, ich kann mich in nichts reinziehen lassen«, flüsterte er.

»Wann kommst du hier raus?«

»Ich hör um sechs auf. Der Besitzer macht die Spätschicht.«

»Wir sehen uns nach sechs in der Bücherei, im Zeitungslesesaal.«

Arnie strich sich über den Bart und überlegte einen Moment, dann nickte er. Unter dem Bart waren ein paar weiße Narben zu erkennen. Dort wuchs nichts.

»Willst du was essen?«

Allu nahm einen Hotzi mit doppelter Wurst und eine Cola und ging die Hallituskatu hinunter zum Ufer, um dort zu essen. Die Sonne schien zwischen den Edelholzbäumen hindurch und wärmte. Auf einem Schiff fotografierten sich japanische Touristen gegenseitig. Eine Seerundfahrt stand bevor. Leute, die Mittagspause hatten, bevölkerten das Casino, einige saßen sogar auf der Terrasse. In der Grünanlage vor dem Gesundheitszentrum teilten sich zwei alte Bekannte von Allu das dritte Frühstück. Auf den Straßen rauschte der Verkehr, die Brücke rumpelte und die Schiffshupe ertönte.

Allu genoss das alles.

Auf einem alten, aber glänzend lackierten Holzboot unmittelbar in Allus Nähe erwachten die letzten Segelurlauber des Sommers, ein Ehepaar mittleren Alters in verschossenen Jogginghosen und Sweatshirts, sie hantierten in der Kajüte, machten Frühstück und kochten Kaffee, hörten Nachrichten und Musik auf Radio Suomi. Der Mann und die Frau waren im Lauf der Jahre einander ähnlich geworden, sie berührten sich beiläufig und gaben sich Küsschen, zärtlich und routiniert. Falls sie Kinder hatten, waren sie bereits ausgezogen. Das Paar hatte wieder Zeit für sich.

Sahen so Allu und Leila in zwanzig Jahren aus?

Was morgen war, wusste man nicht und sollte man auch nicht wissen. Erno hatte recht. Es gab nur diesen Augenblick. Diese Parkbank. Diesen Hotzi und diese Cola. Diesen Rülpser. Die Spatzen, die da drüben auf der Erde hüpften, und die Fliegen dort am Mülleimer.

Allu putzte sich mit der gelbgrünen Papierserviette den Mund ab, warf die Flasche und den Abfall zur Freude der Fliegen in den Mülleimer, wischte für die Spatzen die Krümel vom Schoß und nahm das Handy aus der Tasche. Leksa meldete sich sofort.

»Die Möwe fliegt hoch«, sagte Allu.

»Und scheißt kräftig«, fügte Leksa hinzu.

Allu konnte also reden. Trotzdem mußten sie vorsichtig sein. Man wusste nie, wann die Adler lauschten. Oder die Bullen.

»Ginge es in einer halben Stunde auf dem Parkplatz vor der Stadtbücherei?«

»Daran hab ich ein paar schlechte Erinnerungen«, sagte Leksa.

»Wie wär's mit der Eishalle?«

»Neben der Trainingshalle. Da ist man geschützter.«

»Auf dem Parkplatz neben der Trainingshalle. Okay. Halbe Stunde.«

»Ciao.«

Der kürzeste Weg führte den Hang hinauf, durch die Innenstadt nach Kauriala und dort vom Sportplatz aus um den Brezelhügel herum. Zwei Kilometer Fußmarsch. Ein Stück konnte man mit dem Bus Nummer vier fahren, aber Allu ging gern zu Fuß. Er beschloss, den etwas längeren Weg am Seeufer entlang zu gehen und die Aussicht auf die Halbinsel Varikonniemi und die Burg mitzunehmen.

Als Allu durch den Burgpark zur Tampereentie ging,

beschlich ihn ein merkwürdiges Gefühl. Folgte ihm jemand? Ozzy und sein Bruder waren verschwunden und Hurme hatte das Kriegsbeil begraben, aber vielleicht gab es einen neuen Feind. Oder einen alten. Wer wusste das schon? Mit einem Nebenjob als Helfer der Polizei hatte man einen schlechten Ruf in der Unterwelt, und obwohl er es garantiert nicht ausposaunte, hatte man ihn manchmal verdächtigt. In der Welt der Junkies und Ganoven gehörten Halluzinationen zum Alltag, und der Weg vom Wort zur Tat konnte verdammt kurz sein. Ziemlich oft wurde das Wort auch komplett weggelassen.

Allu betrat den Kiosk im Park. Er kaufte sich Mentholkaugummi und schaute durchs Fenster, während er die Packung öffnete. Ein Mann, der seinen Hund ausführte, ein Fahrradfahrer, eine Mutter mit kleinem Kind ... und eine Frau mit Kugelbauch, die sich auf der anderen Seite der Wiese vergeblich hinter einer kleinen Fichte zu verstecken versuchte.

Als Allu den Kiosk verließ und Kaugummi kauend über die feuchte Wiese ging, kam Leila hinter der Fichte hervor und ihm entgegen. Sie schien sich nicht einmal zu schämen.

»Vertraust du mir nicht?«, fragte Allu.

»Ich dachte bloß ...«

»Was dachtest du?«

»Dass ich dich retten könnte, falls du in die Klemme gerätst.«

»Ach, das dachtest du?«

»Ja, das dachte ich«, sagte Leila und streckte beide Arme nach ihm aus. »Ist das nicht eine Umarmung wert?«

Allu konnte sich nicht mehr beherrschen. Er musste sie in den Arm nehmen und küssen.

»Jemand könnte uns sehen«, sagte Leila nach einer Weile, als sie beide Atem holten. »Jemand könnte glauben, dass wir uns kennen.«

»Echt?«, meinte Allu. »Sollen wir vielleicht irgendwo hingehen?«

»Zu mir oder zu dir?«

»Geh schon mal zu dir nach Hause. Ich komme bald nach.«

»Wann?«

»Bald. Ich muss nur noch was erledigen.«

»Ein kleines Ding, oder was?«

»Was für ein Ding?«, wunderte sich Allu. »Frag ich dich vielleicht nach der Arbeit?«

»Ja.«

»Na, das ist ja auch was anderes. Wir sehn uns bald. Aber zuerst noch einen Abschiedskuss.«

Vor der Unterführung der Autobahn drehte sich Allu noch einmal schnell um. Leila war nicht mehr zu sehen.

Sie schien zu tun, was er ihr vorgeschlagen hatte.

Trotzdem plagte ihn etwas. Es gab nur diesen Augenblick, ja. Aber wenn sie ihn erwischten, würde Leila in die Luft gehen. Und für das Kleine wäre es bestimmt nicht gut, wenn der Papa gleich am Anfang mehrere Jahre auf Dienstreise müsste. Oder dauerhaft auf den Friedhof. In Schweden war am Montag ein Geldtransporter überfallen worden, und dabei waren mindestens zwei Menschen ums Leben gekommen. Ein Täter und ein Polizist.

Allu wollte nicht sterben. Und auch nicht lebenslänglich kriegen. Er hatte aber keine Wahl. Erno würde ihn garantiert umlegen, wenn er versuchte, sich davonzustehlen. Besser, erst gar keinen Anlass zum Argwohn liefern.

Er musste weitermachen. Er musste warten, bis die passende Gelegenheit zum Aussteigen kam. Und falls sie nicht käme ... na ja, das Geld würde schon beruhigen. Aber wie sollte er Leila dann seinen plötzlichen Reichtum erklären?

Eine überraschende Erbschaft von der Mama? Die Lebensversicherung seines verstorbenen Vaters?

Das würde sie ihm nicht abnehmen. Leila war eine Polizistin, Leila ließ sich nichts vormachen. Wie Allu, auch wenn sie auf verschiedenen Seiten standen. Beziehungsweise auf derselben. In letzter Zeit.

Schon seit über einem Jahr. Alles hatte damit angefangen, dass Allus ehemaliger Kontaktbulle ihn an Leila weitervererbt hatte. Sie hatten sich auch vorher schon gesehen, aber da hatte immer Leilas Kollege Murto die Show abgezogen und Allu und Leila hatten sich nur angeguckt.

Und jetzt war es so weit gekommen. Die Polizistin erwartete das Kind von einem Kriminellen, einen künftigen Gangster oder Cop. Erbliche Vorbelastungen gab es aus beiden Richtungen. Aber vielleicht würde der Kleine selbst entscheiden. Vielleicht würde er Anwalt werden.

Nein, verdammt, dann lieber ein ehrlicher Bulle.

Vor dem Brezelhügel machte Allu noch einen zusätzlichen Umweg. Als er dann zwischen dem Parkplatz der Eishalle und der Firma *Qualitätsbeton* den Weg hinunterging, der an der Trainingshalle vorbeiführte, sah er einen weißen Ibiza, den er kannte, in der hintersten Ecke des Parkplatzes stehen.

Er hätte sich nicht für das Bild, das Erno gemalt hatte, so begeistern sollen. Reicher Mann. Von wegen. Was sollte Allu mit Reichtum anfangen? Er war das bescheidene Leben gewohnt. Er war nicht gemacht für Golf-Clubs, teure Restaurants, Hotels oder die VIP-Räume von Nacktbars. Er war für Imbissbuden und Karaoke-Abende gemacht, oder für abgewetzte Billardtische. Oder für eine städtische Mietwohnung mit Leila und dem Kleinen.

Der Weg führte geradeaus weiter zum Tenniszentrum. Dahinter kam der Höhenzug vom Naherholungsgebiet Ahvenisto. Um diese Tageszeit war in der Gegend nicht viel los. Auch zum Strand ging man auf einem anderen Weg, durch das ehemalige olympische Dorf.

Leksa war fünfundvierzig, klein, hatte dicke Gliedmaßen und war nicht ganz schlank. Die ziemlich kurzen Haare trug er nach hinten gekämmt, und der Haaransatz wich bereits in ziemlichem Tempo zurück. Er wartete im Auto, hörte Feelgood von einer CD und trommelte im Takt des Britblues zufrieden aufs Lenkrad. Als sich Allu neben ihn setzte, rückte er den schmalen Ledergürtel seiner schwarzen Jeans zurecht und sagte:

»Du bist spät dran, aber das macht nichts. Ich hab mir einen Player besorgt. Im Radio kommt ja nichts Gescheites mehr.«

»Amen«, sagte Allu. »Sogar den King hört man heutzutage nur noch verdammt selten.«

Leksa nickte.

»Und dabei gibt es so viele von der Sorte, alles Brüder, alle gut, Albert, Freddie, BB und wie sie alle heißen.«

»Ich meine Elvis.«

»Ach so. Albert hat den ›Blues for Elvis‹ gemacht. Aber es gibt Besseres von ihm.«

Allu beschloss, das Thema zu wechseln.

»Also, könntest du AK-Siebenundvierziger auftreiben? Oder was Entsprechendes?«

»Der Markt ist voll davon. Sind allerdings keine Originale, sondern billige chinesische Kopien, aber sie erfüllen ihren Zweck.«

»Wenn man sie nicht zu sehr schüttelt, oder wie?«

»Auch sonst. Der Preis für die chinesischen Fabrikate ist hochgegangen, dass es nur so rauscht. Da ist schon ein bisschen Plastik mit dabei, also nichts für die Ewigkeit, aber die sind ja wohl auch nicht für den dauerhaften Gebrauch bestimmt, oder?«

»Sie sollten aber auch nicht gerade beim ersten Anfassen auseinanderfallen.«

»Das tun sie nicht. Die Preise sind gestiegen, aber bei mir kaufst du immer preiswert ein«, sagte Leksa und grinste, wobei er sich die linke Hand auf den Bauch legte. Ziemlich in die Mitte. »Verdammt, wie das brennt. Den ganzen Tag schon. Vermutlich Säure.«

»Hoffentlich hast du kein Magengeschwür«, sagte Allu. »Bei Unternehmern ist das weit verbreitet.«

»Ich werde aber bestimmt nicht anfangen, Pflaster zu fressen.«

Allu nickte.

»Was würde für drei Tschingtschang-AKs denn so anfallen?«

»Drei Riesen. Dazu zwei Magazine Munition.«

»Pro Waffe, oder wie?«

»Würde ich sagen. Wie hört sich das an?«

»Ich muss das weitergeben, ich bin nur der Vermittler. Aber für mich klingt es ganz vernünftig.«

»Von mir gibt's allerdings keine Provision. Die sind so billig, da bleibt mir ja sonst selbst nichts auf der Hand.«

»Warum verkaufst du die dann?«

»Mir macht's halt Spaß, wenn ich was zu tun hab.

Und ein bisschen Spannung ist auch dabei. Außerdem bin ich gern daran beteiligt, die Welt sicherer zu machen.«

»Das ist jetzt nicht dein Ernst?«, hakte Allu nach.

»Warum nicht?« Leksa verzog keine Miene. »Das ist mein Beruf. An irgendwas muss man glauben. Es sind nicht die Waffen, die Krieg führen, sondern die Menschen.«

Allu schüttelte den Kopf und öffnete die Wagentür.

»Ich ruf dich an.«

»Ruf zwei Stunden vorher an. Ich muss die Knarren aus dem Lager holen.«

Als Allu ausstieg, fragte Leksa:

»Was habt ihr damit vor?«

Allu richtete langsam den Blick auf Leksa.

»Nicht dass es mich was anginge ...«, fügte dieser schnell hinzu.

Allu setzte sich noch einmal in den Wagen.

»Ich kann es dir auch sagen. Aber posaune es nicht überall herum.«

»Ich bin doch kein Spitzel, Mann.«

»Wir machen die Welt ein bisschen sicherer«, sagte Allu langsam und mit Nachdruck.

Leksa nickte, schien mit der Antwort aber nicht sonderlich zufrieden. Er klang auch nicht so:

»Egal. Ich kaufe und verkaufe bloß. Mir muss man nichts erzählen.«

»Stimmt.«

»Es ist bloß ... Emma ist jetzt in der vierten und Maxim in der zweiten. Ich würde bis zu ihrem Schulabschluss gern auf freiem Fuß bleiben.«

»Mach dir keine Sorgen, wir wollen auch nicht erwischt werden«, sagte Allu, stieg wieder aus und ging davon.

Dabei fragte er sich, ob er wirklich aus diesem Ding aussteigen wollte. Oder tat er nur so, damit er später sagen konnte, er hätte es tun sollen?

Dann, wenn es zu spät wäre.

16 Der gelbe Volvo quälte sich im kleinen Gang den Hang hinauf und fuhr aufs Grundstück. Ein Aufkleber von Hertz auf der Scheibe. Mietwagen, folgerte Henna. Blonde Frau am Steuer, lange Haare, höchstens dreißig, kein Beifahrer. Was suchte die hier?

Doch nicht etwa Erno?

»*Der Himmel ist so schwarz, und in den Wäldern seufzt der Wind*«, sang Tapio Rautavaara von der Kassette. Das Band leierte, es klang, als hätte Tapio etwas genommen. Aber was er sang, hatte Hand und Fuß, auch wenn die Sonne schien. Der Himmel war im Allgemeinen schwarz. Oder blutrot.

Henna hatte ihren Musikgeschmack daheim erworben, wie auch ihre Weltanschauung. Ihre Großeltern waren Knechte und Mägde gewesen. Der eine Opa war 1918 in Tammisaari gestorben, im Bürgerkrieg, der andere war damals über die Ostgrenze geflohen und in den Dreißigerjahren im Zuge von Stalins Säuberungen umgebracht worden. Vater und Mutter hatten ihr Leben lang in einer Furnierholzfabrik gearbeitet, und Henna selbst hatte ihr erstes Geld mit Putzen verdient. Sie hatte das politische Bewusstsein und Solidarität nicht von Liedermachern lernen müssen, so wie die Bürgerkinder, die sich gern mit blauen Hemden ausstaffiert hatten.

Der Volvo hielt zwischen dem Nebengebäude und Hennas Küchenfenster an. Die Frau öffnete die Tür, zeigte beim Aussteigen lange Beine in Jeans und winkte Henna zu. Sie lächelte wie eine Anzeigenverkäuferin. Henna nahm einen kleinen Schluck und schraubte die Flasche zu, brachte Olavi Virta, der nach Rautavaara dran war, zum Schweigen und ging an die Tür. Sie war noch fast nüchtern und musste sich kaum an der Wand abstützen, obwohl das Haus schwankte wie die Schwedenfähre bei Sturm. Um diese Zeit am Nachmittag schwankte es immer.

Im Flur zog Henna die Steppjacke enger zusammen, bevor sie die Haustür aufmachte. Zugluft war Gift für alte Knochen, obwohl sie noch gar nicht so alt war, nicht einmal sechzig.

»Guten Tag«, sagte die junge Frau und bot die Hand. »Laura Jansson von der Kriminalpolizei Stockholm. Ich suche ...«

»Seit wann sprechen schwedische Polizisten Finnisch?«, fragte Henna, ohne die Hand zu ergreifen.

Die Frau zog die Hand zurück. Das Lächeln blieb auf dem Gesicht, wurde nur etwas matter.

»Meine Eltern sind Schwedenfinnen. Oder waren es, sie sind schon tot.«

»So wie wir alle«, sagte Henna. »Was suchst du hier? Die Vergangenheit?«

»Ernesto Jarra. Sind Sie nicht seine Tante Henna Viirilä?«

»Du hast die lange Reise umsonst gemacht, Mädchen. Ich hab Ernesto seit zehn Jahren nicht mehr gesehen.«

»Darf ich reinkommen?«

»Du kannst auch hier reden, falls es was zu sagen gibt.«

Henna schob sich über die Schwelle und machte die Tür hinter sich zu. Sie wollte draußen bleiben. Dann würde Ernesto sie sofort sehen, falls er zufällig zurückkäme.

»Wie Sie wollen«, sagte Laura Jansson und lehnte sich ans Geländer. Es löste sich von der Wand und von der Treppe, riss ein Stück Beton mit sich und knallte in die Brennnesseln.

Henna reichte der jungen Frau die Hand und half ihr, auf den Beinen zu bleiben, die andere Hand fest an der Türklinke. Diese war immerhin stabil und fest verschraubt.

»Danke«, sagte Laura Jansson. »Das war knapp.«

»Wie bei dem Mädchen, das zuletzt hier war«, sagte Henna und lehnte sich an die Haustür. Sogleich bröckelte Farbe ab. »Was gibt's?«

Laura Jansson blinzelte in der Nachmittagssonne. Blaue Augen, fast faltenlose Augenwinkel. Fast konnte man neidisch werden. Aber auch wenn die junge Frau ununterbrochen lächelte, nahm Henna mit ihrem Journalisteninstinkt sogar durch den Wodkanebel hindurch noch etwas anderes wahr. Etwas Schwarzes. Trauer, das war es. Dieselbe untröstliche Trauer, die Henna seit dem Tod ihrer Schwester empfunden hatte.

Der Gefängnispsychologe hatte gesagt, bestimmte Dinge sollte man besser vergessen. Aber Henna konnte das nicht. Auch wenn sie es noch so sehr gewollt hätte. Sie erinnerte sich. Das war ihr Fluch. Eine viel schlimmere Strafe als das Gefängnis. Im Knast war sie wenigstens anderen Unglücklichen und Verzweifelten begegnet. Sie hatte das Gefühl gehabt, dazuzugehören, hatte ihren Platz gekannt. Sie hatte sogar für die anderen Briefe in andere Gefängnisse geschrieben, auch ins Ausland. Sie selbst hatte niemandem geschrieben. Es hatte niemanden gegeben, dem sie hätte schreiben können.

Sie hatte versucht, Victor zu schreiben, versucht, alles zu erklären. Aber wenn sie es sich selbst nicht erklären konnte, wie dann anderen? Es war halt so gekommen. Der Mensch hat nicht immer die Kontrolle über das, was er tut. Selten weiß er es. Sehr selten. Normalerweise fehlte dem allen Sinn und Verstand.

Auch Gott war Henna im Knast offeriert worden, ihr, der alten Atheistin. Sie hatte ein paar Fragen gestellt und gemerkt, dass der arme Pfarrer selbst nicht wusste, was er da verkaufte. Opium für das Volk, angeblich. In Wahrheit eher Joints, gestreckt mit Oregano.

Plötzlich spürte Henna eine Hand auf der Schulter und erschrak. Ach ja, die junge Frau. Die Schwedin. Die Schwedenfinnin. Laura soundso.

»Ja?«, sagte Henna und schaute auf die Hand, die auf ihrer Schulter ruhte.

»Ich habe den Eindruck, Sie hören mir nicht zu«, sagte die Frau.

»'Tschuldigung, ich war woanders.«

»In einer besseren Welt?«

»Scheißdreck. Die gibt es nicht. Was willst du?«

Laura räusperte sich.

»Ich suche Ernesto Jarra, wie gesagt. Er steht unter dem Verdacht, an einem bewaffneten Raubüberfall in Hallunda beteiligt gewesen zu sein, bei dem zwei Menschen ums Leben kamen.«

»Wann?«

»Am Montag.«

»Was für einen Tag haben wir heute?«

»Mittwoch.«

»Noch immer dieselbe Woche, wie?«

Laura nickte.

»Ernesto kam gestern Vormittag mit der Fähre von Stockholm in Helsinki an. Er ist vom Bordfotografen der Silja Line aufgenommen worden. Sie sind seine nächste Verwandte in Finnland.«

»Da wird er doch nicht ausgerechnet zu mir kommen!«

»Es sind schon seltsamere Dinge passiert.«

»Also, ich hab ihn trotzdem nicht gesehen. Wie bist du denn hergekommen?«

»Mit dem Flugzeug und dem Mietwagen.«

»Hast du kein Vertrauen in die finnische Polizei?«

»Eines der Todesopfer des Überfalls war Polizist.«

»Ein Bekannter von dir, oder was?«

»Ein Kollege«, wich die junge Frau aus. »Falls Ernesto kommen sollte, rufen Sie mich an. Ich wohne im Hotel Vaakuna.«

»Wie damals der dänische Polizistenmörder«, sagte Henna. »Mir fällt sein Name jetzt nicht ein. Ich bin froh, dass ich meinen eigenen nicht vergesse ...«

»Hier ist meine Nummer«, sagte die Frau und reichte Henna ihre Visitenkarte. Darauf stand: ›LAURA JANSSON, *Kriminalöverkonstapel*, Stockholm‹. Und darunter eine Handynummer mit allen Vorwahlen.

Henna versprach nichts. Sie steckte die Karte in die Tasche ihrer Steppjacke und sah zu, wie die junge Frau auf dem Hof wendete und den Hang hinunterfuhr.

»Wer ... war ... das?«

Ernesto kam aus dem Wäldchen am oberen Hang auf den Hof gehumpelt. Er hörte sich so an und sah auch so aus, als hätte er Schmerzen. Hatte er sich am Bein verletzt?

»Eine schwedische Polizistin«, sagte Henna. »Was ist passiert?«

Ernesto antwortete nicht.

17

Als das Handy klingelte, kramte Leila es hastig aus der Handtasche. Allu würde doch nichts zugestoßen sein?

Die Anruferin war Marjo Alanen, eine alte Kneipenbekanntschaft, die Leila mindestens ein Jahr lang nicht mehr gesehen hatte. Sie versuchte erst gar nicht, ihre Enttäuschung zu verbergen.

»Na, wie geht's?«

»Du klingst ja wahnsinnig begeistert«, sagte Marjo.

»Entschuldige, aber ich warte auf meinen Mann.«

»Oder zumindest auf eine Erklärung, warum er nicht kommt. Stimmt's?«

»Du kennst die Männer.«

»Vielleicht nicht alle, aber ...«

»Wie viele muss man denn kennen?«, seufzte Leila. Allu war zwar anders als die anderen, aber das brauchte man ja nicht unbedingt überall herumzuposaunen.

»Ich hab einen interessanten Typen kennengelernt«, sagte Marjo. »Der könnte auch für dich interessant sein, in beruflicher Hinsicht, hab ich mir gedacht. Warst du nicht bei der Kripo?«

»Bin ich immer noch.«

»Ich weiß nicht, ob du dich erinnern kannst, aber mein Vater hat hier, am Rand von Turenki, eine Autowerkstatt. Seit einem Jahr bin ich jetzt die Geschäftsführerin. Generationenwechsel.«

»Und gleichzeitig Geschlechtsumwandlung, sozusagen. Glückwunsch.«

»Na ja, an meiner Arbeit hat sich nicht viel geändert. Außer dass ich jetzt nachts, wenn die Werkstatt zu ist, Büroarbeit machen darf. Oft komme ich nicht mehr nach Hämeenlinna in eine Kneipe. Nicht mal nach Turenki.«

Im Hintergrund hörte man Werkstattgeräusche, aber gedämpft. Wahrscheinlich durch die Wand hindurch.

»Ich geh auch nicht mehr viel weg. Ich bin im neunten Monat.«

»Dir auch herzlichen Glückwunsch.«

»Danke.«

»Dann bist du bestimmt in Mutterschutz. Interessiert dich meine Story überhaupt?«

»Erzähl nur. Ich kann dich dann in die richtige Abteilung schicken, falls nötig.«

»Das ist es garantiert. Du kennst doch die Schwarzen Engel?«

»Du meinst bestimmt nicht die LP von *Popeda*.«

»Eine Rockerbande. Aber mit Vans. Auf die bin ich auch in irgendeiner Kneipe gestoßen, speziell auf Izzy.«

»Izzy ist verschwunden, genau wie sein Bruder.«

»Das hab ich gehört. Aber ist im Winter nicht eine Hand von Izzy im See gefunden worden?«

»Ja, stimmt, im Vanaja. Anschließend hat man dort getaucht und es im Frühsommer noch mal mit Draggen versucht, aber man hat nichts gefunden. Kann sein, dass die Leichen anderswo versenkt worden sind, und die Hand einfach abgetrieben worden ist. Oder sie sind in einer Frühlingsnacht aus dem See gezogen und anderswo hingebracht worden.«

»Wie auch immer, mein Vater saß vor zehn Jahren, als meine Mutter den Abgang machte, mit seinen Bankkrediten in der Scheiße. Der Sprit schmeckte ihm von da an noch besser als zuvor, er machte seine Arbeit nicht, die Firma drohte Pleite zu gehen. Ich war damals noch an der FHS, und renovierte abends und am Wochenende die Autos, soweit ich es halt schaffte. Izzy besorgte meinem Vater einen Kredit über zehntausend beziehungsweise damals noch sechzigtausend in Finnmark. Dadurch saßen meinem Vater die Banken nicht mehr im Nacken, ich konnte mein Studium fertig machen und die Firma übernehmen.«

»Nehmen die Engel nicht einen Haufen Zinsen?«

»Schlappe fünf Prozent. Pro Woche.«

»So was hatte ich schon gehört. Da habt ihr in den zehn Jahren die zehntausend mehrfach bezahlt.«

»Hätten wir, wenn wir bezahlt hätten. Aber einem nackten Mann greift man nicht in die Tasche. Wir haben abgedrückt, was wir konnten. Und ein paar Raten hat mein Vater mit seinem Knie bezahlt.«

»Wann war das?«, wollte Leila mit schlagartig gewachsenem Interesse wissen. »Warst du dabei?«

»Letztes Jahr im Sommer. Ich war nicht dabei, aber mein Vater hat es mir erzählt. Es waren zwei Idioten, die sich in den letzten beiden Jahren bei den Engeln rumgetrieben haben: Nase und Nacken. Scheinen eher Spitznamen zu sein. Die richtigen Namen kenne ich nicht, aber den einen würde ich auf jedem Foto am Kolben im Gesicht erkennen.«

»Ich kenne die beiden«, gab Leila zu. »Der, den sie Nacken nennen, heißt mit richtigem Namen Pasi Niskanen. Und Nase trägt offiziell den Namen Olli Kujala. Habt ihr irgendwelche Beweise gegen sie?«

»Nur das Wort meines Vaters. Und die Kniescheibe. Soweit die Ärzte sie nach dem Hammerschlag flicken konnten.«

»Ich weiß, das klingt übel, aber vor Gericht ist das zu wenig. Auf der Basis wird der Staatsanwalt nicht mal Anklage erheben.«

»Das ist mir auch klar. Und nach dem, was heute war, will ich auch gar nicht vor Gericht. Da würde ich nämlich selbst gleich in den Käfig flattern.«

»Was ist denn passiert?«

»Ein neuer Typ war bei uns, im braunen neunhunderter Saab. Ich kann dir auch das Nummernschild sagen, das hab ich mir gemerkt, als er wegfuhr.«

Leila notierte die Nummer auf dem Rand der Gratiszeitung, und Marjo erzählte weiter.

»Der Typ ist bei uns reinmarschiert, als würde ihm ganz Europa gehören. Er kam zum Schulden eintreiben, bot uns aber gleichzeitig Geld an, wenn wir für ihn irgendwas mit seinen Autos machen, woher er die herholt, weiß ich nicht und auch nicht, wofür er sie braucht. Ich holte die *Husqvarna* aus dem Schrank und befahl dem Typen, zu verschwinden. Er versuchte, sich meinen Vater als Schutzschild zu schnappen, weshalb ich ihm in die Wade schoss. Da ging er dann. Hat aber versprochen, wiederzukommen.«

»Du bist ja ganz schön taff.«

»Irgendwas musste ich tun. Mein Vater hat nämlich bloß geglotzt. So langsam halte ich es mit den Idioten nicht mehr aus. Es wäre schön, auch mal ein bisschen was zu verdienen, wenn man schon rund um die Uhr schuftet.«

»Ein Jammer, dass ich in Mutterschutz bin«, sagte Leila. »Verdeckte Ermittlungen sind für mich nicht mehr drin. Aber mein Kollege Nikkilä könnte sich eventuell dafür interessieren. Das riecht mindestens nach Autopuzzle.«

»Du meinst geklaute Autos, die zerlegt und in Einzelteilen verkauft werden? Beziehungsweise Autos, die aus Einzelteilen zusammengesetzt werden und falsche Fahrgestellnummern und Papiere kriegen? Ich hab von so was schon gehört.«

»Letzten Herbst ist in Loppi einer aufgeflogen, der das im großen Stile betrieben hatte. Aber hier kann es auch um was anderes gehen. Zum Beispiel um das Präparieren von Fluchtfahrzeugen. Ich geb dir Nikkiläs Nummer, er ist mein Partner und ein brauchbarer Polizist, auch wenn er immer schwer den Macker raushängen lässt. Er fängt bestimmt Feuer.«

»Und dann? Soll ich mich bei dem Gauner von heute melden und so tun, als wollte ich mit ihm zusammenarbeiten?«

»Das könnte verdächtig wirken, vor allem, wenn der Kerl dir nicht seine Nummer gegeben hat. Aber er wird sich noch einmal bei dir melden, glaub mir. Solche Typen sind hartnäckig.«

»Ich weiß«, sagte Marjo. »Ich bin mir allerdings nicht sicher, ob ich mich mit so einem Teufel einlassen will.«

»Teufel?«

»Stand auf seiner Lederjacke: Teufel. Ganz groß auf dem Rücken, und ein bisschen kleiner auf der Brust. Hinten war auch ein Bild drauf. Aber er war eindeutig für die Engel unterwegs. Also für die Schwarzen Engel.«

»Teufel? Gibt's die überhaupt?«, fragte sich Leila. »Ruf Nikkilä an und richte ihm einen schönen Gruß von mir aus. Oder ich ruf ihn an, dann kannst du dir noch überlegen, was du tust, bis er sich bei dir meldet. Ist dir das so recht?«

»Na ja ... okay.«

Marjo klang alles andere als überzeugt.

Leila sagte:

»Beschreib mir den Teufel mal ein bisschen genauer!«

»Dunkel, ziemlich groß, schwarze Jeans und schwarzes T-Shirt, schwarze Lederjacke. Nicht so der Superintelligente, ein Rattentaxi, sagt man nicht so? Bisschen über eins achtzig, vielleicht neunzig Kilo. Gut gebaut. Kurze schwarze Haare, Locken. Dunkle Augen, Kartoffelnase. Dünner Oberlippenbart. Sieht ganz gut aus, aber ein bisschen schlaff, einer, in den man sich verknallen könnte, wenn er sich nicht so viel auf sich einbilden würde. Oder man muss besoffen sein, damit es einem nichts ausmacht oder man es nicht merkt.«

»Gute Beschreibung«, sagte Leila. »Ich kenne den Typen nicht, aber so ist er leicht zu identifizieren.«

»Von denen gibt es eine Menge. Noch mehr allerdings sieht man von der Sorte, die sich was auf sich einbilden, ohne dass sie nach was aussehen.«

»Das kannst du laut sagen. Fällt dir noch was ein?«

»Warte mal ... Er hat sogar seinen Namen genannt. Erno.«

»Der kann richtig oder falsch sein. Aber gut, dass du dich daran erinnerst.«

Leila beendete das Gespräch und sah nach, ob Allu inzwischen angerufen oder eine SMS geschickt hatte. Hatte er nicht. Na, jetzt hatte sie Besseres zu tun, als nur auf Allu und das Baby zu warten. Sie musste mit Hilfe eines Autokennzeichens und eines eventuell falschen Vornamens herausfinden, wie der Teufel in Marjos Werkstatt richtig hieß.

Erst dann würde sie Nikkilä den Fall übergeben.

18 Als Ernesto näher kam, merkte Henna, dass sein Oberkörper unter der Lederjacke nackt war. Das schwarze T-Shirt hatte er sich um die linke Wade gebunden, es sah vollkommen durchnässt aus. Die Tennissocke am linken Fuß war dunkelrot und stocksteif.

Ernesto blieb vor der Treppe auf dem rechten Bein stehen und keuchte.

»Wo ... Was ist ... mit dem Geländer passiert?«

»Die kleine Polizistin hat sich dagegen gelehnt. Was hast du da am Bein?«

»Schrotkugeln«, ächzte Ernesto. »Hilfst du mir ... rein?«

Henna erwachte aus der Starre, stieg die Treppe hinunter und stützte den Jungen so gut es ging, bis sie in der Wohnung waren. Aber was hieß da Junge, das war ein ausgewachsener Mann. Größer als sein Vater. Oder aber Henna war geschrumpft. Vermutlich traf beides zu.

»In den ersten Stock trage ich dich aber nicht«, sagte sie. »Du kannst dich in mein Bett legen. Wer hat auf dich geschossen?«

»Das war ... ein Betriebsunfall.«

»Und in welchem Betrieb fand der statt?«

Ernesto ließ sich bäuchlings aufs Bett fallen, dass die Sperrholzplatte unter Kissen und Schaumstoff krachte.

»Kannst du das saubermachen?«, fragte er.

Henna holte eine neue Flasche Wodka aus dem Eckschrank, einen Stolitschnaja, und schraubte sie auf. Der erste Schluck schmeckte immer am besten. Aus jeder Flasche.

»Du machst den Verband auf und kippst Schnaps auf

die Wunden«, kommandierte Ernesto. Er war inzwischen nicht mehr außer Atem.

»Ja, ja, ganz ruhig.«

Henna nahm die Kleider vom einzigen Stuhl im Raum, warf sie auf den Fußboden und zog den Stuhl ans Bett heran. Sie öffnete den Verband, holte aus der Küche eine Gabel und fing an, damit die Schrotkugeln aus den Wunden zu pulen. Ab und zu schüttete sie Wodka auf Ernestos Wade, dann wieder in ihre eigene Kehle. Die musste schließlich auch desinfiziert werden.

Ernesto hielt es ziemlich gut aus. Er zuckte ein bisschen, wenn die Gabelzinken oder der Alkohol ins Fleisch eindrangen, und fluchte dazu wie ein Finne. Wodka verlangte er aber keinen und nahm auch nichts, als Henna ihm etwas anbot. Unter seiner Oberlippe wölbte sich ein Priem. Das genügte ihm als Betäubung.

Auf dem Nachttisch unter dem Fenster stand eine Waschschüssel aus Aluminium. Darin landeten scheppernd zwölf runde Schrotkugeln, glitschig und dunkelrot. Die Nachmittagssonne fand Löcher im Vorhang und stach strahlenweise ins Zimmer, das so viel Licht eigentlich nicht gebrauchen konnte, Henna sah dadurch jedoch beim Pulen besser. Von ihrer Brille war nur noch die Hälfte übrig, damit las sie immer die Gratiszeitung, aber bei dieser Arbeit wäre das Monokel nur im Weg gewesen.

Schließlich nahm sie ein sauberes Geschirrtuch aus Leinen aus der Kommodenschublade und machte daraus einen ordentlichen Druckverband. Immerhin hatte sie einst einen Erste-Hilfe-Kurs absolviert, und etwas behielt man davon immer in Erinnerung.

Als sich Ernesto bedankte, nahm Henna einen Schluck und fragte:

»Was hast du in Schweden angestellt, dass die Polizei wieder hinter dir her ist? Hast du da drüben nicht schon mal gesessen?«

Ernesto drehte sich auf den Rücken und zuckte mit den Schultern.

»Lange her. Aber die Geschichte jetzt ist noch ganz frisch. Ich war bei einem Ding dabei, das ein bisschen schiefging.«

»Ein bisschen?«

»Na ja, ziemlich schief. Ein paar Typen tot, die Beute weg. Jetzt sind die Bullen und die eigenen Leute hinter mir her. Die glauben wahrscheinlich, ich hätte den Pott abgegriffen und meine Kumpels umgelegt.«

Die Birken vor dem Fenster warfen schwankende Schatten auf Ernestos Gesicht, übersäten es mit Flecken. Henna versuchte vergeblich, seinen Blick zu erhaschen. Sein Atem roch nach Bier und Zwiebelsteak. Und nach Kautabak.

»Wer war es dann, wenn nicht du?«

»Der Tornado.«

»Wer ist das?«

»Ein Typ aus Alvesta«, sagte Ernesto und grinste. »Eine Trombe, eine Windhose, du weißt schon.«

»Ach so. Ich weiß ja alles. Und erinnere mich an alles. Ist das dein Ernst?«

»Siehst du. Du glaubst mir auch nicht. Und es wird mir garantiert auch sonst niemand glauben.«

»Was hast du jetzt vor?«

»Ein neues Ding. Aber hier. Damit verdiene ich genug, um den Boss und die Helfer in Schweden auszubezahlen.«

»Jemand hat bereits deinen Vater zusammengeschlagen. Er hat überlebt und gerade hier angerufen. Hat angeblich nicht geredet. *El pueblo unido* und so weiter.«

Zunächst entstanden neue Schatten auf Ernestos Gesicht, aber dann hoben sich die Mundwinkel zu einem Lächeln.

»Papa hat also nicht geredet ... Hier finden die mich nie. Und selbst wenn, auch egal. Ich kenne hier Leute, die regeln das.«

»Wer hat dir ins Bein geschossen?«

»Das war was anderes, das hat damit überhaupt nichts zu tun.«

»Ach ja, das war ja ein Betriebsunfall«, sagte Henna und grinste. »Und die Polente?«

»Die *Polente*? Sag doch gleich Polypen oder Trachtengruppe ... Die sind mir egal.«

»Die sind dir egal?«

Ernesto nickte ernst.

»Was können die mir schon anhängen? Die können mich höchstens in den Käfig stecken. Und da kommt man immer irgendwann raus, man muss nur den Nerv haben, abzuwarten. Und ich hab's ja nicht eilig.«

»Über das Thema reden wir noch mal, wenn du in meinem Alter bist.«

Der Junge zuckte mit den Schultern. Allmählich ging Henna das Zucken auf die Nerven. Am liebsten hätte sie ihn ein bisschen durchgeschüttelt.

»Und wenn das neue Ding auch schiefgeht?«

»Das kann nicht schiefgehen. Ich hab den perfekten Plan.«

Er schien es ernst zu meinen. Henna sagte nichts dazu, sie stand mit ihrer Flasche auf und ging in Richtung Küche.

»Willst du einen Kaffee? Ich kann welchen kochen.«

»Aber mach ihn nicht so stark wie letztes Mal. Ich hab einen empfindlichen Magen.«

»Wie wär's mit ein bisschen weniger Kautabak?«

»Über das Thema reden wir noch mal, wenn du in meinem Alter bist.«

»Komm mir bloß nicht so, mein Junge.«

Als der Kessel auf dem Feuer stand, ließ Henna wieder das Band laufen. Olavi Virta sang mitten im Lied weiter:

»*... Fahrensmann, hab keine Eile, dem Schicksal entkommst du doch nicht ...*«

Olavi wusste, wovon er sang.

Henna trank einen Schluck auf ihn. Und als das Wasser kochte, gab sie noch einen zusätzlichen Löffel Kaffee hinein.

19 »Sollten wir vielleicht heiraten?«, fragte Allu, nachdem sie eine Weile auf dem Bett gelegen und er wieder einmal Leilas Bauch gestreichelt und auf die Herzschläge seines Nachwuchses und seiner Braut gelauscht hatte. Man konnte sie jetzt gut voneinander unterscheiden. »Oder leben wir bloß den Augenblick?«

Leila erschrak.

»Hast du Zen gelesen?«

»Ich hab ja Zeit, weil ich schon bald ein Jahr lang nicht mehr aktiv gewesen bin. Abgesehen von den Karaokeabenden. Ich lese alles Mögliche, was ich so in der Bücherei finde. In der Nebenstelle in Jukola. Aber manchmal gehe ich auch in die Hauptbibliothek.«

»Pass bloß auf, wenn du so weitermachst, wirst du noch intellektuell«, neckte ihn Leila. »Und fängst an zu studieren. Kriegst eine Lesebrille und eine schlechte Haltung. Obwohl. Die hast du ja schon.«

»Zuerst müsste ich mal die Hauptschule fertig machen. Außerdem: nur Autodidakten sind gelehrt. Alle anderen sind Belehrte.«

»Mein autodidaktischer Gangster.«

»Stimmt, in der Vollzugsuniversität bin ich noch nicht gewesen. Oder wäre das eher eine Art Berufshochschule?«

»Die lässt du auch lieber aus. Kann nämlich sein, dass ich dich sonst sitzenlasse.«

»Willst du nicht an der Seite deines Mannes stehen?«

»Was weißt du über Ernesto Jarra?«, fragte Leila unvermittelt.

Im selben Moment trat das Kind dermaßen zu, dass Allu intuitiv den Kopf hob, obwohl Gebärmutter und ein straffer Bauch den Treffer dämpften.

»Über wen? Ich hab gerade einen Tritt wie mit dem Skischuh gegen den Kopf bekommen, ich hab dich nicht verstanden.«

»Skischuh? Hab ich einen Skiläufer im Bauch?«, wunderte sich Leila.

»Hoffentlich keinen, der nach seinem Vater kommt«, versuchte Allu abzulenken. »Ich war bei den Wettläufen in der Schule jedes Jahr der Letzte. Mein bestes Ergebnis war Platz fünf, da regnete es, und die anderen hatten ihre Skier nicht mitgebracht. Ich lief mit Schulskiern, das waren wahrscheinlich geteerte Bretterreste aus dem Werkraum, und die Stöcke passten nie zueinander. Irgendwie konnte ich mich für die Disziplin nie so richtig begeistern ...«

Vergebliche Mühe. Leila kam sofort auf ihr Thema zurück:

»Ernesto Jarra, was weißt du über ihn? Wird irgendwie ›Harra‹ oder so ähnlich ausgesprochen.«

»Klingt nicht bekannt. Ist jedenfalls nicht aus Hämeenlinna.«

»Sein Vater stammt ursprünglich aus Chile, war einer von den Flüchtlingen in den Siebzigerjahren. Der Zahnarzt von Allende oder so, zumindest aus dem engsten Kreis.«

»Von Salvador?«

»Sieh an, das weißt du auch?«, tat Leila überrascht.

»Danach wird ab und zu mal im Nachrichtenquiz in den Abendzeitungen gefragt. Am ehesten in *Ilta-Sanomat*, in *Iltalehti* seltener. Aber den Typen kenne ich nicht, und seinen Vater auch nicht.«

»Vor zehn Jahren sind sie nach Schweden gegangen.«

»Ich glaub, da sind wir gerade von Kerava hierher gezogen«, erinnerte sich Allu. Absichtlich falsch. Der Umzug lag bereits dreizehn Jahre zurück.

»Na, falls du was siehst oder hörst, erzähl es mir!«, sagte Leila.

»Bist du nicht in Mutterschutz?«, wunderte sich Allu.

»Mir wird die Zeit lang.«

»Glaubst du nicht, dass Nikkilä alleine klarkommt?«

»Doch, das glaube ich. Er hat einen fähigen jungen Partner aus Hyvinkää.«

»Sind sie ein Paar?«

»Ein Kollege. Heißt mit Nachnamen Rahila. Macht einen anständigen Eindruck. Auch wenn er Nikkilä wahrscheinlich nicht passt, vor allem wenn er eine eigene Meinung hat.«

»Und wenn er sich traut, sie Nikkilä gegenüber zu äußern.«

»Kann gut sein, dass er sich das traut«, sagte Leila.

Sie lagen auf der hellblauen Tagesdecke. Jetzt, da sie in Mutterschutz war, benutzte Leila die Decke nicht nur als Füllstoff für den Bettkasten. Der zarte Flaum auf Leilas Bauch schimmerte in der Sonne. Allu hatte ihr die Bluse bis zu den Achseln nach oben gerollt, um die Herztöne besser hören zu können. Unten pulsierte die Stadt, mit leichten Rhythmusstörungen, jetzt, am Mittwochnachmittag.

»Ich kann mich nach diesem Ernesto ein bisschen umhören«, sagte er. »Was hat er denn angestellt?«

»Ist nach Finnland zurückgekommen und hat eine Ladung Schrotkugeln in der Wade. Kann sein, dass er etwas plant.«

»Schrotkugeln? Wer hat auf ihn geschossen?«

»Die Chefin einer Autowerkstatt in Turenki. Der Kerl wollte für die Schwarzen Engel Schulden eintreiben.«

»Dieser verdammte Van-Club«, seufzte Allu.

Die ehemalige Führung der Bande war dafür verantwortlich, dass Allus Vater und sein kleiner Bruder den Löffel in die Ecke geschmissen hatten. Allerdings hatte bei beiden sowieso nicht viel gefehlt, der Vater hatte gesoffen und der Bruder so viel Zeug genommen, dass in ihrem Leben nur noch Platz war für ihre Hobbys und deren Finanzierung.

»Wie sieht der Mann aus?«

Leila erzählte es ihm. Gut eins achtzig groß, circa neunzig Kilo schwer. Muskeln. Dunkel, lockig, Oberlippenbart. Kartoffelnase, dicke Lippen. Schwarze Lederjacke, auf Rücken und Brust die Aufschrift ›Teufel‹. Hinten mit Bild.

»Noch nie gesehen«, sagte Allu.

Da klingelte ein Handy. »Für eine Handvoll Dollar«. Allerdings erkannte man das Stück nicht unbedingt, wenn man es nicht im Ohr hatte. Es klingelte in Allus Tasche. Warum hatte er es nicht lautlos gestellt?

Er setzte sich auf den Bettrand und sah aufs Display. Keine Nummer. Erno, zum Teufel.

Leila sah interessiert zu.

»Geschäfte«, sagte Allu und stürzte mit dem Telefon auf den Balkon, zog die Tür hinter sich zu und flüsterte: »Ist gerade ein bisschen ungünstig.«

»Komm ins Parkhaus von Anttila. Ich hab Neuigkeiten.«

»Ich auch«, sagte Allu und brach ab.

Also das Telefonat. Am liebsten hätte er das ganze Spiel abgebrochen, aber diese Möglichkeit gab es eigentlich nicht. Jedenfalls nicht, wenn er am Leben bleiben wollte.

Und das wollte er.

Leila stand an der Schlafzimmertür, mit einem Bauch wie Buddha. Besorgt.

»Was sind das für Geschäfte?«

»Wichtige«, sagte Allu, gab ihr einen flüchtigen Kuss und schob sich durch die Wohnungstür ins Treppenhaus.

»Ist das jetzt das Bewerbungsgespräch?«

»Ja, genau. Ich ruf dich an.«

»Dann bin ich vielleicht schon in der Klinik«, rief ihm Leila hinterher.

20

Ernesto brauchte normalerweise keine besondere Haltung, um zu meditieren. Mit der Wade wäre allerdings weder Diamant noch Lotus, ja nicht einmal Halblotus möglich gewesen. Die Schmerzen waren nicht ganz so schrecklich, wenn er das Bein ruhig hielt und wenn die Stellen mit den Wunden die Unterlage nicht berührten. Er lag in der Eckwohnung im ersten Stock auf einer ausrangierten blauen Federkernmatratze auf dem Boden, halb auf der rechten Seite, mit einem braun geblümten Kissen von Henna unterm Kopf und zugedeckt mit einer abgewetzten grauen Wolldecke. Am Rücken stachen die Federn durch die Matratze. Der Radiator, den er bei Anttila gekauft hatte, strahlte Wärme ins halb dunkle Zimmer. Er hatte sich das Ding besorgt, nachdem er in der ersten Nacht vor Kälte mit den Zähnen geklappert hatte.

Der Abend kam, während es draußen abkühlte, knackte es im Gebälk des Holzhauses. Ein helles Rechteck kletterte langsam die Wand hinauf und wurde dabei immer matter.

Im Knast hatte man Zeit. Sonst hatte man dort so gut wie nichts. Hanteln und Zeit. Als er in Kumla eingesessen war, hatte Ernesto Hanteln gestemmt und anfangs viel gelesen. Aber seine Gedanken waren nicht mit dabei. Die Augen folgten dem Text, und im Kopf drehte sich etwas anderes. Die Welt draußen. Vergangenheit und Zukunft.

Schließlich war seine Hand im Bibliothekswagen an einem Buch hängen geblieben, das die ultimative Wahrheit versprach. Sie war buchstäblich hängen geblieben, die Hand. Der vorige Leser hatte bei der Lektüre wahrscheinlich etwas mit Marmelade oder so ähnlich gegessen und sich immer wieder die Finger am Umschlag abgewischt. Der klebte nämlich wie Fliegenpapier.

Während Ernesto versuchte, das Buch von seiner Hand zu lösen, warf er einen Blick hinein und blieb hängen. Aber nicht weil der vorige Leser einen Angelhaken im Buch vergessen hatte. Ernesto interessierte sich einfach für den Inhalt. Und nachdem er das Buch gelesen hatte, fing er an zu meditieren und stellte fest, dass er in der Lage war, ohne Stoff die Wirklichkeit intensiver zu erleben. Und man bekam nicht mal einen Kater davon.

Seitdem war er trocken. Seit sechs Jahren schon. Kein einziger Rückfall, obwohl um ihn herum ständig alles mögliche Zeug in Umlauf war.

Ernesto war stolz auf sich.

Er hatte sein eigenes System entwickelt. Im Knast brabbelte man besser kein Mantra vor sich hin, da wurde man leicht als Spinner abgestempelt, und keiner akzeptierte einen mehr als Komplizen. Das Gleiche galt für die Sitzhaltungen. Er legte sich einfach entspannt hin und tat so, als schliefe er, obwohl er sich in Wahrheit auf den Augenblick konzentrierte und alles viel schärfer wahrnahm. Das hatte ihn mehrmals vor einer überraschenden Zellenkontrolle gerettet oder vor dem Angriff eines Feindes am Tag der offenen Tür.

Durch Konzentration konnte er auch seinen Körper beherrschen. Der Schmerz existierte nur, wenn man gegen ihn ankämpfte. Wenn man ihn akzeptierte, nahm man ihn nicht mehr wahr. Der Geist war stärker als der Körper.

Er hatte sogar gelernt, seine Körpertemperatur zu manipulieren. Wenn er ins Krankenhaus wollte, musste er sich nur durch Konzentration auf neununddreißig Grad Fieber bringen und über Magenschmerzen klagen. Das klappte immer. Da musste kein Thermometer geschüttelt werden und man musste keine Zigaretten fressen oder zu sonstigen Verzweiflungsmaßnahmen greifen. Ein Zellennachbar hatte durchgebrochene Rasierklingen geschluckt, nur um ein bisschen Abwechslung zu haben. Und die hatte er dann natürlich auch gehabt.

Manchmal, wenn Ernesto richtig müde war, ging die Meditation aus Versehen unmerklich in Schlaf über. Er bildete sich ein, noch zu meditieren, träumte aber bereits. Dann war er eine leichte Beute für den heranschleichenden Feind.

So geschah es jetzt. Zuerst meditierte er auf der Matratze, dann trieb er nackt im Wasser, in einer riesigen Kloschüssel, wo gerade jemand abgezogen hatte, das Wasser rauschte von den Rändern in die Stahlschüssel, und der Strudel riss ihn in den Abfluss, er versuchte dagegen anzukämpfen, aber das Rohr war zu eng und glatt, er konnte keine Schwimmbewegungen machen und sich nirgendwo festhalten, er flutschte am Geruchsverschluss vorbei, und von da an ging es immer weiter, im Dunkeln rotierend, immer weiter nach unten, dem Mittelpunkt der Erde entgegen, und wahrscheinlich daran vorbei, das Rohr wurde glühend rot und mit ihm das Wasser, die Wärme rötete die Haut, er war ein Krebs, der darauf wartete, festlich serviert zu werden, so wie er es mal in einer Frauenzeitschrift gesehen hatte, im Wartezimmer des Zahnarztes, wobei er sich gefragt hatte, warum man wohl so umständlich aß, lieber zog er sich eine Pampe rein, die man nicht groß schneiden musste, Kartoffelbrei und Hackfleischbällchen oder Eintopf, Schnitzel ging auch, obwohl man es schneiden musste, aber jetzt wurde er bei lebendigem Leib gekocht, man machte einen menschlichen Krebs aus ihm fürs Menschenkrebsbüffet, er würde zum Ehrengast auf dem Silbertablett, zwischen anderen menschlichen Krebsen, man würde an seinen gekochten Extremitäten ziehen, bis sie brachen, und das Fleisch aussaugen.

Und dann packte ihn jemand am rechten Arm und riss daran, bis er wach war und um ein Haar armlos.

»*Wake* ab, *bitch*!«

Ernesto öffnete die Augen. Rechts neben der Matratze stand ein dunkler Bürstenkopf im weinroten Trainingsanzug, so groß wie ein Mietshaus. Er hielt noch immer Ernestos Hand, aber sein Gesichtsausdruck war nicht zärtlich.

»Goran. Du hast also doch überlebt.«

»*I have my moments*«, zitierte Goran aus der alten Version von *Assault on Precinct 13*, seinem und Ernestos Lieblingsfilm.

»Wo hast du gesteckt, Che?«, fragte ein Zweiter von der linken Bettseite auf Schwedisch.

Das war Rune, wer sonst. Im dunkelblauen Trainingsanzug. Die kurzen Haare ungekämmt und das Gesicht voller kleiner Schrammen. Der Mund ein Strich.

»Wo hätte ich schon stecken sollen?«, fragte Ernesto zurück und setzte sich langsam auf. »Hier zum Beispiel? Oder bin ich vielleicht woanders?«

Goran zuckte bei der Bewegung zusammen und ließ Ernestos Hand los, einen Moment lang wirkte er geradezu verlegen.

»*What*?«, fragte Goran. »*Mean you*?«

»Was ist mit euch passiert?«, wollte Ernesto wissen. Dabei rutschte er an den linken Rand der Matratze heran, wo Rune stand. Und die nahe Zimmertür war, die zur Küche hin offen stand. Durch die nächste Tür sah man den dunklen Hausflur. Wahrscheinlich war Henna unten besoffen eingeschlafen, oder Goran und Rune hatten sie anders zum Schweigen gebracht.

»Der Wirbelsturm, was sonst«, sagte Rune. »Ich bin mit der Fresse in einem Rosenstock gelandet.«

»Der Twister, *yes*«, sagte Goran. »Ich auch. *The lake*. Nass *like in hell.*«

Ernesto hätte fast gesagt, in der Hölle sei es eigentlich nicht so wahnsinnig feucht, aber er hielt den Mund. Man konnte ja auch nie wissen. Goran hatte vielleicht seine eigene feuchte Hölle. Womöglich den gleichen Abfluss, in den Ernesto in seinem Traum geraten war.

»Hast du eine Ahnung von dem Geld?«, fragte Rune.

»*The money*«, übersetzte Goran. »Wo *is it*?«

Ernesto zuckte mit den Schultern.

»Als ich es zum letzten Mal sah, rotierten die Säcke in der Windhose. Dann wurde es dunkel. Ich bin auf dem Dach von ICA in Södertälje aufgewacht.«

»So *far*!«, sagte Goran.

»Was sind das ... so an die zehn Kilometer. Ein Schwanzflutscher bloß, wie die Samen sagen.«

»Hast du den Boss angerufen?«, wollte Rune wissen.

»Ich hatte keine Lust«, sagte Ernesto, suchte Halt am Türrahmen und stand vorsichtig mit dem rechten Bein auf. Dann wandte er sich den Besuchern zu.

»Ihr doch auch nicht, oder?«

»*Is* so hart *to splain*«, meinte Goran und schüttelte den Kopf.

»Was ist mit deinem Bein passiert?«, fragte Rune.

Ernesto zuckte erneut mit den Schultern.

»Ein Hagelschauer. Was wollt ihr hier?«

»Einem Kumpel guten Tag sagen«, sagte Rune. »Und checken, ob das Geld bei dir ist.«

»*The money*«, rief Goran in Erinnerung.

Ernesto seufzte. Allmählich beschlich ihn das Gefühl, dass dieser Besuch nicht gut ausgehen würde.

»Das hab ich doch schon gesagt. Muss man euch alles fünfmal sagen?«

»Gern«, sagte Rune. »Warum bist du hierhergekommen?«

Nur dieser Augenblick, dachte Ernesto. Konzentriere dich auf das Wesentliche. Wie kannst du einen Konflikt vermeiden und die Harmonie wiederherstellen? Kämpfe nicht dagegen an, sondern füge dich der Situation. Überdenke die Lage in jedem Moment neu.

Das waren Sutren, die sich Ernesto selbst zurechtgeschneidert hatte. Jetzt ging er sie im Kopf durch, und schließlich kam die Lösung. Er beschloss, sie sofort auszuprobieren.

»Ich dachte, ich könnte hier ein neues Ding drehen.«

»*A new job*? Hier in *Finland*?«

»Genau. Die Vorbereitungen sind schon voll im Gange. Aber die finnischen Gangster sind nur leichte Sachen gewohnt. Für richtige Jobs taugen die nicht. Ich brauche Kerle, die Erfahrung haben – und Eier.«

Rune und Goran sahen zuerst sich und dann Ernesto an.

»Du brauchst uns«, sagte Rune.

»*Oh yeah*«, sagte Goran.

21

Als Allu die zweite Etage des Anttila-Parkhauses betrat, schoss ein hellrotes Siebzigerjahre-MGB-Cabrio aus einer Parkbucht, fuhr laut dröhnend auf ihn zu und bremste mit quietschenden Reifen unmittelbar vor ihm. Die Beifahrertür flog auf, am Steuer saß Janita und rief:

»Steig ein, Allu!«

Der Tag war heiß und Janita trug ein kurzes schwarzes Trikotkleid, dessen Spaghettiträger immer wieder herunterrutschten. Die Frau war klein, aber so kräftig und elastisch wie eine Reitgerte. Die braunen Beine bewegten sich ruhelos, während die roten Pumps mit Gas und Kupplung spielten. Die Finger der rechten Hand umfassten mit feuerroten Nägeln den Edelholzknauf des Schaltknüppels.

»Ich warte ...«, fing Allu an.

»Du wartest auf mich«, sagte Janita und klopfte mit der flachen Hand auf den roten Ledersitz neben sich. »Erno kann nicht, ihm ist was dazwischengekommen.«

Allu stieg ein, Janita gab dem Untersatz die Sporen. Allu bekam gerade noch die Tür zu, bevor sie gegen einen Betonpfeiler krachen konnte. Der V8 röhrte und es roch nach verbranntem Gummi, als Janita die Parkhausrampe nach unten kurvte. Sie war nicht angeschnallt, aber Allu griff hastig nach dem Gurt und versuchte ihn anzulegen.

»Verdammt noch mal, Mensch, bei mir gibt es keine Unfallverhütung, weißt du das nicht mehr?«

Allu fügte sich in sein Schicksal und ließ den Gurt los. Er war so alt, dass er sich nicht mehr aufrollte. Ansonsten machte das Auto einen besseren Eindruck als ein neues.

Janita fuhr rechts aus dem Parkhaus hinaus und bog nach der Neste-Tankstelle links in Richtung Innenstadt ab. Allu fragte sich, wie jemand innerhalb von zehn Jahren so viel schöner werden konnte. Die rotbraunen Haare wehten im Wind wie in einer Shampoowerbung, die grünen Augen waren katzenhaft geschminkt, und die Sommersprossen sorgten für Leben rund um die leicht nach oben gebogene Nasenwurzel, die sich jedes Mal kräuselte, wenn Janita lächelte oder die Augen zusammenkniff. Die Lippen hatten das gleiche leuchtende Rot wie die Fingernägel, die Pumps, die Sitze und der Lack des Autos.

Natürlich wusste Janita, dass Allu sie anschaute. Aber sie tat so, als merkte sie es nicht. Sie konzentrierte sich aufs Fahren. Bog bei Gelb rechts in die vierspurige Paasikiventie ab, die zwischen Seeufer und Stadtzentrum verlief. Dort, wo die Stände für die Erntemesse aufgebaut wurden, waren Radweg und eine Fahrspur vor den Restaurantschiffen blockiert.

»Hast du vor, auf die Messe zu gehen?«, fragte Allu. Etwas Besseres viel ihm auf die Schnelle nicht ein.

Janita sah ihn mit zusammengekniffenen Augen an, richtete den Blick dann aber wieder nach vorn.

»Ich hab vor, zehn Mille zu rauben.«

»Ich dachte, du bist bloß interne Informantin?«

»Interniert werde ich trotzdem, wenn alles auffliegt. Da kann ich auch richtig mitmachen. Ich hab mir für den Rest der Woche frei genommen, offiziell wegen der Messe, auch wenn es nichts gibt, was mich weniger interessiert.«

»Für Raub sitzt man aber länger als für Beihilfe«, sagte Allu.

»Nur wenn man erwischt wird.«

Das stimmte allerdings.

»Aber wenn dich jemand erkennt?«

»Ich dachte, ich maskiere mich. Und bleibe auf jeden Fall im Auto«, beruhigte ihn Janita. Sich selbst vermutlich auch. »Scheiße, Mann, ich war auf dem Gymnasium und in der Handelsschule und im Werkschutzkurs und schufte seit acht Jahren in derselben Scheißfirma, zuerst in Turku und jetzt hier, und was hab ich davon? Ich bin noch nicht mal Schichtleiterin. Rechts und links ziehen alle möglichen Pappgehirne an mir vorbei, bloß weil sie eine Banane unter der gebügelten Hose haben!«

»Ziemlich brutal«, meinte Allu, weil ihm nichts anderes einfiel.

Janita brauste über die Brücke. Ihr Mund war wie ein Strich, und sie blickte die ganze Zeit strikt nach vorne, aber Allu hatte den Verdacht, dass sie dabei etwas ganz anderes sah als die Straße.

»Scheiße, Mann, ich bin lange genug ausgebeutet worden! Es geschieht den Wichsern ganz recht, wenn sie ein bisschen geschröpft werden. Und wenn das Arschloch von Chef zufällig vor eine Kugel gerät, dann ist das ein Sieg für die Menschheit. Ein alter Sack von fünfzig Jahren, versteckt seine Glatze mit einem Toupet, macht einen auf jung und filmt mit versteckter Kamera Frauen im Umkleideraum und unter der Dusche, damit er sich in seinem Büro einen runterholen kann. Den müsste man kastrieren.«

»Okay«, sagte Allu. »Warum wolltest du mich sehen?«

Janitas Wut verflog im Nu. Sie warf Allu einen kurzen Blick aus dem Augenwinkel zu, fast schüchtern, und ihre Stimme klang sanft.

»Ich hab Sehnsucht nach dir ...«

»Alle haben Sehnsucht nach mir«, gab Allu zurück. »Die Bullen, der Gerichtsvollzieher, der Sachbearbeiter von der Krankenkasse.«

»Im Ernst«, sagte Janita und legte ihm die Hand auf den Oberschenkel. »Warum waren wir nicht länger zusammen?«

Allu legte seine Hand auf Janitas. Es fühlte sich gut an. Aber wie weiter? Er war fast ein verheirateter Mann. Fünf vor Papa. Er konnte nicht mehr einfach so irgendwas anfangen. Außerdem sprach noch mehr dagegen.

»Soweit ich mich erinnern kann, hast du mir ein Glas Bier über den Kopf geschüttet und gesagt, wichs in deinen Fäustling, du Arsch.«

»Tust du immer alles, was man dir befiehlt?«

»Eher nicht«, gab Allu zu. »Außerdem hab ich keine Fäustlinge.«

»Was meinst du? Fangen wir noch mal von vorne an?«

Allu schaute auf Janitas Hand, dann auf Janita. Sie hielt am Ende der Paasikiventie an der Ampel an. Hinter ihr herrschte ein ziemliches Spektakel, denn das Grundstück der ehemaligen Textilfabrik war voller Kräne, Bagger und Lastwagen. Dort wurde ein Kulturzentrum gebaut, mit Kino und Konzertsaal und weiß Gott was allem.

Janita sah unfassbar gut aus, und da die Rotphase anhielt, schaute sie Allu ins Gesicht und lächelte.

»Was meinst du?«, wiederholte sie.

Allu schaute sie unverwandt an. Und während er sie betrachtete, erschien Leila vor seinen Augen; sie schob sich in dünnen Umrissen über Janita, wurde dann nach und nach zu einem deutlichen und dreidimensionalen Bild, als säße sie nun an Janitas Stelle am Steuer des

MGB. Mitsamt ihrem Kugelbauch. Sie passte gerade so in den Sitz.

Ein ziemlich deutliches Zeichen. Allu nahm die Hand von Janitas Hand.

Die Ampel sprang um, Janita legte ihre Hand auf den Steuerknüppel und bog rechts in die Vanajantie ein. Die Sonne knallte durch die Windschutzscheibe.

»Entschuldige«, sagte Allu leise und klappte die Sonnenblende herunter. »Der Zug ist leider abgefahren.«

»Und du sitzt schon in einem anderen?«

»Genau.«

Janita zuckte mit den Schultern und kniff die Augen zusammen, streckte sich nach der eleganten, schmalen Sonnenbrille im Handschuhfach, setzte sie auf und blickte in den Rückspiegel.

»Nicht mit Gewalt«, sagte sie. Dann sah sie Allu über die schwarzen Brillengläser hinweg an. »Oder willst du genau das?«

»Nein, nein«, entgegnete Allu hastig. »Lassen wir es bei der rein professionellen Ebene.«

»Mir auch egal.«

Irgendwie hatte Allu das Gefühl, dass es ihr nicht ganz egal war. Auch ihm war es nicht gleichgültig, aber er hatte gelernt, dass man im Leben Entscheidungen treffen musste. Man konnte nicht alles haben.

Er kannte Leila gut genug, um zu wissen, dass eine Haftstrafe eventuell noch durchginge. Aber eine andere Braut wäre zu viel. Wenn sie ihn dabei erwischte, würde sie ihm einen Tritt verpassen. Und vielleicht nicht nur das. Leila riss manchmal ziemlich schnell der Geduldsfaden, und sie hatte immer eine Wumme dabei.

Eine Zeitlang fuhren sie schweigend. Janita ließ die rechte Hand auf dem Schaltknüppel liegen und konzentrierte sich aufs Fahren. Allu warf ihr ab und zu einen vorsichtigen Blick zu, schaute aber meistens vor sich hin.

»Ich bin aber auch noch wegen was anderem gekommen«, sagte Janita, als sie von der gepflasterten Vanajantie in die asphaltierte Kantolantie abbog. »Wie geht's mit den Anschaffungen voran?«

»Ganz okay. Ich sehe heute Abend den Böllermann, der ist sicher dabei. Und die Eisen sind bestellt. Können mit zwei Stunden Vorwarnzeit abgeholt werden. Drei Riesen der ganze Satz, zwei Magazine inklusive.«

»Pro Knarre?«

»Na klar.«

»Das sind doch nicht diese chinesischen Kopien? Ernesto hat vor denen gewarnt, angeblich sind die nicht zu gebrauchen.«

»Natürlich nicht«, log Allu. Was hätte er auch sonst sagen sollen? Gleichzeitig fing er noch intensiver an zu überlegen, ob er doch irgendwie aus der Geschichte herauskommen konnte.

»Okay«, sagte Janita. »Jetzt müssen wir die verschiedenen Fluchtwegoptionen checken. Damit wir nicht überraschend auf Baustellen stoßen oder so.«

»Bin ich so was wie der Kartenleser, oder was?«

»So ungefähr. Ich kenne die Strecken zwar auswendig, aber du kannst die Zeit stoppen. Nimm mein Handy, das hat eine Stoppuhr.«

Allu nahm das Handy aus der Halterung, die am Armaturenbrett klebte.

»Und wenn wir geblitzt werden?«

»Wir werden nicht geblitzt. Ich fahr nach Vorschrift, so wie ich es am Freitag auch tun werde.«

»Am Freitag?«, erschrak Allu. »Übermorgen?«

Janita nickte.

22 Taube zog sich gleich eine kleine Linie rein, als er vom Training nach Hause kam. Zum Glück hatte ihm Janita noch etwas mitgegeben.

Makkonen, dieses Arschloch von Coach! Die ganze Zeit hatte er sich über Taube lustig gemacht, hatte ihn »das Fräulein aus Hämeenlinna« genannt, das es wegen schlechter Form nicht in die Startaufstellung schaffte, obwohl es Reden schwang, als gehörte ihm die NHL. Am liebsten hätte Taube ihm aufs Maul gehauen, aber er konnte es sich nicht erlauben, noch einmal rausgeschmissen zu werden. Sonst würde er sich bald in der sechsten Liga wiederfinden.

Diese Scheißamateure. Ein kleiner Klub an der Bahnstrecke, der fast völlig vom Erstligaklub HPK abhängig war, eine Art Zwischenstation, wo die Junioren auf schwächerem Niveau Erfahrungen sammeln konnten, bevor sie in die erste Liga kamen. Und wo die ehemaligen Spielergrößen kaltgestellt wurden, wenn sie nicht mehr ins erste Aufgebot passten, aber auch noch nicht alt genug für Frischauf Kuivansilta waren.

Scheißdreck. Taube war keine ausgemusterte Spielergröße. Er würde es noch in die NHL schaffen, und wenn nicht, könnte er sich mit seinem Beuteanteil ein eigenes Team kaufen. Wo er schon von seinem Vater dafür keinen Kredit bekam.

Der Raub würde alles ändern. Er könnte Makkonen dorthin wünschen, wo das Arschloch hingehörte. Oder er könnte zum Beispiel Nase und Nacken anheuern, um ihn zu verprügeln. An Asche würde es nicht fehlen.

Den Engeln musste er natürlich was zahlen, danach bliebe ihm aber immer noch schön was in der Tasche.

Und außerdem konnte man nach einiger Zeit ja einen neuen Raubüberfall machen. Warum war er selbst nicht auf die Idee gekommen?

Na ja, er hatte nun mal keine Erfahrung in der Branche. Janita vermutlich auch nicht. Aber irgendwann war immer das erste Mal. Bald wären sie womöglich so eine Art Bonnie und Clyde. Sie mussten bloß aufpassen, dass es ihnen nicht wie Bonnie und Clyde erging, am Ende des Films, als sie aus dem Hinterhalt mit Maschinenpistolen zu blutigen Fetzen zusammengeschossen wurden. In Nahaufnahme und in Zeitlupe.

Aber bis dahin sahen sie gut aus, genau wie Taube und Janita. Taube kam von dem Koks so gut drauf, dass er sich ausziehen und vor dem Spiegel bewundern musste. An der Hüfte hatte er ein bisschen Speck angesetzt, aber das ginge schnell weg, wenn er ernsthaft trainierte. Ansonsten war er vollkommen. Auf der Stelle bereit, Modell für einen griechischen Gott zu stehen. Nur dass sein Schwanz größer war als bei den Museumsfiguren. Er müsste sich bald mit heißem Wachs den Pelz abziehen, man sah schon wieder unschöne Stoppeln.

Taube war sich nicht sicher, wen er mehr mochte, Janita oder sich selbst. Das heißt, natürlich sich selbst, aber sie war ne klasse Braut.

Plötzlich klingelte es an der Tür. Taube warf den Bademantel über, band den Gürtel zu und spähte durch den Türspion.

Nase und Nacken. In der Verzerrung des Türspions sahen sie ulkig aus, aber Taube wischte sich das Grinsen aus dem Gesicht, bevor er aufmachte.

»Was macht ihr hier ...?«, fing er an.

»Halt die Fresse«, knurrte Nase und schob sich an ihm vorbei.

Nacken folgte und schloss die Tür.

Ohne Türspion hatten die beiden nichts Lustiges an sich. Taube merkte, dass er trotz der Koksprise zitterte.

»Wir sind gekommen, um deiner Erinnerung auf die Sprünge zu helfen«, sagte Nase unmittelbar vor Taubes Gesicht. Dann drehte er sich zu Nacken um: »Der hat schon wieder gekokst. Dem seine Nasenlöcher sind so weiß wie ...«

»Leck mich, du. Der Kerl schnupft, obwohl er in der Kreide kniet wie eine Geräteturnerin«, sagte Nacken. »Wo kriegst du das Zeug her?«

»Haben wir einen Konkurrenten, oder was?«

Nase kam ganz dicht an Taube heran. Dieser wich zurück, aber Nase setzte nach. Und roch schlecht. Verdammt schlecht. Nach Knoblauch und altem Bier.

Kokain schärfte die Sinne, weshalb auch schlechte Gerüche intensiver wurden. Taube kam die Kotze hoch, aber er schluckte sie hinunter. Er zitterte und schluckte. Hätte er Nase vollgekotzt, hätte das wieder eine Abreibung bedeutet. Und er musste am Freitagmorgen fit sein.

»Hey, Leute ...«, hörte sich Taube sagen. »Ich muss am Freitagmorgen fit sein.«

»Warum?«, fragte Nase.

»Ich muss halt. Wenn alles klappt, krieg ich dann ordentlich Kohle und kann alle Miese bezahlen, nicht direkt am Freitag, aber sicher schon am Samstag.«

Sie waren bereits im Wohnzimmer. Aus dem dritten Stock hatte man über die Seitenstraße und den Spielplatz hinweg Aussicht auf das Hochhaus an der Turuntie, aber dort waren keine Schaulustigen am Fenster. Wahrscheinlich versteckten sie sich hinter ihren Jalousien.

»Wo kriegst du eigentlich so viel her?«, wunderte sich Nacken und schob seinen Kopf über Nases Schulter.

»Das kann ich nicht sagen ...«

»Falsch«, sagte Nase und drückte mit dem Zeigefinger Taubes Nasenspitze platt. Es schmerzte in den Nasenlöchern. »Du kannst es sagen. Oder du kannst auch zuerst heulen und es dann sagen.«

»Taube entscheidet«, sagte Nacken hinter Nase. »Ich würd's mir genau überlegen.«

Taube hatte vorm Fenster eine rote Ledercouch und einen schwarzen viereckigen Tisch stehen, das fand er schick. Wie in einem Film sah das aus. An einer Tischecke konnte man noch die Überreste von weißen Linien erkennen.

Jetzt berührten Taubes nackte Kniekehlen die Couchtischkante. Nase holte mit der Hand aus, stieß Taube gegen die Brust, worauf dieser rückwärts auf den Tisch fiel. Sein Kopf hing über dem Rand.

Bevor er aufstehen konnte, war Nase um den Tisch herumgegangen, kniete sich hin, nahm Taubes Kopf unter den Arm und drückte sanft zu. Dazu flüsterte er Taube ins Ohr:

»Nun erzähl schon ...«

Nacken stand hinter Nase. Beide sahen Taube an wie Wissenschaftler ihr Versuchskaninchen. Wie lange konnte man es quälen, bevor es abkratzte oder verrückt wurde?

Aber Taube hatte genug Stoff im Blut, Taube war stark. Er hatte die Kraft von zehn Stieren. Er könnte jederzeit aufstehen.

Es gelang ihm nicht. Sosehr er sich anstrengte und mühte, Nase hielt ihn lässig fest, wobei er den Druck auf den Schädel erhöhte. Dieser schien schon leicht zu knacken. Taube hörte auf zu kämpfen und wurde schlaff. Er wagte es nicht mehr, sich zu rühren.

Was war los? Wirkte das Koks nicht mehr?

War er schon immun dagegen?

Nacken grinste und beugte sich über den Tisch. Mit den Schößen des Bademantels deckte er Taubes Gemächt zu. Dann wischte er mit dem Finger etwas von dem weißen Pulver an der Tischecke auf und kostete es. Er lachte kurz auf, dann hielt er Nase den Zeigefinger hin, der schnupperte und leckte.

Nase fing sofort derart an zu lachen, dass Taubes Kopf zu zerbrechen drohte. Die Nieten der Lederjacke kratzten an der Haut, die Ohrmuscheln wurden zu Rollen gepresst und die Gelfrisur ging total kaputt. Außerdem roch Nases Achselhöhle noch schlimmer als sein Atem. Falls das möglich war.

Als auch Nacken in Gelächter ausbrach, lockerte Nase den Griff um Taubes Kopf. Er saß auf Taubes weißem Wollgarnteppich und krümmte sich vor Lachen. Nacken legte ihm die Hand auf die Schulter und schmiss sich ebenfalls weg. Beide hatten Tränen in den Augen und waren rot im Gesicht.

Taube kapierte gar nichts. Was lachten die Kerle so? Waren sie von dem bisschen Probieren dermaßen breit?

Er richtete sich auf dem Couchtisch auf. Atmete vorsichtig durch den Mund. Kontrollierte, ob sein Kopf heil geblieben war. Wischte sich das Blut mit dem Bademantelärmel ab, betastete seine Nase mit den Fingerspitzen, strich sich über Ohren und Haar. Und wunderte sich.

Nase hielt sich den Bauch und rang nach Luft, sah Taube an und anschließend Nacken.

»Der ... der kapiert ... immer noch nichts ...«

»Der ... der ist so ... breit!«, stieß Nacken zwischen seinen Lachanfällen aus und heulte wie ein Kojote bei Vollmond.

»Br... br... breit!«, kreischte Nase.

Dann schrien sie beide, was das Zeug hielt. Allmählich schien Taube zu kapieren, was los war. Mit dem kleinen Finger wischte er etwas von dem Pulverrest vom Tisch und probierte.

Scheiße.

Janita hatte ihn verarscht und ihm Puderzucker zu schnupfen gegeben. Und er war davon auch noch high geworden.

Bei was hatte ihn die Tussi sonst noch betrogen?

»Erzähl uns alles«, sagte Nase plötzlich vollkommen ernst und stand auf. Er trat wieder dicht an Taube heran.

Taube wich dem Blick und dem Geruch aus und wandte den Kopf ab, obwohl er wusste, dass es sinnlos war. Er fragte:

»Muss es sein?«

23

Ile fuhr aus seinem Mittagsschlaf neben dem Brotbackofen auf, als ein V8 auf den Hof geröhrt kam. Sein schwarzes Metallica-T-Shirt war feucht vor Schweiß. Er strich sich die schwarz gefärbten Haare aus dem Gesicht und setzte sich auf den Rand des alten ausziehbaren Bettes.

Durch die sechs Fenster des Holzhauses sah Ile vor dem gelben Schrott-Corolla und dem grünen Schrott-Mazda ein feuerrotes MGB-Cabrio aus den Siebzigern stehen. Ein blonder Typ im Jeansanzug stieg aus. Er erinnerte an Elvis, kurz vor dem endgültigen Zusammenbruch des aufgeschwemmten Königs.

Allu schien wieder mal in der Klemme zu stecken, wenn er zu Jarkka kam. Sonst sah man ihn hier auf dem Land nämlich so gut wie nie. Jarkka war draußen, er stapfte Allu mit seinen zerfetzten Gummistiefeln entgegen. Besonders erfreut sah er nicht aus.

Jarkka war sowieso ständig gereizt, jedenfalls wenn Ile da war. Und seit dem Frühjahr wohnte Ile mit Jarkka und dessen Familie unter einem Dach.

Seine Oma war schließlich gestorben, mit über hundert. Bekam im Wald einen Herzanfall und wurde tot aufgefunden, als Jarkka sie suchte, weil es Essen gab. Das Haus hatte sie Riikka vererbt, und das ging auch in Ordnung. Ile hatte noch so viel an Entschädigung zu zahlen, dass sein Anteil dafür draufgegangen wäre, und dann hätte keiner von ihnen ein Dach überm Kopf gehabt. Jetzt stand Riikka bei ihrem kleinen Bruder quasi in der Kreide und konnte ihm nicht verwehren, bei ihr einzuziehen und in Omas altem Bett zu schlafen. Jarkka wiederum konnte Riikka nichts abschlagen. Oder Aliisa, ihrer vierjährigen Tochter, die ihren Onkel Ile so gern hatte.

Aliisa und Riikka machten ihren Mittagsschlaf im Büro, dem unbeheizten Zimmer, von dem die Treppe zum Dachboden führte. Ile stand auf, verließ den Raum und das Haus und ging zum Pinkeln an den Misthaufen.

Vom See her hörte man das Geräusch eines Motorboots, es kam näher und entfernte sich wieder. Die Sonne schien. Die tiefgrünen Blätter des Flieders raschelten im Wind, die Schatten schwankten auf Iles Gesicht. Aber die Luft roch bereits nach Herbst, nach den faulen Äpfeln in den Bäumen und auf der Erde um sie herum. Nach der Wärme neben dem Ofen fror er jetzt im T-Shirt.

Allus und Jarkkas Wortwechsel drang um die Hausecke.

»... einen Autoknacker. Einen der Spitzenkategorie, auf den man sich verlassen kann. Das ist ein großes Ding. Der Pott hat ganz andere Dimensionen als normalerweise.«

»Das Leben und die Freiheit stehen immer auf dem Spiel.«

»Das mit dem Leben weiß ich nicht. Wann ist schon mal ein Autoknacker getötet worden?«

»Ich bin nicht interessiert, glaub's mir endlich. Ich hab Familie und alles, ein ordentliches Leben. Wie geht's deinem Nachwuchs?«

»Kommt jeden Moment. Darum mache ich auch mit. Gerade erst stand in der Zeitung, ein Kind wäre eine teure Angelegenheit. Das kriegst du nicht geregelt, wenn du blank bist.«

»Wir haben's auch geschafft.«

»Ich bin aber nicht so geschickt mit den Händen. Und Leila kann nicht zaubern.«

»Riikka auch nicht. Sie kann nur hellsehen. Und das ziemlich schlecht.«

»Ich wollte euch fragen, ob ihr Paten werden wollt.«

»Wir sind nicht in der Kirche.«

»Macht nichts, wir auch nicht. Ihr sorgt für die heidnische Erziehung des Kindes.«

»Danke für die Ehre. Aber für so ein Kleines ist es kein besonders rühmlicher Start, wenn Papa und Patenonkel im Knast sitzen.«

»Man kann Urlaub wegen persönlicher Angelegenheiten kriegen, hab ich gehört.«

»Ich hab zuletzt sechs Jahre gesessen und noch ein paar auf Bewährung abgestottert. Mir reicht's. Und für dich wäre es auch besser, draußen zu bleiben, damit du nicht darum betteln musst, deine Alte und dein eigenes Kind sehen zu dürfen.«

»Du kennst Leila nicht.«

»Ich hab sie ein paar Mal gesehen. Macht einen taffen Eindruck.«

»Sie macht nicht nur den Eindruck. Zum Glück kann ich damit umgehen.«

»Ach ja?«

»Na ja, manchmal jedenfalls. Und ich liebe sie.«

»Das ist schon mal ein guter Anfang. Aber ich mache nicht mit. Mein Leben ist hier. Mehr brauche ich nicht.«

»Ruhiges Familienleben und ein bisschen durch den Wald streifen, was?«

»Und auf dem See rudern. Heute Morgen war ein Hecht von zwei Kilo in der Reuse, das gab eine Suppe.«

Für einen Moment wurde es still. Ile spähte um die Ecke. Die alten Kumpels saßen vor der grauen Hauswand auf einem grauen Brett, das auf Holzklötzen festgenagelt war, gegenüber der überdachten Essecke.

Allu machte eine Kopfbewegung zu den Autos.

»Habt ihr Besuch?«

»Der Mazda gehört Ile. Dem kleinen Bruder von Riikka, falls du dich erinnerst.«

»Der war doch im Knast? Was hat er getan, Autos geknackt, oder?«

»Dafür haben sie ihn nicht verurteilt. Er kam aus demselben Grund wie ich in den Bau. War zur falschen Zeit am falschen Ort.«

»Mord, oder was?«

»Totschlag. Sechs Jahre, als Ersttäter drei. Ist im Frühjahr auf Bewährung rausgekommen. Aus der Jugendhaft in Kerava.«

»Jugendhaft?«

»Der Kerl ist erst achtzehn geworden.«

»Und hier eingezogen?«

»Na ja, die Oma starb im Frühjahr. Das hier ist auch so was wie Iles Zuhause.«

Wieder folgte eine kurze Pause. Allu und Jarkka starrten vor sich hin und sahen sich ab und zu kurz an, beide ein bisschen verlegen. Schließlich räusperte sich Jarkka.

»Trinkst du einen Kaffee? Ile kann einen kochen.«

»Ein anderes Mal«, sagte Allu und stand auf. »Ich hab's ein bisschen eilig. Muss Helfer und alles Mögliche besorgen. Und ich hab keine Ahnung, wo ich einen ordentlichen Autoknacker herkriegen soll.«

Jarkka stand ebenfalls auf.

»Mich brauchst du bei solchen Sachen nicht mehr zu fragen.«

»Okay, okay«, sagte Allu und hob beide Hände. »Du entscheidest.«

»So ist es. Aber du kannst trotzdem immer vorbeikommen, wenn du willst.«

»Und Leila?«

»Wie könnte ich einer von den Bullen was verbieten?«, sagte Jarkka und grinste.

Allu erwiderte das Grinsen, aber nur schwach.

Jetzt war der richtige Augenblick. Ile kam um die Ecke, tat ganz harmlos, und sagte:

»Guck an, Allu, grüß dich.«

»Ile leibhaftig?«

»Aber immer. Was meinst du, wüsstest du zufällig irgendwo einen Job als Autoknacker für mich? Einen besseren findest du nicht, jetzt, wo Jarkka endgültig in Rente gegangen ist ...«

Jarkka runzelte düster die Augenbrauen, sagte aber nichts. Allu warf einen Blick auf Jarkka, zwinkerte Ile zu und machte eine Kopfbewegung in Richtung MGB.

»Wir fahren eine Runde. Ich erzähl's dir im Auto.«

»Wo hast du den Sportwagen geklaut?«

»Eine Tussi hat ihn mir geliehen.«

»Bestimmt eine Kusine.«

»Bestimmt«, sagte Allu. »Nein, jedenfalls nicht meine. Mach's gut, Jarkka!«

Jarkka antwortete nicht, legte aber Ile, der an ihm vorbei wollte, die Hand auf die Schulter und hielt ihn auf. Ile wehrte sich nicht. Er wusste, dass er bei dem Match verlieren würde.

»Hast du nicht lange genug gesessen?«

Ile sah Jarkka an und räusperte sich.

»Bist du mein Vater, oder was?«

»Na, du kannst mit deinem Leben machen, was du willst«, seufzte Jarkka und sah Ile in die Augen. Ile hätte am liebsten weggesehen, aber der Trotz blieb. »Eines sage ich dir jedenfalls: Du bringst mir keine einzige heiße Karre mit und auch sonst nichts, was heiß ist. Und wenn die Bullen hinter dir her sind, hältst du dich von hier fern. Ist das klar?«

Ile spürte einen Kloß im Hals, der nicht wegging, auch wenn er noch so schluckte. Schließlich nickte er nur, und Jarkka nahm die Hand von seiner Schulter.

»Jetzt bist du auf dich gestellt.«

Allu wartete bereits beim MGB. Ile gab sich einen Ruck und setzte sich in Bewegung.

24

Wenn es kommt, dann richtig. Taube lag später zusammengekrümmt auf dem Wollgarnteppich, in seiner eigenen Kotze, hielt sich den Magen und die Eier und erzählte alles, was er wusste, von dem geplanten Raub. Nase und Nacken kauerten neben ihm und hörten zu.

»Viel weißt du nicht«, sagte Nacken enttäuscht.

»Eben.«

»Aber wenn wir ihm folgen, kriegen wir alles raus«, meinte Nase zu Nacken.

Nacken nickte.

»Genauso machen wir's.«

Er schlug Taube zum Abschied mit der flachen Hand auf die Backe. Es fühlte sich nicht schlimm an, nur die Schrammen brannten ein bisschen. Ansonsten war Taube erleichtert.

Er war noch am Leben.

Die Schritte von Nase und Nacken hallten lange im Treppenhaus wider. Oder in Taubes Kopf, da war er sich nicht ganz sicher. Nach und nach sammelte er so viel Kraft, dass er sich auf alle viere hochrappeln konnte. Er rollte den Teppich zusammen und trug ihn auf den Balkon.

Die Sonne schien. Der Himmel war klar, aber durch die Balkonverglasung wirkte er rauchfarben. Hinter dem leeren Spielplatz floss auf der Turuntie dichter Verkehr in beide Richtungen. Auf der Terrasse des Alten Teddybären wurde gelacht und gerufen. In der lauten, verbrauchten Stimme einer Frau lag bereits die Verzweiflung des zu Ende gehenden Sommers.

Nicht weit von der Kneipe stand der vertraute weiße

BMW am Straßenrand, der Kühler zeigte bergab, auf das Haus zu, in dem Taube wohnte. Das Dach war geschlossen. Nase winkte aus dem offenen Seitenfenster heraus.

Das Handy klingelte.

Taube ließ die Balkontür offen, damit etwas Luft in die Wohnung kam, und holte im Schlafzimmer das Telefon aus der Gürteltasche an seiner Jeans.

»Janita hier, hallo. Die Pläne haben sich geändert.«

»Hä?«, sagte Taube nach langem Überlegen. Zu mehr war er nicht fähig.

»Ich komme zu dir. Wir sehn uns gleich.«

Taube hätte am liebsten gesagt, komm nicht, Nase und Nacken sehen dich, aber er bekam kein Wort heraus. Erst als Janita aufgelegt hatte, jammerte er:

»Neiiin!«

Auch das ging flöten. Na ja, vielleicht würden Nase und Nacken Janita nicht bemerken.

Janita nicht bemerken? Was dachte er da eigentlich?, fragte sich Taube. Dachte er überhaupt? Sogar ein Blinder würde Janita sehen. Scheiße. Das Spiel war aus.

Vielleicht wollten Nase und Nacken auch bloß sicherstellen, dass die Engel ihr Geld bekamen. Vielleicht konnten Janita und Taube doch noch dem Sonnenuntergang entgegenreiten und sich in Geldscheinen wälzen.

Taube machte sich nicht die Mühe, sich anzuziehen. So war er sofort bereit, falls Janita Lust hätte. Allerdings hatte er unschöne Schrammen im Gesicht, die musste er versorgen. Pflaster brauchte er keines, und das war auch gut so. Von dem Klebstoff blieb nämlich immer etwas an der Haut hängen. Das Kennzeichen des Losers.

Janitas V8 war leicht zu erkennen. Die Bremsgeräusche des Motors drangen genau in dem Moment durch die offene Balkontür, als Taube sich seine pflegende Creme ins Gesicht klatschte. Seine Stimmung stieg, als er die leichten Schritte der Braut im Treppenhaus hörte. Bald wäre alles wieder gut. Janita würde ihm alles erklären, Janita würde ihn beruhigen.

Taube öffnete schon mal die Tür und machte sich bereit, die Frau in die Arme zu nehmen, aber Janita marschierte mit einer Zigarette im Mund an ihm vorbei, schnaubend vor Zorn, und Taube ging schnell aus dem Weg.

»Was ist mit dir los?«, fragte er.

Janita warf die Tür hinter sich zu und sah Taube scharf an.

»Was mit mir los ist? Willst du wirklich wissen, was mit mir los ist?«

Taube zögerte.

»Ja, schon ...«

Janita zog ein paar Mal heftig an der Zigarette und drückte sie dann in Taubes Spüle aus. Immer noch wütend kam sie zurück, wobei sie sich den Unterleib hielt.

»Scheißdreck, ich hab höllische Regelschmerzen, da hilft kein Aspirin und nichts. Und alles muss neu geplant werden. Du wirst bei dem Ding nicht mehr gebraucht, nur noch als Helfer.«

Taube traute seinen Ohren nicht.

»Was?«

»Du darfst Krähenfüße und Bombentaschen verteilen. Der Coach hat bessere Spieler aus Schweden gekriegt.«

»Und ich darf gar nicht mehr aufs Eis?«, fragte Taube mit einem Kloß im Hals. »Muss ich auch da jetzt eine Scheißliga tiefer spielen?«

»Nun werd nicht gleich depressiv«, sagte Janita und legte ihm die Hand auf die Schulter. »Immerhin sitzt du auf der Ersatzbank ...«

»Verdammte Scheiße!«, sagte Taube und schlug mit der Faust gegen den Spiegel im Flur. Er bekam einen Sprung, und ein kleiner Glassplitter blieb in einem Handknöchel stecken. »Der ewige Ersatzbankcenter ...«

Der Handknöchel tat weh. Alles tat weh. Die Welt wurde schwarz. Taube setzte sich auf den Stuhl vor dem Spiegel, sein Lieblingsplatz, aber jetzt hatte er keine Lust, sich zu betrachten. Jetzt hatte er Lust, die Luft so lange anzuhalten, bis die Welt wieder die Alte war. So wie sie ihm gefiel.

Leider wusste Taube, dass das nicht passieren würde. Die Welt gehorchte ihm nicht mehr. Er brach in Tränen aus. Sie rannen ihm in Strömen über die Wangen.

»He, Taube. Nun komm schon ...«, schnurrte ihm Janita ins Ohr. Sie nahm seine Hand und entfernte den Glassplitter, sie strich ihm über den Kopf und nahm ihn in den Arm, zog seinen Kopf an ihre Brüste und drückte leicht zu. »So schlimm ist das nicht. Ich habe einen Ersatzplan ...«

Allein Janitas Stimme sorgte dafür, dass es Taube wieder besser ging, von dem, was sie tat, ganz zu schweigen. Aber am meisten trösteten ihn ihre Worte, als sie fortfuhr:

»Der Stoff vom letzten Mal war schlecht, aber jetzt habe ich besseren dabei. Du kriegst eine kleine Linie ...«

Taube wagte wieder zu atmen.

Janita würde ihn nie im Stich lassen. Das hätte er wissen müssen.

Alles würde wieder gut werden.

25 Hermanni der Clown sagte, er könne Osmi sehen, Osmi sei in Joensuu, dabei saß Osmi in Hämeenlinna und fand das sehr lustig. Erja behauptete, ein Kind von anderthalb Jahren könne so etwas noch nicht verstehen. Hurme meinte, wenn es nach dem Vater komme, würde es garantiert alles verstehen.

»Das musst du dir mal vorstellen, ich hab als Kind schon denselben Fernsehclown gesehen und über die gleichen Sachen gelacht wie Osmi jetzt.«

»Du lachst immer noch drüber«, sagte Erja. Mit breitem Lächeln.

»Na klar lache ich. Das ist witzig. Oder, Osmi?«

Hurme kitzelte Osmi durch den roten Strampelanzug hindurch, und das Mädchen lachte wieder.

»Wer hätte geglaubt, dass ich mal selbst so ein kleines Mädchen habe?«, sagte Hurme. »Oder genauer gesagt zwei Mädchen.«

Er zog Erja an sich und küsste sie. Osmi kicherte auf seinem Schoß vor sich hin.

»Dein Brot ist auf beiden Seiten mit Marmelade bestrichen«, sagte Erja. »Ich glaube, du bist ein glücklicher Mann.«

»Rate mal, wie glücklich.«

Sie saßen auf dem grünen Plüschsofa im Wohnzimmer. Der Fernseher flimmerte. Weil die Abendsonne direkt ins Fenster schien, waren die Jalousien zu. Die Tür zum Garten stand einen Spaltbreit offen, es kam ein sanfter Windhauch herein und man hörte hin und wieder Verkehrsgeräusche und Rufe von Kindern. Anscheinend spielten die größeren Kinder aus der Nachbarschaft Verstecken oder etwas Ähnliches. Bald würde auch Osmi mitmachen, wenn sie erst richtig laufen konnte.

In der Luft lag saftiger Fleischgeruch. Hurme hatte auf dem Gasgrill im Garten Steaks gegrillt, Erja den Kartoffelbrei und den Salat gemacht.

Jetzt war das Geschirr in die Spülmaschine geräumt, es war Zeit, zur Ruhe zu kommen, sich zu lieben. Endlich kam auch Hurme mal dazu; er musste nicht irgendwo hinrennen und ausbügeln, was seine Leute verbockt hatten. Auf dem Couchtisch schäumte bereits das dritte Bier dieses Abends im Glas. Marke: Urho. Das erste hatte er beim Grillen getrunken, das zweite zum Essen. Auf das dritte verzichtete er normalerweise in der häuslichen Umgebung. Und auf noch mehr hatte er schon gar keine Lust.

Die Kinderstunde ging zu Ende, die Regionalnachrichten fingen an. Erja nahm einen Schluck Bier und reichte dann Hurme das Glas, der es mit einem Zug leerte, auf den Tisch stellte und einen matten Rülpser ausstieß.

Osmi lachte auch darüber. Erja lächelte und streichelte Hurmes Glatze. Er rasierte sie jeden Morgen, damit man den zurückweichenden Haaransatz nicht sah.

»Weißt du was, Jore?«, fragte Erja.

»Was denn?«, fragte Hurme, obwohl er es wusste.

»Du weißt schon.«

»Na ja. Und du auch.«

»Natürlich«, sagte Erja und küsste ihn.

Noch vor einem Jahr hätte er von so etwas nicht einmal zu träumen gewagt. Zwar war er Erjas Schatz gewesen und Erja sein Schatz und die Mutter seines Kindes, aber nur heimlich, denn Erjas Mann Ozzy war Hurmes Boss gewesen und außerdem paranoid und tobsüchtig. Zum Glück war Ozzy dann verschwunden. Ohne Spuren zu hinterlassen.

Manchmal hatte das Leben doch nicht nur unangenehme Überraschungen parat. Hätte Hurme sich zum Beispiel auf den Raubüberfall, den Erno vorgeschlagen hatte, eingelassen, hätte er auf einen Schlag alles verlieren können. Zu viel Habgier war schlecht. Man musste Geduld haben, die Risiken einschätzen und nur rentable Projekte in Angriff nehmen. Man musste die überflüssigen Ableger abschneiden und sich aufs Kerngeschäft konzentrieren.

Einfaches Management. Hurme hatte schon darüber nachgedacht, in Abendkursen den Schulabschluss nachzuholen, aber er hatte keine Zeit. Der ganze Frühling war dafür draufgegangen, sich die Rolle des Präsidenten und die dazugehörigen Routineabläufe anzueignen. Respekt musste er sich keinen verschaffen, den hatte er schon. Trotzdem hatte er sich im Sommer in der Bibliothek ein paar Ratgeber für Führungskräfte ausgeliehen und im Café, seinem Büro, darin gelesen. Ozzy war der Meinung gewesen, einen Club müsse man führen wie eine Armee, aber Ozzy hatte sich geirrt. Die Schwarzen Engel waren eine Firma.

Auf die Clowntheorie, die ein Managertrainer namens Sarasvuo in seinem Buch ausbreitete, pfiff Hurme allerdings. In seiner Branche war kein Platz für Aufmerksamkeitsökonomie. Besser den Ball flach halten, sonst hatte man die Bullen auf dem Hals. Je weniger man in Erscheinung trat, umso besser. In der Unterwelt waren die Schwarzen Engel auch ohne Schlagzeilen bekannt. Die Kunden fanden den Weg zu ihnen, und sie fanden den Weg zu den Kunden, auch zu solchen, die sich aus dem Staub machen wollten.

»Gestern hab ich Erno gesehen«, sagte Erja.

»Wen?«, fragte Hurme zerstreut. Er wollte nicht zu viel verraten.

»Vor Ozzy war ich mit ihm zusammen. Er ging dann nach Schweden.«

»Uralte Geschichte«, sagte Hurme. »Wo hast du ihn getroffen?«

»Weiß nicht mehr, er trieb sich halt in der Gegend herum.«

»Ich meine gestern.«

»Er hat vor dem S-Market gewartet und ist ein Stück mit uns gegangen.«

»Hat er was gesagt?«

»Er hat gefragt, ob ich jemanden habe.«

»Warum fragt er so was?«

»Weiß ich nicht. Er hat wahrscheinlich gehört, was mit Ozzy passiert ist. Ich meine, dass er verschwunden ist. Ich hab gesagt, ja.«

»Und er?«

»Nichts. Ist gegangen.«

»Ach, darum hast du so viel Bon Jovi und *Yö* gehört«, sagte Hurme und strich mit der linken Hand über Erjas glatte Haare. »Dir sind Erinnerungen hochgekommen.«

»Stimmt«, sagte Erja und kuschelte sich tiefer bei Hurme ein. »Aber ich vermisse ihn nicht. Ich hab es hier gut.«

»Warum erzählst du mir von dem Kerl?«, wunderte sich Hurme.

Osmi fiel der Schnuller herunter, Erja hob ihn auf, steckte ihn dem Kind in den Mund und sah dann Hurme in die Augen. Sein Blick war ein anderer.

»Wir dürfen keine Geheimnisse haben. Ich will nicht,

dass mit uns das Gleiche passiert wie mit mir und Ozzy.«

»Wir haben nicht das geringste Problem, Baby«, sagte Hurme und küsste sie.

In den Hauptnachrichten wurde erneut ein Überfall auf einen Werttransporter in Schweden gemeldet. Ein Wachmann war verletzt worden, und die Gewerkschaft des Sicherheitsgewerbes zog einen Streik der Werttransporteure in Erwägung. In diesem Jahr waren in Schweden bereits dreißig Überfälle auf Werttransporte verübt worden.

Das soll viel sein?, dachte Hurme.

In Södertälje war eine Polizeistation beschossen worden. In einem Wohnblockviertel der Stadt wurden Autos angesteckt. Der Reporter berichtete, in Schweden sei es nicht gelungen, die Kinder der Einwanderer zu integrieren. Die Gastarbeiter der ersten Generation seien noch demütig gewesen und hätten an der Kultur ihrer alten Heimat festgehalten. Die nächste Generation löse sich von den Traditionen ihrer Eltern, bleibe aber in der neuen Heimat außerhalb der Gesellschaft und ohne Ausbildung. Dieses Phänomen stecke hinter den Überfällen auf die Geldtransporte. Auch die Unruhen in Frankreich, die Fälle von Straßenraub in Helsinki und die Selbstmordattentate in London hätten etwas damit zu tun.

So ein Scheißdreck, dachte Hurme. Raubüberfälle, Unruhen und Bomben waren vollkommen verschiedene Dinge. Leute, die Raubüberfälle machten, wollten das schnelle Geld und dachten nicht über ihre eigene Nasenspitze hinaus. Leute, die zu Unruhen anstifteten, wollten Action und dachten nicht über ihre eigene Nasenspitze hinaus. Und die Männer mit den Bomben wollten

Märtyrer sein, die dachten überhaupt nicht, sondern glaubten nur.

Alles völlig unterschiedliche Sachen. Und alles schlecht gewählte Varianten. Mit unterschiedlicher Kultur hatte das überhaupt nichts zu tun.

Hurmes Familie war seinerzeit wegen der Arbeit von Ylivieska nach Hämeenlinna umgezogen. Die Eltern waren fromme Laestadianer gewesen, Hurme hingegen hatte noch nie an den alten Sack im Himmel geglaubt. In dem Wohnviertel in Hämeenlinna war er zuerst der Außenseiter gewesen, weil er einen anderen Dialekt redete. Schnell lernte er die neue Sprache und passte sich an. Er hätte in die Fußstapfen seines Vaters treten und beim Metallunternehmen Rautaruukki in der Fertigungskontrolle anfangen können, so wie seine fünf Brüder, aber das hatte ihn nicht interessiert. Nach der Hauptschule hatte ihn die Berufsschule absolut nicht gereizt. Lieber stemmte er in der Muckibude Gewichte und nahm an einem mehrmonatigen Kurs für Fleischzerleger in Forssa teil, riss die Armeezeit als freiwilliger Kanonier in Vaasa herunter und machte alle möglichen Handlangerjobs, bis er achtzehn war und als Türsteher anfangen konnte. Aufgrund zweier Verfahren wegen Körperverletzung blieb es bei einer eher kurzen Karriere, aber im Knast hatte er eine neue Laufbahn als Strohmann eines Rockerclubpräsidenten eingeschlagen.

Und jetzt war er der Präsident des Clubs. Lebte ohne sinnlose Ausbildung auf großem Fuß. Er hatte sich selbst seinen Weg gebahnt. Jeder konnte das, vorausgesetzt, er hatte genug Mumm im Leib und Grips in der Birne. Und ein bisschen Glück. Man musste sich bloß der Situation anpassen und durfte nicht unnötig Radau machen. Spätestens in der Armee hatte er festgestellt, dass die Gruppenführer und Unteroffiziere die Gesichter der Jammerlappen nie vergaßen, aber wenn man unsichtbar blieb, konnte man in aller Ruhe fast alles machen, was man wollte.

Osmi war kurz vorm Einschlafen. Gleich würde man sie nach oben bringen und ins Bett legen können. Anschließend würde er mit Erja in die Sauna gehen und endlich mal einen gemütlichen Abend zu Hause verbringen. In letzter Zeit fühlte er sich im Clubhaus der Engel in Kantola immer weniger wohl. Seine Leute kamen ihm von Tag zu Tag dümmer vor. Hatten nichts als Bier und Speed im Kopf und machten auf dicke Hose, von wegen was für harte Burschen sie waren. Oder sie stemmten Gewichte, wichsten den Billardstock oder polierten an ihren Vans herum. Oder sie überlegten, wohin Ozzy damals im Februar nur verschwunden war.

Es läutete an der Tür, Osmi wachte auf. Hurme gab das quengelnde Kind an Erja weiter und ging aufmachen. Er ahnte bereits, dass er den gemütlichen Abend daheim vergessen konnte.

Vor der Tür stand eine blonde Tussi, etwa dreißig, sportlich, aber mit Sakko wie eine Geschäftsfrau. Die Handtasche sah ziemlich schwer aus, die konnte durchaus eine Wumme enthalten.

»Laura Jansson«, stellte sich die Frau vor. Sie behauptete auf Finnisch, eine schwedische Polizistin zu sein und Ernesto Jarra zu suchen.

26

Die Polizisten kamen noch am selben Abend. Am Mittwoch. Die Sonne blitzte zwischen den Wipfeln der Fichten hindurch, als ein dunkelblauer Zivil-Mondeo aufs Grundstück gefahren kam und vor Marjo anhielt.

Sie wollte gerade nach dem letzten Kunden die Halle zusperren. Ihr Vater war bereits nach Hause gegangen, um das Essen aufzuwärmen. Nudelauflauf. Den machten sie gleich für die ganze Woche. Da musste man sich nicht jeden Tag was Neues einfallen lassen.

Der Ältere mit der Kerbe im Kinn stellte sich mit dem Namen Nikkilä vor, und der jüngere Blauäugige, der aussah wie ein Eishockeyverteidiger, hieß Rahila. Sie zeigten ihre Polizeiausweise. Nikkiläs Foto war mindestens zwanzig Jahre alt, es zeigte einen jungen Mann, der zu viele Folgen von *Happy Days* gesehen hatte. Den Stil hatte er immer noch drauf. Rahila war seit der Aufnahme männlicher geworden, auf dem Foto sah er noch ein bisschen schmächtig aus.

Beide trugen Jeans, Nikkilä dazu ein grelles rot-gelbes Hawaii-Hemd und Rahila ein blaues Hemd mit Epauletten. Keiner von beiden wirkte wie ein Kriminologiewissenschaftler aus CSI. Gut so. Da mussten sie nicht auf cool machen und gleichzeitig im Dunkeln mit der Taucherbrille auf der Nase Blutspuren untersuchen. Jetzt ging es darum, diesem Teufel eine Falle zu stellen, für den Fall, dass er zurückkam. Jeder der beiden würde es schaffen, ihn in Ketten zu legen. Sie selbst hätte es auch geschafft, verdammt, dachte Marjo, wenn sie nur gewollt hätte.

Sie kam direkt zur Sache:

»Habt ihr rausgekriegt, wie das Arschloch heißt?«

»Ernesto Oskari Jarra«, sagte Rahila. Nikkilä räusperte sich lautstark und versetzte seinem jungen Kollegen unauffällig einen Tritt gegen den Knöchel, aber Rahila redete einfach weiter: »Ein Multikulti-Fall. Der Vater aus Chile, die Mutter aus Finnland. Stammt aus Hämeenlinna. Hat die letzten zehn Jahre in Schweden gelebt, vier davon im Gefängnis. Er steht unter dem Verdacht, vorgestern, also am Montag, an einem bewaffneten Raubüberfall im Süden von Stockholm teilgenommen zu haben. Zwei Menschen kamen dabei ums Leben.«

»Und jetzt treibt sich der Killer hier herum«, sagte Marjo. »Und wir haben ihn auf dem Hals. Wie kann das sein?«

»Heutzutage haben Gangster internationale Beziehungen«, sagte Nikkilä.

»Und Jarra hat eine Tante in Hämeenlinna. Du kennst sicher die großen alten Holzhäuser im Stadtteil Sairio. Eines davon hat im Sommer gebrannt und ist jetzt ganz schwarz, und das andere soll auch abgerissen werden. Jarras Tante ist die letzte Mieterin. Der Saab, den er fährt, ist auf sie zugelassen, Jarra hat ihn heute bei einem Händler in Hämeenlinna gekauft und bar bezahlt. Dadurch sind wir ihm auf die Spur gekommen. Wir waren bereits bei der Tante, aber sie hat nicht aufgemacht.«

»Die Nachbarn vermuten, sie ist im Suff eingeschlafen. Weil es schon so spät am Tag ist«, ergänzte Nikkilä.

Es war tatsächlich spät. Marjo spürte die Arbeit des langen Tages am ganzen Körper. Und nach dem Essen würde es weitergehen, zumindest der Benz vom Bürgermeister musste bis morgen fertig werden. Das konnte leicht bis Mitternacht dauern, aber da waren einem wenigstens keine Kunden im Weg.

Nikkilä reichte Marjo einen Notizblock und einen Stift.

»Schreibt alle eure Telefonnummern auf, Festnetz und mobil. Wir lassen sie abhören. Rahila kann den offiziellen Papierkram machen und ihr müsst dann nur die Genehmigung unterschreiben.«

Marjo notierte die Nummern.

»Telefon der Firma, Handy meines Vaters, mein Handy. Das war's.«

»Danke«, sagte Nikkilä, riss das Blatt heraus und gab es Rahila. »Kümmer dich drum!«

»Kriegen wir auch ein paar Aufpasser?«, fragte Marjo. »Der Typ hat angedroht, unsere Halle könnte in Flammen aufgehen.«

»Wenn die Engel sicher sind, dass hier nichts mehr zu holen ist, können sie durchaus die Halle anstecken«, gab Nikkilä zu. »So als Warnung zum Beispiel. Leider haben wir für eine Observation rund um die Uhr nicht genügend Leute.«

»Wir müssen die Firma also selbst bewachen«, sagte Marjo.

»Könnt ihr euch nicht irgendwo in Sicherheit bringen?«, schlug Rahila vor.

»Und die Firma und die Autos der Kunden hier ihrem Schicksal überlassen, oder was?«, erwiderte Marjo ungläubig. »Vergesst es. Wir haben Schrotflinten und Elchgewehre mit Waffenschein, wir kommen schon gegen die an.«

»Das bezweifle ich nicht«, sagte Rahila. »Wie ich gehört habe, seid ihr auch gegen Jarra ziemlich gut angekommen.«

Marjo rückte sich scheinbar bescheiden die Mütze zurecht und sah Rahila dann von unten an.

»Wenn jemand kommt, sollen wir dann draufhalten oder euch anrufen?«

Rahila sah Nikkilä an, der den Blick auf Marjo richtete und sie fest fixierte.

»Für übertriebene Notwehr kann man in den Bau kommen. Auf einen Einbrecher darf man nicht schießen, nicht mal nach einem Warnschuss.«

Marjo ächzte.

»Sollen wir vielleicht auf uns selber schießen?«

»Ruf uns an. Bei der Zentrale und bei mir«, sagte Rahila und gab ihr eine Karte, auf dem Jaakko Rahila, Kriminalmeister, Hämeenlinna stand. Und eine Handynummer. »Ich komme, so schnell ich kann, aber die Streifen sind auf jeden Fall einsatzbereit. Wenn nicht gerade beide etwas am anderen Ende des Bezirks zu tun haben.«

»Ich komme auch, falls Rahila daran denkt, mich anzurufen«, fügte Nikkilä hinzu. »Aber ich glaube, dass die Engel zuerst versuchen werden, euch weiter zu melken. Seit Ozzy verschwunden ist, sind sie ziemlich geduldig.«

»Und mit euch waren sie es anscheinend auch vorher schon«, sagte Rahila.

»Na ja, weil ich Izzy kannte ...«, fing Marjo an, bemerkte dann aber Rahilas Gesichtsausdruck und sagte schnell: »Nur flüchtig. Wir sind uns mal in der Kneipe über den Weg gelaufen.«

Rahila setzte wieder ein neutrales Gesicht auf, Nikkilä nicht. Rahila sagte:

»Wenn euch Jarra oder ein Engel wieder die Zusammenarbeit anbietet, stimmt ihr zu. Dann installieren wir hier Mikros, parken einen Abhörwagen irgendwo in der Nähe und schützen euch.«

»Ihr wollt uns schützen?«, sagte Marjo und lachte düster. »Das will ich sehen ...«

»Denk darüber nach«, ermunterte Nikkilä sie und ging um die Kühlerhaube herum zur Fahrerseite.

»Wir sehen uns«, sagte Rahila und drehte sich zur Beifahrertür um.

Marjo fixierte ihn. Guter Hintern. Auch sonst war an dem Typen nicht allzu viel auszusetzen. Schon gar nicht an den blauen Augen ...

»Fast bereue ich es«, sagte Marjo leise. »Ich hätte doch Leila anrufen sollen ...«

Rahilas Nacken und Rücken erstarrten. Der Mann war eindeutig verlegen. Marjo fuhr mit bebender Stimme fort:

»Aber mein Vater und ich werden schon klarkommen ...«

Rahila blickte sich vorsichtig um. Marjo wich seinem Blick aus und schaute mit ausdruckslosem Gesicht auf ihre Schuhe.

»Eigentlich könnte ich auch hier bleiben«, sagte Rahila zu Nikkilä. »Oder? Die Schicht ist zu Ende, ich tu das in meiner Freizeit.«

»Von mir aus, ganz wie du willst«, sagte Nikkilä. »Falls das Fräulein nichts dagegen hat.«

Als Rahila sich wieder zu Marjo umdrehte, lächelte Marjo. Der Mann hatte es sich verdient.

27

Erno wartete am Rand des Parkplatzes, im Schatten des Schutzdaches für die Mülltonnen. Er sah irgendwie grau aus, und als Hurme ihm per Handzeichen bedeutete, in den Dodge Ram zu steigen, zog er schlimm das linke Bein nach. Er sprang mit dem rechten Bein aufs Trittbrett und zog sich mit beiden Händen ins Wageninnere.

»Was ist mit deinem Bein los?«, fragte Hurme, während er den Motor anließ.

Ernos Oberlippe war dick von einem Stück Kautabak. Er grinste blöde und sagte:

»Deswegen bin ich gekommen ...«

Scheiße. Wieso bekam man nirgendwo brauchbares Personal? Sogar die Kumpels, auf die man sich sonst verlassen konnte, verwandelten sich in Idioten, wenn man ihnen einen einfachen Auftrag gab.

Hurme winkte lächelnd den Nachbarkids zu und lenkte seinen Van auf die Ruutikellarintie. Erno erzählte, was passiert war, und sagte:

»Ich kann nicht weitermachen, obwohl ich gerne würde. Wir schlagen am Freitagmorgen zu, und der Fuß macht es schon kompliziert genug. Hast du sonst niemanden?«

»Idioten gibt's im Club jede Menge. Aber von dir hab ich mir ein bisschen mehr erwartet.«

Als die Straße einen rechten Bogen machte und nach unten zur Viipurintie führte, stach die Sonne in die Augen. Sie schien niedrig von der Innenstadt her, die Sonnenblende nützte so gut wie nichts. Da musste das Gestell auf die Nase.

An der Kreuzung war die Ampel rot. Links, vor der

Turmschenke, malte ein Typ mit blonder Igelfrisur mit Kreide Umrisse auf den Bürgersteig, wie in den Ami-Filmen, wenn die Bullen den Fundort einer Leiche markierten. Ein Toter war nirgendwo zu sehen, aber vielleicht hatte der Kerl vor, sich vom sechsstöckigen Turm auf die fertig präparierte Stelle zu stürzen. Die Zeichnung war dafür jedenfalls schwammig genug.

An der Tür der Turmschenke hatten sich Leute versammelt, am Fenster noch mehr. Wahrscheinlich schlossen die Kunden der Eckkneipe Wetten darüber ab, was der Mann tun würde.

Die Ampel sprang um, Hurme fuhr weiter, nach links, in Richtung Ostend und Lahdentie. Er hatte kein bestimmtes Ziel. Aber in einem fahrenden Auto konnte man besser reden, da war es für die Bullen sogar mit Richtmikro schwer, mitzuhören.

Im Radio kamen die Siebenuhrnachrichten. Darin wurde dieselbe Tuba geblasen wie im Fernsehen: Überfälle, Unruhen, Bomben.

»Wie findste das? Das geht dich doch an?«, wollte Hurme von Erno wissen. »Ist Schweden bei deiner Integration gescheitert?«

»Glaub nicht. Schließlich haben sie mich dazu gebracht, wieder heimzukommen.«

»Schon, aber bist du deswegen zum Gangster geworden? Oder weil du leicht an Kohle kommen wolltest?«

Erno dachte ernsthaft nach. Der blödsinnige Gesichtsausdruck verwandelte sich fast in einen schlauen. Hurme wusste, dass Erno ein cleverer Kerl war, wenn er sich dazu aufraffen konnte, sein Gehirn zu benutzen.

»Ich weiß nicht«, sagte Erno schließlich. »Wenn ich die Gelegenheit gehabt hätte, irgendwie anders anständig mein Geld zu verdienen, hätte ich es vielleicht gemacht. Aber wer arm ist, kann es sich nicht leisten, legal reich zu werden. Dafür braucht man Startkapital. Egal ob in Schweden oder Finnland. Oder in Chile, würd ich sagen. Ausprobiert hab ich's allerdings nicht.«

»Legal, na ja«, meinte Hurme. »Da hat einer, der arm ist, nicht viele Chancen. Spielt keine Rolle, ob Mama und Papa aus Hinterindien oder aus Turenki, Finnland, kommen.«

»Genau das mein ich.«

Hurme nickte. Mit dem ruhigen Abend zu Hause war es vorbei gewesen, als Erno ihn mit einer SMS bombardiert hatte. Allerdings hatte Hurme die Sauna angemacht, bevor er ging, und Erja aufgefordert, die Wärme zu halten, aber er erwartete nicht zu viel.

Erno saß schweigend auf dem Beifahrersitz, nun wieder in eigene Gedanken vertieft. Hurme hätte ihn am liebsten ein bisschen durchgeschüttelt.

»Die Schwedenbullen sind hinter dir her«, sagte er.

»Laura Jansson?«, fragte Erno, ohne mit der Wimper zu zucken.

»Sie war sogar bei uns«, sagte Hurme und warf einen Blick auf seinen Nebenmann, während er in Richtung Turku abbog. »Eine alte Bekannte von dir, oder was?«

Erno verzog weiterhin keine Miene.

»Sie war bei Henna und bei meinem Vater. Komischer Name übrigens.«

»Was will die in Hämeenlinna? Die darf hier doch sowieso keinen verhaften. Warum verlässt sie sich nicht auf die finnischen Bullen und bittet um Amtshilfe?«

»Vielleicht geben sie ihr keine«, meinte Erno, schien aber selbst nicht daran zu glauben. »Oder aber ...«

»Was?«

»Sie hat Henna gesagt, der Bulle, der an der E4 krepiert ist, wär ihr Partner gewesen.«

Erno klang noch ernster als zuvor. Er sah auch so aus.

»Du denkst, dass sie dich gar nicht erst vor Gericht zerren will«, sagte Hurme.

»Die darf hier doch sowieso keinen verhaften.«

»Ihre Handtasche wirkte ziemlich schwer«, erinnerte sich Hurme. »Könnte eine Wumme drin sein.«

Erno zuckte mit den Schultern und grinste.

»Na ja, sie kann mich höchstens erschießen.«

»Pass jedenfalls auf. Ich hab viel Geld in dich investiert.«

»Zwanzig Riesen, was ist das schon? Am Freitag schwimmen wir im Geld.«

»Oder im Blut. Soll ich dich zum Sägewerkhügel bringen?«

Erno zuckte wieder mit den Schultern.

»Von mir aus.«

Auf dem Rest der Strecke wurde nicht mehr viel geredet. Hurme merkte, dass er sich schon wieder von einem alten Kumpel entfremdet hatte. Warum entwickelten sich die anderen nicht weiter? Warum mussten sie ewig kleine Jungen bleiben, die bei jedem Rückschlag alle verantwortlich machten, nur nicht sich selbst?

Sie selbst.

Kaum war Erno unten an der Bahnlinie ausgestiegen, fuhr Hurme los und wählte eine Nummer auf seinem Handy. Er musste alle Nummern im Kopf haben, weil er gezwungen war, das Telefon täglich zu wechseln und die SIM-Karten noch öfter, damit die Bullen nicht mithören konnten.

»Hallo?«, fragte die Frau am anderen Ende misstrauisch.

»Hier ist ein Freund. Kleiner Tipp: An deiner Stelle

würde ich spätestens morgen zahlen, sonst kann es euch übel ergehen.«

»Wie übel?«

»Das kannst du dir selbst ausmalen«, sagte Hurme und legte auf.

Nachdem er die Aulangontie überquert hatte, fuhr er durch die alte Holzhaussiedlung nach Hause. Er würde es noch locker mit Erja in die Sauna schaffen. Aber vorher war noch ein Anruf fällig.

»Hä?«, meldete sich Nase.

»Ich hab einen Job für euch.«

»Was? Wir haben so schon den Arsch voll zu tun.«

»Warum sitzt ihr dann im Auto und redet Scheiße?«

»Woher willst du das wissen?«

Im Hintergrund hörte man Verkehrsrauschen und Radio Janne. War leicht zu raten.

»Ich hab ein Handy mit Kamera«, sagte Hurme. »Du kennst doch die Werkstatt in Turenki, mit der jungen Tussi und ihrem humpelnden Alten?«

»Alte Schulden«, sagte Nase. »Nehmen wir uns die Braut endlich vor?«

»Lasst die Finger von ihr! Aber morgen geht ihr hin, und wenn sie die Wochenrate nicht rausrücken, dann whuff.«

»Luft holen und die Wände umpusten, wie?«

»Nee, ihr macht ein Lagerfeuer. Nehmt Flüssigkeit und ein funktionierendes Feuerzeug mit, Bratwürste und Senf oder Ketchup, je nach Geschmack. Aber nicht erwischen lassen!«

»Wir sind doch nicht doof.«

Hurme kommentierte das nicht weiter, sagte tschüs und legte auf.

Die Uhr am Armaturenbrett zeigte Viertel vor sieben,

als er sein Handy ausschaltete. Für die Runde waren zwanzig Minuten draufgegangen, und jetzt war er schon fast wieder daheim.

Bloß noch die Kiste auf den Parkplatz und dann ab in die Sauna. Zurück zur Familie.

Hoffentlich schlief Osmi noch.

28 Als Rune vom Einkaufen zurückkam, schnarchte Ernestos Tante noch immer am Küchentisch, der unnatürlich rothaarige Kopf auf dem rechten Ellenbogen, die fast leere Wodkaflasche in der linken Hand daneben. Der Deckel war zu. Man sah, dass die Tante eine erfahrene Trinkerin war: Nach dem Aufwachen hatte sie gleich den Katerschluck parat. Es konnte sofort weitergehen.

Die Tante hieß Henna. Bevor er wegging, hatte Ernesto sie mit Rune bekannt gemacht, aber sie hatte wahrscheinlich nicht viel davon mitbekommen.

Rune musste an seine eigene Mutter denken. Bloß nahm die härteren Stoff, in der letzten Phase Heroin. Er war dreizehn und im fünften Schuljahr, als er sie auf dem Fußboden im Wohnzimmer fand. Überdosis, die Spritze steckte noch in der Armbeuge. Und das Arschloch von Stiefvater hatte die Augen zu und fickte die Mutter, sein blanker Arsch blitzte unterm Jeanshemd hervor. Als Rune das sah, zog er das Klappmesser aus der Tasche, ließ es aufspringen, schlich sich von hinten an und schnitt dem Kerl so schnell die Kehle durch, dass der nicht mal kapieren konnte, was mit ihm geschah. Er brach auf der Mutter zusammen und lief komplett aus. Rune zerrte ihn ins Treppenhaus und wälzte ihn übers Geländer in den Abgrund. Dann ging er ins Wohnzimmer zurück und deckte seine Mutter mit der schwarzen Wolldecke zu. Als die Scheißbullen kamen, saß Rune unter der heruntergerissenen Garderobe im Flur und schluchzte. Er hatte versucht, sich mit dem Gürtel aufzuhängen, aber die Wand hatte das Gewicht des dicken Jungen nicht ausgehalten.

Sternstunde des Lebens. Jedenfalls hatte er Sterne gesehen. Aber er war wieder hochgekommen, bis ins Führungsquartett der Teufel. Jetzt war die Truppe allerdings zerschlagen: der Boss wegen Steuerbetrug im Knast, Ahab im Leichenraum und der Rest vom Tornado nach Finnland geschleudert.

Ein neuer Raub kann alles ändern. So was in der Art hatte er auf einem bestickten Tuch bei seiner finnischen Oma an der Wand gelesen, und daran glaubte er. Er musste daran glauben.

Rune stieg in den obersten Stock hinauf. Die Treppe knarrte, es roch nach Staub und feuchtem Holz. Vielleicht war auch etwas Schimmel dabei. Kein Wunder, das Haus hatte über ein Jahr lang praktisch leer gestanden. Ernestos Tante hatte von diesem Haus alle ungebetenen Gäste ferngehalten, aber das Haus nebenan war im Winter abgefackelt; irgendjemand hatte die Ofenklappe offen gelassen und das Brennholz, das er eigenmächtig aus dem Schuppen geholt hatte, vor dem Ofen trocknen lassen. Es trocknete so gut, dass es auf der Stelle verbrannte. So hatte es Ernestos Tante erzählt, behauptete Ernesto.

Die Tür zu seiner Wohnung stand offen, man konnte das Knarren des Holzbodens schon von weitem hören, weil Goran nervös wie ein Käfigtier zwischen Küche und Wohnzimmer hin und her lief. Ein Wunder, dass er nicht abhob. Das Fenster zum Wald stand sperrangelweit offen, ein kurzer Flug wäre durchaus drin, bevor ein Fichtenstamm oder der Hang ihm entgegenkamen.

»Soll ich dir ein Laufrad besorgen?«, meinte Rune an der Tür. »Dann könntest du ein bisschen was von deiner überschüssigen Energie abbauen.«

»*What*?«, erschrak Goran und machte vor Rune einen

Haken. Um ein Haar wäre es zum Zusammenprall gekommen.

Gelassen schob sich Rune an ihm vorbei in die Wohnung und stellte die Plastiktüte vom K-Markt auf die Spüle.

»Beruhig dich, Mann. Ich hab Bier, Brot, Käse und Wurst mitgebracht.«

»*You ring the boss*, oder was?«

»Ja, ich hab ihn erreicht. Warum soll er aus dem Knast in Kumla wegwollen? Dort hat er doch alles, sogar eine Tischtennisplatte.«

»*The boss*, oder was? *The man*? Was *he say*?«

»Er hat befohlen, ruhig zu bleiben. Und bei dem Ding mitzumachen.«

»Und *then*?«

»Dann ficken wir die Beute und bringen sie nach Schweden. Das ist Ernesto dem Boss schuldig.«

Goran dachte eine Zeitlang nach, dann nickte er.

»Okay. *Sounds* gut.«

Und auf dem Weg nach Schweden fliegt einer von uns ins Meer, dachte Rune. Wenn ein Kerl so naiv ist, dass er alles schluckt, was man ihm vorsetzt, dann muss dieser Kerl sterben.

Laut sagte er zu Goran:

»Sag aber Ernesto nichts vom Boss oder so.«

»Nee, nee.«

Ernesto wäre allerdings nicht so dumm zu glauben, dass Rune einfach so den Boss angerufen hätte.

Die Trombe hatte Rune so sehr durchgeschüttelt, dass er seinen Glauben an die Loyalität verloren hatte. Sie rentierte sich nicht. Am klügsten war es, einen Kumpel sofort fallenzulassen, wenn er nicht mehr nützlich war. Die anderen würden es umgekehrt genauso machen. Bloß würde er ihnen keine Gelegenheit dazu geben.

Jetzt wurde er durch das Dröhnen eines frisierten V8 in seinen Gedanken gestört. Jemand kletterte im kleinen Gang den Hang hoch. Rune war mit einem Satz am Fenster und sah einen roten MGB aus den Siebzigern. Cabrio. Das Auto hielt vor dem Nebengebäude an, der Motor wurde abgestellt.

Eine Lederjackenbraut in schwarzen Jeans stieg aus. Rothaarig, aber weniger künstlich als die Penner-Oma von unten. Und wesentlich jünger. Sie wischte sich die langen Haare aus dem Gesicht und winkte in Richtung Parterrefenster. Anscheinend war Henna aufgewacht. Dann blickte die Rothaarige nach oben und winkte ein bisschen verunsichert Rune zu. Und gleichzeitig Goran, der nun auch aus dem Fenster spähte.

»*Must be* Janita«, sagte er und grüßte mit einer Handbewegung.

»Ja, ja«, nickte Rune. »Ernestos Kusine.«

»*And* Hennas Tochter.«

»Wir gehn runter. Ich will die Braut kennenlernen.«

»*Sure* du *want*.«

»Wetten, dass Ernesto die genagelt hat?«, sagte Rune.

Goran folgte ihm nach unten und widersprach:

»*Never*. Kusine, *remember*?«

»*Kissin' Cousins*. Elvis hatte mal so einen Film. Cousin oder Kusine. Das hat noch keinen aufgehalten.«

»Nee?«

»Denk zum Beispiel an Jerry Lee Lewis. Der hat seine dreizehnjährige Kusine geheiratet.«

»*We* ...«

»Wir werden sehen«, sagte Rune und reichte Henna,

die gerade aus ihrer Wohnung in den Gang trat, die Hand.

»Ich bin Rune, guten Tag.«

»Tag«, sagte Henna auf Finnlandschwedisch. »Was wollt ihr hier?«

»Wir sind Freunde von Ernesto aus Schweden. Das hier ist Goran.«

Goran nickte und sagte:

»*Hej.*«

»Was wollt ihr hier?«, wiederholte Henna. So scharf, wie es klang, hatte sie ihren Katerschluck bereits zu sich genommen.

»Wir wollten Ernesto Hallo sagen. Er hat uns übrigens schon miteinander bekannt gemacht, aber du kannst dich wahrscheinlich nicht daran erinnern.«

»Die letzten zehn Jahre sind ein bisschen undeutlich«, gab Henna zu und drehte sich zur Haustür.

Janita kam mit polternden Boots herein, umarmte rasch ihre Mutter und fragte sie dann etwas, auf Finnisch natürlich. Rune verstand nur den Namen Ernesto. Allerdings klang die Braut so aufgeregt, dass Rune einen vielsagenden Blick auf Goran warf.

Goran glotzte bloß mit offenem Mund. Er kapierte wieder mal gar nichts.

Aber Rune war sich nun sicher, dass Ernesto und Janita mehr als Cousin und Kusine waren.

29

Manchmal hatte man das Gefühl, dass alles so glatt lief wie beim Tanz. Dabei hatte Ile noch nie tanzen können.

Das Jugendheim in Hollola stammte aus den tiefsten Tiefen der Scheißefabrikation, aber seit er in Kerava wohnte, hatte Ile Heimweh nach Hollola. Mit seiner Killermentalität war er dort ein Star gewesen, allerdings nur unter den anderen Nachwuchsgaunern. Die Bosse hielten nicht viel von ihm, vor allem dann nicht, wenn sie sich daran erinnerten, dass er beim Mord an einem Supervisor in Hollola die Finger im Spiel hatte. Sinnlos zu erklären, dass er es nicht getan hatte, dass er auch nicht dafür verurteilt worden war, sondern dafür, dass er einen total seltsamen Junkie platt gemacht hatte. Allerdings hatte er auch das nicht getan, sondern bloß einen Rover geklaut, der schon einmal geklaut und zum Killen als Torpedo eingesetzt worden war, und an dessen Stelle einen Astra der Wach- und Schließgesellschaft stehen ließ, den er auf der Flucht ebenfalls geklaut hatte.

So lange, wie sich Ile erinnern konnte, hatte ihm das Leben mit eisernem Skischuh gegen den Kopf getreten. Länger noch. Seine Mutter hatte seinen Vater mit der Bratpfanne erschlagen und war mit dem Lkw gegen einen Brückenpfeiler gefahren, bevor Ile irgendein Licht aufging. Damit hatte es angefangen.

Autos knacken war das Einzige, was er gut konnte. Sein Vorbild war Jarkka gewesen, seit Riikka mit Jarkka gegangen war und ihm von Jarkkas Heldentaten erzählt hatte. Aber dann war Jarkka wegen eines Mordes, den er nicht begangen hatte, in den Knast gekommen, und kurz danach war Ile mit dreizehn bei einer Serie von Autodiebstählen erwischt worden, was ihn ins Heim für Schwererziehbare gebracht hatte.

Als Jarkka freikam, hörte er mit der Knackerei auf. Der Posten der Nummer eins war frei, aber kaum hatte Ile versucht, ihn sich unter den Nagel zu reißen, war er in Kerava im Knast gelandet.

Nach dem Frühjahr hatte er Kräfte gesammelt, sich an die Freiheit gewöhnt und auf seine Chance gewartet. Jetzt war sie gekommen.

Auf Omas Grundstück, beim Üben mit dem eigenen Auto, hatte alles perfekt geklappt. Ruck, zuck war die Tür aufgegangen und der Motor angesprungen, und das Lenkradschloss hatte auch keine Schwierigkeiten gemacht. Es war ihm auch bereits gelungen, ein paar Fluchtwagen zu knacken und an die Stellen zu bringen, wo gewechselt werden sollte. Aber als er den letzten holen wollte, hatte er verdammten Mist gebaut. Auf dem dunklen Parkplatz sah er den Alarmaufkleber an der Seitenscheibe nicht und auch nicht das blinkende rote Lämpchen am Armaturenbrett. Erst als er die dünne Metallscheibe zwischen Fenster und Tür hindurchgeschoben hatte und die Alarmanlage anfing zu jaulen wie ein Junkie auf Entzug. Der Lärm weckte die ganze Gegend auf.

Wer war so bescheuert, in einem zehn Jahre alten Mazda-Kombi eine Alarmanlage zu installieren?

Das stellte sich bald heraus. Unmittelbar neben dem Parkplatz stürzte nämlich ein dicker Vierzigjähriger mit Igelkopf auf den Balkon, sprang überraschend flink übers Geländer, landete mit beiden Füßen auf der Erde und rannte sofort auf Ile zu. Er machte sich nicht die Mühe, die Hecke zu umrunden, sondern bahnte sich mit dem Baseballschläger einen direkten Weg durchs Gebüsch.

Ile versuchte zu türmen, aber die Metallscheibe steckte fest, und die wollte er auf keinen Fall zurücklassen, immerhin hatte er sie in der Gefängniswerkstatt selbst zugeschnitten und die Griffseite sicher rund gefeilt.

»Scheiße, dann bleibt sie halt stecken«, schnaubte er schließlich doch und wollte abhauen, aber da raschelte es bereits direkt neben ihm im Gebüsch.

Kaum hatte er den ersten Schritt getan, landete der Schläger auf seinem Rücken. Er traf nicht voll, brachte Ile jedoch aus dem Tritt und zum Stolpern. Die Jeans riss auf, und möglicherweise blutete das Knie. Die Hände bluteten auf jeden Fall.

Der nächste Schlag folgte sofort. Treffer und versenkt. Zwischen die Schultern, sodass es sich anfühlte, als zersplitterte die Wirbelsäule. Ile fiel mit dem Gesicht auf den Asphalt und bekam einen Tritt in die Seite, wodurch er haltlos nach rechts rollte, vors Heck des Mazda.

Noch am Leben. Auch die Wirbelsäule schien letztendlich noch aus einem Stück zu sein, weil die Schmerzsignale von überall herkamen. Als er aufblickte, sah er den grausam grimassierenden Kerl den Schläger heben wie im Heim für Schwererziehbare der Lehrer den Kartenstock.

»Du bist also der Bengel, der mir zum dritten Mal in dieser Woche das Auto klauen will!«

»Nein ... das ... war erst ... das erste Mal«, stammelte Ile.

Es schien nicht anzukommen. Oder falls es ankam, half es nichts.

»Dir werd ich's zeigen!«, verkündete der Kerl, die aufgedunsene Visage so rot wie die dänische Flagge. Die Schlitzaugen, die lange Nase und die senkrechte Falte auf der Stirn bildeten sogar eine Art Kreuz.

Hauptsache kein Grabkreuz!, dachte Ile.

Zwei Schläge und Tritte später glaubte er bereits, zu sterben. Aber nein.

Der Mann stieß ihm leicht den Schläger in die Seite und befahl:

»Steh auf!«

»Wa... warum?«, fragte Ile. Seine Lippen waren aufgesprungen, die Zunge schwoll in vollem Tempo an, weil sie bei einem Tritt gegen den Kopf zwischen die Zähne geraten war. Vom linken Augenwinkel hing so viel Haut herunter, dass es die Sicht beeinträchtigte.

»Ich kann dich hier ja nicht totschlagen«, sagte der Kerl mit ruhiger Stimme. »Wir fahren ein Stück spazieren.«

Ile erhob sich auf sein heiles, also rechtes Knie. Von dort versuchte er auf die Beine zu kommen, taumelte jedoch gegen die Hecktür des Mazda. Hände und Gesicht hinterließen Blutspuren auf der Scheibe.

»Du Scheißkerl versaust mein Auto!«

Die Stimme schrillte in die Höhe und überschlug sich. Im selben Moment donnerte der Schläger gegen Iles Hüfte, und etwas brach. Ile sank wieder auf den Asphalt. Er fürchtete um seine Knochen. Sie schienen aber heil zu sein, auch wenn sie höllisch wehtaten.

Der Kerl allerdings hielt verdutzt seinen Schläger in beiden Händen, in jeder eine Hälfte. Der Schläger war in der Mitte durchgebrochen wie ein Zahnstocher. Wahrscheinlich eine Aststelle oder so etwas.

»Du Scheißkerl hast meinen Schläger kaputt gemacht!«

Pass auf, dass dir nicht auch noch die Turnschuhe auseinanderfallen, dachte Ile – um Sätze bilden zu können, fehlte ihm bereits die Kraft. Der Tritt landete mitten auf der schon äußerst empfindlichen Stirn und schleuderte den Hinterkopf gegen die Stoßstange des Mazda.

Unmittelbar nach Iles Kopf landete scheppernd die Stoßstange auf dem Asphalt. Wenigstens nicht auf dem Gesicht.

»Du Scheißkerl machst mein Auto kaputt!«

Ile schloss die Augen und wartete auf den endgültigen Nietnagel, der den Himmel ausknipsen würde. Er musste lange darauf warten. Schließlich hatte er vom Warten genug und öffnete die Augen.

Der Kerl war mitten im Tritt neben ihm erstarrt, das Bein schwankte noch in der Luft und mit ihm der ganze Mann. Kleinlaut blickte er zum Haus, wo eine strenge weibliche Stimme rief:

»Mike, he! Wie oft hab ich dir schon gesagt, du sollst keine Leute verprügeln, wo es alle sehen können? Du landest wieder im Knast, wenn du so weitermachst!«

30

Im Park am Seeufer, gleich neben der Bücherei, drehte sich eine schwarze Granitkugel gleichmäßig auf einem Springbrunnen. Arnie sah eine Zeitlang zu und rechnete insgeheim aus, mit was für einem Sprengstoff und mit welcher Menge man die Steinkugel zum Platzen bringen würde und wie viele Löcher man dafür wie tief bohren müsste. Um die Abdeckung brauchte man sich keine Sorgen zu machen, denn die ganze Sprengung fand nur in der Fantasie statt. Und überhaupt war Arnie der Meinung, dass Abdeckungen nur im Weg waren. Die Sicht behinderten. Was für eine Freude hatte man schon an einer Explosion, bei der nichts durch die Gegend flog? Scherben brachten schließlich Glück. Außer wenn man von einer getroffen wurde, aber ein Risiko war immer dabei.

»Wir brauchen eine Ladung, die ein ordentliches Loch in die Wand haut«, sagte Allu. »Aber das Gebäude darf nicht einkrachen und nicht in Flammen aufgehen.«

Arnie fuhr aus seinen Gedanken hoch und sah Allu an, der neben ihm auf der Bank saß. Es war sieben Uhr und noch hell. Im Westen färbte sich der Himmel violett, die Sonne ging hinter der Bücherei unter. Auf dem Uferweg kamen Leute mit und ohne Hund vorbei, gehend, rennend oder radelnd, manche quälten sich auch mit Rollschuhen über den schlechten Asphalt. Einige hundert Meter weiter, am Casino, wurde gesoffen und gegrölt. Um diese Zeit des Abends allerdings noch recht zivilisiert.

»Alles klar?«, fragte Allu.

»Was für eine Wand?«, fragte Arnie. »Backstein, Hohlblock, oder was? Falls Backstein, dann bloß als

Verklinkerung auf einem Holzgerüst oder tragend? Wie lange hab ich Zeit, die Ladung anzubringen? Oder würde man zum Beispiel mit der Planierraupe leichter reinkommen?«

»Mit der Planierraupe wird durch den Zaun gefahren«, sagte Allu. »Für die Wand wird ein Sprengsatz gebraucht.«

Er zog eine Papierrolle aus der Tasche und reichte sie Arnie.

»Hier sind Grundriss und Konstruktionsbericht. Das Baujahr steht auch drauf. Aber wir schlagen am Freitagmorgen zu, weshalb für die Vorbereitungen nicht viel Zeit bleibt. Und vor Ort muss alles in weniger als einer Minute passieren. Das Gelände ist bewacht, es gibt Kameras und alles. Und heutzutage nützt es nicht mehr viel, Stromleitungen und Telefondrähte durchzuschneiden.«

»Außer man reißt mit der Raupe auf dem ganzen Gelände die Kabel raus und sprengt den nächsten Telefonmast in die Luft.«

»Die haben Aggregate, die springen bei Stromausfall automatisch an. Und in der Gegend gibt es zu viele Telefonmasten, da hilft es nichts, einen in die Luft zu jagen.«

»Was noch?«

»Es gibt da einen Tresorraum, aber der müsste offen sein. Und falls er zugeht, kann man der Bande gut zureden, damit sie ihn wieder aufmacht.«

»Bande? Greifen wir einen Motorradclub an, oder was?«

»Nein. Nicht mal einen Van-Club.«

»Dann eine Bank?«

»Ich kann es dir nicht sagen.«

Arnie öffnete die Papierrolle ein Stück, bis er die Adresse sah. Die Stelle oben rechts war vor dem Fotokopieren abgedeckt worden.

»Vertraust du mir nicht?«, fragte er Allu.

»Ich schon, aber es sind noch andere dabei. Ich bin bloß so was wie der Koordinator.«

»Machst du bei dem Ding nicht mit?«

»Das erledigen Profis. Ich hab keine Erfahrung mit so großen Sachen.«

»Kenne ich jemand von denen? Ich mein bloß, weil man sich ein bisschen allein gelassen vorkommt, wenn man den ersten großen Coup seines Lebens mit lauter Wildfremden macht.«

»Du kennst sie wahrscheinlich nicht. Und ich kann dir die Namen nicht sagen.«

Arnie überlegte noch, wie er das finden sollte, als es in der Brusttasche von Allus Jeansjacke vibrierte und schnurrte. Allu zog das Handy heraus, schaute aufs Display und sagte zu Arnie:

»Sorry, ich muss das annehmen.«

Er ging zu einer hohen Hecke in der Nähe, die den Spielplatz vom restlichen Park abtrennte. Arnie sah sich inzwischen die Grundrisszeichnung genauer an und begriff, dass es sich bei dem Gebäude um das Depot der Wachfirma in Kantola handeln musste. Wahrscheinlich hatten die Jungs die Idee aus Schweden, dort wurden ja ständig Werttransporte und Sicherheitsfirmen überfallen.

Und Millionen erbeutet. In Kronen zwar, aber auch in Euro ergab das hübsche Summen.

Schade, dass man es dabei nicht ordentlich krachen lassen durfte. Böller waren sein Ein und Alles, seitdem Arnie mit dem Trinken aufgehört und Seija ihn verlassen hatte. Nüchtern war er angeblich ein unerträglich fader Typ.

Die Scheidung hatte sie allerdings wegen seelischer Grausamkeit eingereicht. Und wegen physischer, nachdem er versucht hatte, sie und den Wochenendhausnachbarn, mit dem sie rumgemacht hatte, in die Luft zu jagen.

Alles war ihr zugesprochen worden. Haus, Auto, Wochenendhaus. Arnie waren nur die Klamotten am Leib geblieben und irrsinnige Schadensersatzzahlungen an den Nachbarn für den Verlust des Saunahäuschens am Ufer.

Dabei war mit dem Saunahäuschen gar niemand in die Luft geflogen.

Im Knast in Kylmäkoski hatte Arnie zuerst nur in der Zelle gelegen. Und abgenommen, weil ihm das Essen nicht schmeckte. Eine Zeitlang sann er auf Rache, aber am Ende verlor er auch darauf den Appetit. Auch sonst hatte er auf nichts Lust. Und im Knast musste man ja nichts tun.

Aber wenn man nur rumhängt, sind auch zwei Jahre eine lange Zeit. Irgendwann war in die Nachbarzelle ein Koch gekommen, der sich Rolle nennen ließ und ständig alle möglichen Leckereien zauberte und den anderen auftischte, weil er selbst unter Laktoseintoleranz und Zöliakie litt. Und Rolles Angebote lehnte man nicht ab. Der Letzte, der abgelehnt hatte, lag auf dem Friedhof von Vuroentaka, der Vorletzte auf dem von Ahvenisto. Rolle hatte lebenslänglich.

Zuerst war Arnie von Rolle ordentlich aufgepäppelt worden, dann hatte er sich von ihm das Kochen beibringen lassen. Dabei hatte er gelernt, den Geruch von Bratfett fast ebenso sehr zu mögen wie den von Petroleumkaffee, Diesel, Motoröl, Schwarzpulverrauch oder den Duft von Sprengstoff. Er blieb auch genauso in den Kleidern hängen. Fast wie Napalm.

Mit fettem Essen bekam man allerdings nur langsam eine Zerstörung zustande. Zu langsam für Arnies Geschmack. Ihn verlangte es noch immer nach Action, nach Ballerei und Explosionen. Mit den Pionieren zuerst eine Brücke bauen und sie dann mit einem Bums in die Luft jagen. Splitter, die durch die Luft sausen. Dicker, schwarzer Rauch, der die ganze Umgebung einhüllt und einen noch lange danach zum Husten bringt.

Nur dann wusste man, dass man lebte. Dagegen waren sogar Frauen nichts.

Na ja, so gut wie.

Ja, Arnie war für dieses Ding bereit. Für das ganz große Ding. Für das gefährliche Ding. Sollte er dabei den Löffel abgeben, dann im großen Stil. Aus Versehen hatte er sein Leben bekommen, da durfte er es auch aus Versehen wieder loswerden.

Aber nicht ganz umsonst.

Auch andere würden dran glauben müssen, das war klar.

Plötzlich merkte Arnie, dass Allu neben ihm stand und etwas erklärte. Er spitzte die Ohren und hörte Allu sagen:

»... nicht viel von dem verstanden, was er genuschelt hat, hat wahrscheinlich übel eins auf die Fresse gekriegt. Will angeblich nie mehr eine Karre klauen.«

»Wer?«, fragte Arnie. Er wusste selbst nicht genau, warum. Er hatte jedenfalls nicht vor, Nikkilä anzurufen. Er hatte dem Inspektor noch nie Informationen gesteckt, von denen der Mann feucht geworden wäre.

»Unser Autoknacker«, schnaubte Allu. »So eine verdammte Scheiße. Aber so ist das. Wenn du Kindern was aufträgst, musst du immer hinterher sein. Die meisten Fluchtwagen stehen zwar dort, wo sie hingehören, aber wo kriegen wir auf die Schnelle eine Planierraupe her? Ich kann so ein Ding nicht mal fahren!«

Arnie merkte, wie sich ein Lächeln auf seine Lippen schlich.

»Ich weiß, wo man das passende Gerät herkriegt. Ich kann es auch fahren.«

»Stimmt ja, du warst ja technischer Offizier.«

»Genau. Und meine Fähigkeiten sind nicht verschwunden, bloß weil sie mir die Rosetten abgenommen haben.«

Allu taxierte Arnie, dann nickte er.

»Okay. Ich checke das noch mal beim Boss, aber es geht bestimmt. Du kriegst dann ein bisschen mehr vom Pott.«

»Wie viel bisschen mehr?«

»Na ja, ich finde, dir steht das Gleiche zu wie den anderen. Aber ich frag noch mal nach.«

»Ich hab morgen wieder Frühschicht. Komm zum Imbiss, kriegst auch einen Hotzi umsonst.«

Allu nickte.

»Ach ja«, fiel Arnie noch ein. »Wie ist es mit den Eisen? Ich könnte in der Panzerbrigade Parola auch Sturmgewehre besorgen. Deutsche Wertarbeit, keine Tschingtschang-Ausschussware, die gerade den Markt überschwemmt.«

»Zu welchem Preis?«

»Da werden wir uns schon einig. Weil ich sie ja umsonst kriege.«

»Okay«, sagte Allu etwas zögerlich. »Ich frag auch deswegen nach. Wir haben eigentlich schon einen Eisenwarenhändler aktiviert, aber ...«

»Bei mir kauft ihr garantiert billiger«, versicherte Arnie und versuchte ruhig zu bleiben. Er durfte nicht übereifrig wirken.

»Ich weiß doch, dass sie für einen guten Zweck sind.«

»Tatsächlich ...«, sagte Allu nachdenklich. Dann nickte er wieder.

Arnie stand auf und ging. Er war zufrieden. Egal wie es kam, es würde jedenfalls ordentlich Action geben.

Letzten Endes gab es genau zwei Möglichkeiten. Alles oder nichts. Richtig Schotter oder ein großer Abgang.

Arnie war beides recht.

31

Normalerweise zerbrach sich Allu nicht lange über etwas den Kopf. Es kam, wie es kam. Aber in letzter Zeit hatte er sich fortwährend Sorgen gemacht. Über Kleinigkeiten. Zum Beispiel darüber, dass Bumm-Bumm-Arnie ein bisschen übereifrig gewirkt hatte. Oder er zerbrach sich den Kopf darüber, ob man Leksa wirklich übergehen und die Waffen über Arnie beschaffen konnte.

Oder ob Leila schon auf dem Weg zur Geburt war. Da lief doch wohl nichts schief?

Allu war einmal im Geburtsvorbereitungskurs gewesen und bei den Entspannungsübungen auf dem Fußboden eingeschlafen. Danach hatte Leila ihn nicht mehr gebeten, mitzukommen.

Vor zwei Wochen hatte er sich im Antiquariat das Doppelalbum von den Agents und Topi Sorsakoski besorgt, also richtig gekauft, und angefangen, sein drittes Karaoke-Stück einzustudieren. ›Die Nacht der Schatten‹. Toller Song, obwohl er ursprünglich aus Polen kam. Toller düsterer Text. *Wie ein Schatten gehe ich in die Nacht der Schatten ...*

Aber obwohl Allu das Lied mit Kopfhörer hörte, konnte er sich nicht auf den Text konzentrieren. Es gingen ihm zu viele andere Dinge durch den Kopf. Und der Schlaf wollte auch nicht wiederkommen. Immerhin hatte er von Mitternacht bis sechs Uhr geschlafen.

Ob er Leila schon anrufen könnte?

Noch nicht. Frühestens um sieben.

Er riss den Kopfhörer herunter, stand auf und schlich im Schein des Hoflichts in die Küche. Noch immer wohnte er in Jarkkas ehemaliger Mietwohnung in Jukola. Sie lief jetzt bloß auf Allus Namen.

Nach dem Tod von Riikkas Oma hatte es in ihrem Haus in Renko Platz gegeben. Jarkka zog hin und heiratete Riikka richtig offiziell. Wenn auch nur auf dem Standesamt, weil Riikka ja eine Hexe war und Jarkka auch an nichts anderes glaubte als an seine Familie und ein bisschen an die alten Kameraden. Allu war Trauzeuge, zusammen mit Jarkkas Mutter und mit Riikkas kleinem Bruder Ile. Als Hochzeitswalzer kam ›Over the Hills‹ von Nightwish aus der Anlage in Jarkkas Corolla, in einer Lautstärke, dass der ganze Wald widerhallte. Das war Riikkas Wunsch gewesen. Jarkkas Mutter hielt sich die Ohren zu. Sie gehörte zur Heilsarmee. Sagte nichts. Jarkka tanzte mit Riikka und Allu mit der vierjährigen Aliisa. Ile kickte mit seinen Cowboystiefeln kleine Steine und verzog das Gesicht. Nightwish war für ihn nicht mehr heavy genug – für so einen alten Gauner wie ihn.

Allu hatte auch schon überlegt, ob er Leila heiraten könnte, aber nicht danach gefragt, weder Jarkka noch Leila.

Vor dem Haus regte sich nichts, der Himmel wurde allmählich hell. Leksa war bestimmt schon auf. Aber zuerst schaltete Allu das Licht an und füllte Kaffee und Wasser in die Maschine. Auch die hatte er gekauft, im S-Markt von Jukola. Wenn das so weiterging, würde er sich bald nicht mehr daran erinnern, wie man etwas klaute.

Ein Hase hoppelte auf das leere Grundstück, stoppte am Sandkasten und lauschte. Die Ohren gespitzt, die Schnurrbarthaare zitterten. Als ein Mann, der zur Arbeit musste, aus dem Eingang B herausgeschossen kam, eilte Meister Lampe in die andere Richtung davon, der Bücherei entgegen. Die war noch nicht geöffnet, aber vielleicht musste der Hase nur etwas zurückgeben und konnte es durch die Nachtklappe werfen. Zum Beispiel ›Die hundert besten Salate‹ oder ›Die Freuden der Vaterschaft‹.

Oder ›Der Lohn des Verräters‹.

Schließlich rief Allu an.

»Hallo«, meldete sich eine weibliche Stimme.

»'Tschuldigung, ich hab mich anscheinend verwählt.«

»Nein, ich bin Leksas Frau. Niina. Leksa kann nicht ans Telefon. Er ist im Krankenhaus.«

»Was hat er denn?«

»Blinddarm. Ich hab ihn gestern Abend auf dem Weg zur Arbeit am Gesundheitszentrum abgesetzt, weil er in der Couchecke vor sich hingeschlottert hat wie Wackelpudding und gejammert hat, sein Bauch tut weh. Kurz darauf ruft er mich an und sagt, er muss zu weiteren Untersuchungen in die Klinik. Und schon war er unterm Messer.«

»Oho. Ich ruf bloß an, weil ich sagen wollte, dass aus unserem Deal nichts wird. Wir haben die Waren anderswo billiger bekommen.«

»Besser so, dann muss ich nicht für ihn einspringen.«

Allu seufzte erleichtert. Eine Sorge weniger.

Als der Kaffee getrunken, das Schinkenbrot gegessen und das Anzeigenblatt gelesen war, zeigte die Uhr zehn nach sieben. Allu rief Leila an.

Keine Reaktion.

Was war passiert? War sie schon im Krankenhaus?

Allu zog die Jacke an und fuhr mit der Vier in die Stadt. Der Bus war voller schläfriger Schüler. Am Kreisel von Poltinaho brach der Morgen an, die Straßenbeleuchtung erlosch auf einen Schlag.

Leila machte die Tür nicht auf. Gerade wollte Allu

den Lift rufen, als die Tür der Nachbarwohnung einen Spaltbreit aufging. Die Oma streckte ihren grauen Kopf heraus.

»Bist du der Vater?«, fragte sie.

»Ich glaub schon«, sagte Allu etwas vorzeitig.

»Leila ist wahrscheinlich ins Krankenhaus. Ein Taxi hat sie vor zwei Stunden abgeholt. Wieso hat sie dich nicht angerufen?«

Allu verzichtete auf eine Erklärung und wartete auch nicht auf den Lift, sondern rannte die Treppe hinunter.

Auf der Straße waren viel zu viele Leute unterwegs, und sie schoben sich immer genau dann vor Allu, wenn er überholen wollte. Die Ampeln waren ständig rot. Als er endlich die alte Bücherei erreicht hatte, verließ die Vier gerade die Haltestelle.

Allu rannte weiter. Zweimal überquerte er bei Rot die Straße und kümmerte sich nicht darum, dass er Seitenstechen hatte und die Autofahrer hupten und mit den Fäusten drohten. Er schaffte es vor dem Bus an die Haltestelle in der Turuntie.

Auf dem Rest des Weges wurde sein Atem fast gleichmäßig.

Der Anstieg zur Klinik ging an die Kräfte. In der Eingangshalle stieß er auf eine Frau, die ihm irgendwie bekannt vorkam. Blonde Locken, große blaue Augen, schwarze Jeans und schwarze Stoffjacke. Typ Chefin.

»Du bist doch Allu«, erinnerte sie sich. »Ich wollte Leksa besuchen, aber er ist gerade erst aufgewacht; sie lassen ihn noch nicht auf Station. Muss ich heute Abend noch mal mit den Kindern kommen. Es ging aber alles gut. Morgen kommt er wahrscheinlich schon raus, wenn es keinen Rückschlag gibt.«

Niina, das war es. Leksas Alte. Allu hatte sie im Februar mal mit Leksa gesehen, im Café vom Busbahnhof.

»Ich besuch einen Kumpel«, sagte Allu und ging weiter, dem Pfeil zur Entbindungsstation nach.

»Auf der Entbindungsstation?«, wunderte sich Niina hinter ihm.

Leila lag im Kreißsaal Nummer zwei. Eine junge blonde Hebamme kam Allu entgegen und teilte ihm mit, die Mutter habe regelmäßige Wehen im Abstand von zwei Minuten, aber es bestehe kein Grund zur Panik. Der Muttermund habe sich noch nicht geöffnet, weshalb auch die Fruchtblase noch nicht angestochen worden sei. Man warte einfach ab.

Allu durfte im Männerumkleideraum seine Jeansjacke ausziehen. Das Handy musste er abschalten, was ihn ein wenig beunruhigte. Aber er könnte vielleicht irgendwann eine Pause einlegen und Erno wegen der neuen Situation anrufen. Beziehungsweise Janita, weil er Ernos Nummer nicht kannte.

Die Wände des Saals waren grün gekachelt und matt beleuchtet, man sah jede Menge verchromte Rohre und helle Metallflächen. Aus den Lautsprechern tönte leise ein Lied von Sade, ›Smooth Operator‹. Der grüne OP-Kittel flatterte wie der Umhang von Supergirl, als Leila den OP-Tisch umkreiste; ihr Gesicht war rot, die Haare klebten am Kopf. Als sie Allu sah, flammten ihre braunen Augen auf.

»Wo hast du dich rumgetrieben, verdammt noch mal? Ich friere mir hier schon seit Stunden allein einen ab!«

Allus Stress war wie weggeblasen. Er ging zu Leila und umarmte sie. Sie schlug ihm mit der Faust auf den Kopf. Allerdings nicht besonders fest.

»Au«, sagte Allu und versuchte sich von ihr zu lösen.

Leila ließ ihn nicht los, sondern drückte sich an ihn und flüsterte ihm ins Ohr:

»Das hast du nun davon. Jetzt musst du hierbleiben und zugucken, wie ich leide.«

Allu wehrte sich nicht. Eigentlich war es angenehm, wenn einem jemand sagte, was man tun sollte. Da musste man sich nicht immer selbst den Kopf zerbrechen. Vor allem, wenn man diesem Jemand vertrauen konnte.

32 In den Zehn-Uhr-Nachrichten sah man den stoppelhaarigen Kriminalredakteur in seiner Lederjacke stocksteif vor dem Einkaufszentrum der Wohnblocksiedlung in Helsinki-Jakomäki stehen und fragen, ob man in Finnland vielleicht eine ähnliche Welle von Verbrechen durch Immigranten und sonstige Vorstadtproletarier befürchten müsse wie anderswo in Europa. Verschiedene Experten antworteten. Alle machten sich große Sorgen, aber hauptsächlich von Amts wegen. Alle forderten für ihren eigenen Bereich mehr Geld, zur Gefahrenprävention.

»Die Zeit wird zeigen, wie begründet unsere Befürchtungen sind«, beendete der Reporter seinen Bericht.

Sie wird es ziemlich bald zeigen, dachte Hurme, als er von der Couch aufstand.

Erja und Osmi waren bereits im Bett. Hurme ging nach oben und gab beiden einen Kuss, bevor er sich auf den Weg zur Arbeit machte. Zur Nachtschicht.

Der Geschäftsführer einer kleinen Firma konnte sich seine Arbeitszeiten nicht aussuchen. Auch nicht seine Jobs. Ab und zu war man gezwungen, sich die Finger schmutzig zu machen, damit man das Gefühl nicht verlor.

Nase und Nacken waren bereits in Turenki gewesen, aber die kleine Schnecke dort hatte sie mit der Flinte vertrieben. Sie hatten pariert, ohne dass ein Schuss gefallen war. Da Hurme ihnen nicht erzählt hatte, wie es Erno ergangen war, musste die Werkstattschnecke die beiden selbst aufgeklärt haben.

Hurme hatte Nase und Nacken dann aufgefordert, den Job zu Ende zu bringen, aber die Kerle meinten, sie hätten keine Zeit, sie müssten noch so viele Schulden eintreiben. Schwachsinn, natürlich, aber es war auch Quatsch, die beiden als Feiglinge zu beschimpfen, denn sie brachten mehr Kohle ins Haus als alle anderen Eintreiber zusammen. Auch wenn sie garantiert die Hälfte in die eigene Tasche steckten. Ein paar Mal hatte Hurme selbst Stammkunden von Nase und Nacken zugesetzt, und die konnten beweisen, dass sie dem Duo einige Tausender mehr gezahlt hatten, die sie mit Hurme nicht abrechneten. Noch hatte er deswegen nicht eingegriffen, aber über kurz oder lang musste er es tun, sonst würde man den Respekt vor ihm verlieren. Ohne Respekt und Angst würde die ganze Pyramide bald einstürzen.

Anderen Clubmitgliedern konnte er die Aufgabe nicht anvertrauen. Die hätten sich erwischen lassen und sofort gesungen wie Paula Koivuniemi. Heiser, aber laut. Das hätte für Hurme Knast bedeutet.

Was natürlich auch der Fall wäre, wenn man ihn in flagranti erwischte. Aber so lagen seine Freiheit und die Zukunft der Firma wenigstens nicht in den Händen irgendeines B-Mannes. Alles hing von ihm selbst ab.

»*Oh, in welch kleinen Stücken gewährt mir die Welt mein Brot*«, sang Tapio Rautavaara im Autoradio, als Hurme an die unbeaufsichtigte Teboil-Tankstelle an der Harvialantie fuhr.

Kann man wohl sagen, dachte Hurme, als er mit Handschuhen seinen Dodge Ram am Automaten tankte. Er füllte auch den roten Kanister. Den brauchte er gleich, und hier gab es keine Überwachungskameras.

Der Dodge cruiste weiter. Der Himmel war dunkel, Schatten überzogen die Straße. Kaum jemand kam entgegen. Hurme stimmte sich auf seine Aufgabe ein. Er musste es tun, er musste demonstrieren, dass man seinen Schulden nicht entkam, auch wenn man nichts Schwarz auf Weiß hatte. Es würde nicht ohne Risiko abgehen, aber das galt im Grunde für jede unternehmerische Aktivität.

Kurz nach Turenki gab es keine Straßenbeleuchtung mehr. Hurme ließ seinen Wagen einige hundert Meter vor der Werkstatt an einer dunklen Bushaltestelle stehen und ging mit dem Kanister in der Hand quer durch das Fichtengehölz. Die Halogenlampe, die der Werkstatt als Außenbeleuchtung diente, schien wie ein zu weit abgesunkener, in Gefangenschaft geratener, viereckiger Mond zwischen den Bäumen hindurch.

Hurme war kein Pfadfinder, aber als kleiner Junge war er genug durch die Wälder hinter den Wohnblocks von Katuma gestreift, um ohne schlimme Kollisionen und ohne Stolpern durch das Fichtengehölz zu kommen. Schon weil er das reinste Leuchtfeuer vor sich hatte. Er musste nur vermeiden, direkt ins Licht zu schauen, sonst würde er die Sicht für kurze Zeit ganz verlieren.

Innerhalb weniger Minuten erreichte er den Waldrand. Er blieb stehen und spähte in alle Richtungen. Das Kriegsveteranenholzhaus war in den Sechzigerjahren mit weißen Mineritplatten verkleidet worden. Jetzt sahen sie eher grau aus. Im Haus brannte kein Licht, das Gleiche galt für den Garten innerhalb des rot gestrichenen Bretterzauns. Die dunkle Werkstadthalle mit dem Halbrunddach war ebenfalls ein Modell aus den Sechzigerjahren, aber die Hofbeleuchtung stammte mindestens aus den Neunzigern. Die Halogenlampe saß auf einem Mast oberhalb des Hallentors. Sie beleuchtete alle Autos, die auf dem asphaltierten Hof standen, an die zehn Stück, und das Licht reichte bis an die Seiten der Halle. Nur das Ende, das sich in der Nähe des Wohnhauses und des Gartenzauns befand, lag im Dunkeln. Dort würde Hurme zuschlagen.

Der Himmel war bewölkt, aber es regnete noch nicht. Das perfekte Wetter. Hurme schlich vom Wald zu einem Streifen mit niedrigen, jungen Bäumen. Raschelnd erreichte er die Zufahrt. Die Straße führte unasphaltiert an der Halle vorbei weiter und verschwand hinter einem geschlossenen Tor im Dunkeln. Aus der Ferne drangen Verkehrsgeräusche von der großen Straße herüber.

Hurme huschte in der Nähe des Tores über die Zufahrt, dort reichte das Halogenlicht nicht hin. Nachdem er hinter der Halle angekommen war, horchte er eine Weile. Im Wald rief eine Eule. Kurz darauf hörte man es gluckern, weil Hurme den Kanister aufschraubte und Benzin auf der mit Rostflecken übersäten Hallenwand verteilte. Das Blech würde zwar schlecht brennen, dafür aber die Hitze gut ans Gebälk und die Innenräume weitergeben, wo Gasflaschen standen und Autos mit Benzin. Die Halle würde nicht bloß brennen, sondern geradezu explodieren.

Als der Kanister leer war, stank es nach Benzin. Hurme hatte etwas davon auf die Kleider bekommen. Nun musste er aufpassen, dass er sich nicht selbst anzündete. Er hatte gesehen, wie leicht ein Mensch wie eine Fackel brennen konnte, wenn zum Beispiel eine Kunstpelzjacke Feuer fing und man nicht gleich auf die Idee kam, sich auf der Erde zu wälzen.

Er betastete seine Taschen, schob seine Hand tief in jede einzelne und fluchte. Vielleicht war er doch zu lange nicht mehr draußen aktiv gewesen. Er hatte das Feuerzeug vergessen, er, der Nichtraucher. Im Auto wäre allerdings eines, oder zumindest Streichhölzer.

Da half nichts, er musste noch einmal zurückgehen.

Er nahm den Kanister und machte sich auf den Weg. Fünf Schritte hatte er gemacht, da wurde die Nacht zum Tag. Ein irrsinnig heller Scheinwerfer richtete sich aus zwanzig Metern Entfernung vom Zaun aus auf die Halle und auf Hurme, und jemand brüllte mit rauer Stimme:

»Stehen bleiben! Hier ist die Polizei! Lassen Sie den Kanister fallen!«

Hurme gehorchte. Er blieb stehen und ließ den Blechkanister fallen. Aber im selben Moment riss er den achtunddreißiger Ruger-Revolver mit dem kurzen Lauf aus dem Gürtel, schoss aus der Hüfte auf den Scheinwerfer und traf.

Dunkelheit überzog die Nacht.

»Stehen bleiben, oder ich schieße!«, schrie die Männerstimme.

Gleich darauf fiel ein Warnschuss. Hurme sah wie das Mündungsfeuer vom Zaun aus direkt nach oben ging.

Der nächste Schuss konnte ihn treffen. Hurme hatte trotzdem nicht die Absicht, aufzugeben. Er nahm den Kanister in die linke Hand und rannte zum Waldrand zurück. Jemand schoss vom Zaun aus auf ihn, die Kugel sauste vorbei und schlug in der Hallenwand ein, sodass Funken vom Blech aufstieben. Mehr brauchte das verdampfende Benzin nicht. Es ging an der Hallenwand schlagartig in Flammen auf, Hurme spürte die Hitzewelle des Feuers im Rücken.

»Du scheiß Polizist, du fackelst unsere ganze Werkstatt ab!«, lamentierte eine Frauenstimme.

Hurme bog nach rechts ab. Gerade als er den Schutz des Fichtengehölzes erreichte, ging links krachend eine Flinte los und es regnete Schrotkugeln in den Wald. Keine traf, aber es war knapp gewesen. Verdammt knapp. Das musste dieselbe Braut gewesen sein, die am Vortag schon Ernos Wade durchlöchert hatte.

Eine brutale Braut.

»Entschuldigung, das wollte ich nicht«, stammelte der Bulle am Zaun. »Wo ist der Kerl hin?«

Hurme machte im Wald einen Bogen nach links zu seinem Auto, aber dann hörte er hinter sich die Frauenstimme von eben:

»Egal, wir kriegen ihn schon. Ich hab die Verteilerkappe von seiner Karre eingesteckt.«

Es hörte sich an, als würde sie das Hurme und dem Polizisten gleichzeitig zurufen. Hurme blickte sich im Laufen um, sah die Halle mit dem Halbrunddach prächtig brennen und von der brennenden Blechfarbe dicken schwarzen Rauch zum Himmel aufsteigen. Er wollte gerade wieder nach vorne schauen, da stolperte er über einen Baumstumpf und fiel auf die Knie, dann vornüber auf alle viere, wobei der Kanister scheppernd gegen einen Stein stieß. Immerhin hielt er noch die Knarre in der anderen Hand.

Es ging sofort im Laufschritt weiter, aber Hurme verwünschte seine Gedankenlosigkeit noch Kilometer später, als er auf dem Parkplatz vor der Bücherei Turenki ein Fluchtauto knackte. Er hätte gar nicht erst mit dem eigenen Wagen losfahren sollen.

Der kurzgeschlossene alte Ascona sprang leicht an. Als Hurme vom Kreisel in der Ortsmitte aus über Rastila in Richtung Hämeenlinna fuhr, hörte er hinter sich einen dumpfen Knall. Und gleich darauf mehrere kleinere.

Die Gasflaschen, die Autos, die Halle. Alles flog garantiert in Tausenden kleinen Teilchen in die Luft.

Zum Glück hatte der Bulle es für ihn erledigt.

33

Allu schwamm im Dunkeln, er trieb irgendwo auf dem offenen Meer, in der Südsee wahrscheinlich, weil es so warm war. Billie Holiday sang ›God Bless the Child‹, einen langsamen Blues. Gott segne das Kind, das auf sich allein gestellt. So wie es Allu war. Der Vater tot, die Mutter irgendwo in Oulu. Der kleine Bruder verschollen, vermutlich auf dem Grund des Vanaja-Sees. Allu war ein einsamer Waisenjunge in einer schlechten Welt. In tiefen Gewässern unter Killerhaien. Billie Holidays Stimme wurde leiser, Haiflossen tauchten aus dem dunklen Meer auf und zogen Kreise um Allu. Zuerst waren sie nur am weißen Kielwasser zu erkennen, das sie hinter sich herzogen. Aber sie kamen ständig näher. Allu wusste, dass jeder Fluchtversuch zwecklos war, sie würden ihn doch erwischen. Er beschloss, es trotzdem zu versuchen.

Gerade als er sich auf den Bauch drehen und hinabtauchen wollte, schlug ihm der Hai, der am dichtesten um ihn kreiste, die Zähne in die Schulter. Allu wachte von seinem eigenen Schrei auf, einem heiseren, panischen Schrei, ähnlich dem einer jungen Elster. Leila war neben dem runden Wasserbett in die Hocke gegangen und hatte ihm die Hand auf die Schulter gelegt. Sie sah ein bisschen gereizt aus.

»Das hier ist ein Kreißsaal. Hier schreien nur Mütter und Kinder.«

»Wir sind doch alle Kinder von jemandem«, sagte Allu und versuchte sich zu beruhigen. Mit beiden Händen rieb er sich den Schlaf aus den Augen.

Leila nahm die Hand von seiner Schulter.

»Die schmeißen uns hier raus.«

»Was?«, erschrak Allu. »Kommt jemand, der reich und berühmt ist, oder wie? Gibt es im Kreißsaal keinen Platz für uns? Sollen wir vielleicht in irgendeine Garage umziehen?«

»Wir brauchen hier nicht länger rumzuhängen«, sagte Leila ruhig. »Es ist für dieses Mal vorbei. Die Wehen haben von selbst aufgehört.«

»Und weil es noch eine Woche bis zum berechneten Termin ist, pressiert es auch nicht«, sagte die Hebamme im Hintergrund. »Der Junge wollte sich nur mal in Erinnerung bringen, aber vorläufig noch im Schutz der Gebärmutter bleiben.«

»Kann ich verstehen«, sagte Allu und stand auf. Dann begriff er: »Der Junge? Kriegen wir einen Jungen?«

Die Hebamme sah Leila verlegen an.

»Ich dachte, der Vater wüsste schon Bescheid.«

»Macht nichts«, erwiderte Leila. »Bald wäre es doch rausgekommen.«

»Danke für das Vertrauen«, sagte Allu. Er wollte jetzt nicht auf beleidigt machen. »Ein Junge! Ich besorg ihm gleich eine eigene ... Karaoke-Anlage!«

»Solange du deinen Sohn nicht mit deinem Beruf bekannt machst«, sagte Leila.

»Ist mir egal, was der Junior macht. Hauptsache, er ist glücklich.«

»Und landet nicht im Knast«, ergänzte Leila. »Obwohl manche da vielleicht auch glücklich sind.«

»Ziemlich viele sogar, hab ich gehört«, sagte die Hebamme. »Die kriegen dort alles serviert, müssen selbst keinen Finger krumm machen. Vor allem im Winter geht es locker zu. Im Frühling packt sie dann die Unruhe, da muss man aufpassen, dass sich nicht einer Privaturlaub nimmt.«

»Du kennst dich ja gut aus«, wunderte sich Leila.

Die Hebamme nickte.

»Mein Mann ist Wärter, der weiß Bescheid. Und lässt es auch andere wissen. An jedem einzelnen Tag. Aber meine Kriegsgeschichten gehen ihm sicher auch manchmal auf die Nerven ...«

Ein junger Pfleger steckte den Kopf durch die Tür.

»Kommst du mal in die Eins, Eeva? Da geht es jetzt zur Sache ...«

»Okay«, sagte die Hebamme und winkte Allu und Leila zu. »Wir sehn uns wahrscheinlich noch.«

»Hoffentlich«, sagte Leila und wandte sich Allu zu. »Ich geh mich umziehen. Warte draußen auf mich, wir nehmen ein Taxi.«

Ein Kuss, und noch einer. Dann ging jeder in seine Umkleidekabine.

Allu schaltete das Handy ein. Einundzwanzig Anrufe, alle von derselben Nummer. Unbekannt. Allu begriff, dass es halb zwölf in der Nacht war und am nächsten Morgen ja das große Ding abgehen sollte. Eventuell war Erno wegen der Vorbereitungen ein bisschen nervös.

Im selben Moment klingelte das Handy. Allu ging zum Reden auf die Behindertentoilette, schloss ab und ließ das Wasser laufen.

»Auf was für einem verdammten Wasserspielplatz treibst du dich eigentlich rum?«, fragte Janita.

»Im Kurhotel Eden«, sagte Allu. »Sorry, ich hatte ein bisschen Programm. Aber jetzt müsste alles in Ordnung sein. Wir haben einen Typ gefunden, der alles besorgt, was fehlt, du musst ihn nur anrufen. Zeitlich reicht das noch.«

»Zeitlich reicht das noch«, äffte ihn Janita nach. »Rate mal, ob die Jungs nervös sind?«

»Was für Jungs?«

»Scheiße, Mann, unsere Jungs. Wen soll ich anrufen?«

Allu nannte ihr die Nummer von Bumm-Bumm-Arnie und hoffte, dass Arnie noch telefonierfähig war. Und handlungsfähig. Allu hatte es nicht geschafft und auch nicht daran gedacht, beim Imbiss vorbeizuschauen, obwohl er es versprochen hatte. Die Zeit war nur so verflogen, als er mit Leila im Kreis gegangen war und mitgelitten hatte. Mehr hatte er nicht tun können. Schließlich war er so müde gewesen, dass er sich kurz auf dem Wasserbett ausgestreckt und die Augen zugemacht hatte und sofort für mehrere Stunden eingeschlafen war.

»Am sichersten wäre es wahrscheinlich, dich umzulegen«, sagte Janita sanft.

»Nur zu, aber erst wenn der Welpe auf der Welt ist«, sagte Allu. »Oder wer weiß, vielleicht kommen ja mehrere auf einmal.«

»Kriegt dein Hund Welpen, oder was?«

»Ja. Willst du einen?«

»Welche Rasse?«

»Mischling. Dunkel und hell.«

»Na, lass gut sein«, sagte Janita. »Ich wusste nicht mal, dass du einen Hund hast. Ich bin ja ein alter Hundefan, ich würde mir sofort einen anschaffen, aber wer soll sich um ihn kümmern, auf mich kann man sich in solchen Sachen nicht verlassen.«

»Das ist auch eine große Verantwortung«, gab Allu zu.

»Hättest du das gleich gesagt. Für so was hab ich immer Verständnis ...«

Allu seufzte leise vor Erleichterung. Janita redete weiter:

»Hoffen wir, dass Ernesto auch Verständnis dafür hat.«

Auch Allu hoffte das. Sobald das Gespräch vorbei war, öffnete er sein Handy, nahm die SIM-Karte heraus, wickelte sie in Klopapier und warf sie in die Schüssel. Er zog so lange, bis das Päckchen verschwunden war. Unter dem Hahn wusch er die Fingerabdrücke vom Handy, trocknete es mit einem Papierhandtuch ab und wickelte es damit ein, legte es in den Abfalleimer und deckte es mit zehn zerknüllten Papierhandtüchern zu. Noch ein Telefonat und man hätte ihn mit Hilfe des IMEI-Codes orten können.

Leila wartete unten bereits auf ihn. Allu sagte:

»'Tschuldige, dass es etwas gedauert hat. Ich hab auf dem Klo so lange gebraucht ...«

Leila nickte.

»Ich weiß. So eine Geburt zehrt an den Nerven.«

34

»In Finnland regnet es immer«, knurrte Rune auf Schwedisch. Er saß vorne, neben Ernestos Kusine, die als Chauffeurin fungierte.

Goran wusste, dass Janita ganz gut Schwedisch konnte. Aber jetzt sagte die Braut nichts, sie sah Rune nicht einmal an. Geschah dem Wichser recht.

»*It's* gut für *vegetables*«, sagte Goran hinten im Nissan-Lieferwagen in seiner üblichen Mischsprache. Dabei machte er eine Kopfbewegung in Richtung Rune und zwinkerte Janita im Rückspiegel zu. Gut für so ein Gemüse wie Rune.

Janita kapierte es sofort und lachte kurz.

Das Schneckchen sah richtig gut aus in ihren Jeans und Sneakers und dem Kapuzenpulli, alles schwarz; die Kapuze hing noch im Nacken und der rote Pferdeschwanz darüber. Goran hatte schon immer was für Frauen mit Pferdeschwänzen übrig gehabt, der flaumige Nacken unter dem munter wippenden Haarstrang sah irgendwie sexy aus. Und die Hand mit den roten Nägeln, die da auf dem Lenkrad lag ... Klein und weich, aber stark. So wie die ganze Braut.

»Glotz deine Komplizin nicht so an, Goran«, sagte Rune. Er mischte sich in was ein, was ihn nichts anging. »Konzentrier dich lieber auf deinen Job. Diesmal musst du nicht mal was in die Luft sprengen ...«

»*Fuck* dich, Rune!«

Janita schaute Goran im Rückspiegel mitfühlend an. Nach dem Ding würde sie ihn mit Sicherheit ranlassen, dachte Goran. Er glaubte immer noch nicht, dass Janita und Ernesto tatsächlich mehr als Cousin und Kusine waren.

Trotzdem war Goran genervt. Er hatte immerhin in Bosnien und in Schweden gekämpft und seinen Job noch jedes Mal erledigt. Gut, manchmal war ihm vielleicht die ein oder andere zu große Ladung rausgerutscht, aber es brachte auch nichts, mit Semtex zu geizen. Schließlich wurde das Zeug hergestellt, damit man es benutzte.

Und dann musste er nach einem erfolgreichen Ding fliehen. Und zwar ohne eigene Schuld. Und die ganze Zeit vor einem Idioten wie Rune den Dummen spielen. Aber wenn man die Rolle einmal übernommen hatte, musste man sie beibehalten. So hatte Emir es ihm beigebracht, sein Cousin, der Filmregisseur. Emir war der Meinung, Goran habe Talent zum Schauspieler. Schon möglich, aber ihm fehlte die Geduld. Für den Film wie für die Bühne. Er hatte beides nämlich ausprobiert, bevor die Unruhen anfingen. Beim Film musste man stundenlang auf die Technik und die Maske und das Wetter und wer weiß was noch alles warten, und dann spielte man ein oder zwei Sekunden. Im Theater wiederum musste man Abend für Abend dasselbe abspulen. Zum Glück kam der Krieg. Der ersparte dem jungen Goran die Probleme bei der Berufswahl. Emir ging nach Hollywood, um dort Pornofilme zu drehen, Goran griff zu Sturmgewehr und Sprengstoff und ging bei seinem Onkel Josif, einem Feldwebel a. D., in die Lehre.

Eigentlich hatte Goran nichts gegen Moslems. Zwar meinte Laylas Vater, er tauge nichts als Schwiegersohn, aber das hatte nichts mit dem Glauben zu tun. Goran hätte sich selbst nicht in der eigenen Familie akzeptiert. Halunke blieb Halunke. Hauptsache, man konnte mit seinen Kumpels rumballern und es krachen lassen und anschließend ordentlich feiern.

Als der Waffenstillstand eintrat, entwischten Goran

und Onkel Josif mit falschen Papieren nach Schweden. Josif besuchte einen Kurs und durfte danach U-Bahn-Fahrkarten verkaufen. Goran hing am Einkaufszentrum von Alvesta herum, lernte Rune, Ernesto und Ahab kennen und schließlich auch Juvos, ihren Boss. Nun hatte er wieder die richtigen Kumpels gefunden, mit denen er ballern und anschließend feiern konnte. Die ein oder andere kleine Haftstrafe zwischendurch bremste ihn dabei kaum. Wenn es öde war, brachte man sich eben mit Speed in Fahrt.

Und jetzt das. Ein trostloser, unasphaltierter Parkplatz vor einem finnischen Billigdiscounter an einem noch trostloseren Morgen Ende August. Vom Himmel kam das Wasser wie aus Tante Esters Arsch. Vor lauter Dunst und Regen und wegen der beschlagenen Scheiben konnte man nicht mal die Wohnblocks rundum sehen. Ein mieser Nissan-Schrotthaufen als Fahrzeug für das bevorstehende Ding, mit einer Werkzeugkiste als Rückbank im Laderaum. Es gab nicht mal Dope. Als wäre man wieder in Bosnien und wartete auf einen verrückten Hauptmann, der einem sagt, welches Moslemdorf diesmal ausgelöscht werden soll.

Bloß warteten sie jetzt lediglich auf einen verrückten finnischen Ex-Hauptmann, der die Gewehre, den Sprengstoff und die restlichen Autos bringen sollte. Alleine. Wie wollte der das schaffen?

Noch um Mitternacht hatte das ganze Ding auf der Kippe gestanden. Zuerst war der Bekannte von Ernesto, der als Vermittler fungiert hatte, verschwunden. Dann rief er bei Janita an und wollte mit der ganzen Aktion nichts mehr zu tun haben. Angeblich bekam sein Hund Junge. Total bescheuert, diese Finnen!

Und Ernesto zuckte immer bloß mit den Schultern.

Aber okay, was soll's. Akzeptieren wir die Situation, wie sie ist. Rune hatte irgendwas genuschelt, aber nicht weiter protestiert, als Ernesto nur mal kurz böse guckte. Goran hatte Janita angeschaut, und Janita hatte den Kopf geschüttelt.

Trotzdem stieg keiner aus, weil Arnie nun mal versprochen hatte, alles zu organisieren.

Bloß dass Arnie eine halbe Stunde zu spät dran war. Gorans Armbanduhr zeigte halb acht. Der Billigdiscounter war noch nicht geöffnet, aber ein paar Schüler und Leute auf dem Weg zur Arbeit überquerten zu Fuß oder mit dem Rad den Parkplatz. Stille graue Gestalten an einem stillen grauen Morgen. Niemand schenkte dem Nissan und seiner Besatzung die geringste Beachtung. Sie waren irgendwelche Handwerker, die auf ihren Chef und ihr Material warteten, damit sie loslegen konnten. Und so ähnlich war es ja auch.

Bevor es losging, spürte Goran immer eine leichte Anspannung. Schmetterlinge im Bauch. Jetzt flatterte dort allerdings ein großer Schwarm Fledermäuse herum, deren Echolotsystem nicht funktionierte. Sie prallten ständig gegeneinander und gegen die Magenwände.

Die Umgebung war Goran fremd, dazu kamen die Braut und weitere unberechenbare Faktoren. Andererseits basierte das Ganze ja gerade darauf, dass man nie wusste, was passierte. Goran taugte nicht zum U-Bahn-Kartenverkäufer. Er wollte Spannung und Action.

»Wo steckt der Arschficker?«, knurrte Rune auf dem Beifahrersitz. Er war auch so eine unruhige Seele.

Plötzlich zerriss irrsinniger Lärm die Stille des grauen Morgens. Auf der Straße vor dem Parkplatz hielt ein großer Armee-Lastwagen, ein russischer MAZ in Tarnfarbe, dessen Motor wie ein hundert Jahre alter Mähdrescher klang. Der Auspuff stand seitlich ab, schwarzer Rauch quoll heraus, verdrängte Regen und Nebel und hüllte das gesamte Führerhaus ein. Der Lkw zog einen Anhänger, von dem man wegen der Hausecke nur den vorderen Teil sah.

»Was soll die Scheiße?«, sagte Rune.

Janita sagte etwas Ähnliches, allerdings auf Finnisch.

Goran sagte nichts. Er guckte nur.

Janitas Telefon klingelte. Sie meldete sich, hörte einen Moment zu, legte auf und sagte auf Schwedisch:

»Das ist Arnie. Wir folgen ihm.«

Janita ließ den Motor an und fuhr den Nissan auf die Straße. Der Armeelaster röhrte eine extradicke Qualmwolke in die Luft, und auf einmal war Goran gar nicht mehr in Finnland. Er befand sich zwischen den Ruinen des Industriegebietes einer elenden bosnischen Kleinstadt und zog mit seinem Trupp weiter, um sich das nächste Moslemdorf vorzunehmen. Er roch bereits den Schwarzpulverrauch, er hörte die Schreckensschreie der Dorfbewohner und ihr vergebliches Betteln um Gnade. Er sah die Kugeln das menschliche Fleisch zerfetzen, er hörte das Rattern der Sturmgewehre und das Knallen der Pistolen und die Schmerzensschreie der Sterbenden und das Weinen und Jammern der Angehörigen. Und die Stille, die am Ende stets über jedem Dorf lag. Bis das Fest begann.

Als der Armeelaster losfuhr, wurde hinter der Hausecke das Rohr einer kleinkalibrigen Kanone sichtbar. Dann Raupenketten und ein Turm in Tarnfarbe, zu dem die Kanone gehörte. Ein Panzer! Der verrückte Finne hatte vor, das Depot einer Sicherheitsfirma mit einem Panzer anzugreifen!

Goran regte sich auf. Warum war ihm das nicht eingefallen?

35

Nikkilä hatte Lust auf eine Zigarette, obwohl das Verhör gerade erst angefangen hatte. Er schlürfte Mineralwasser aus dem Pappbecher, stellte den Becher neben Wasserflasche, Laptop und das laufende Aufnahmegerät auf den Tisch des fensterlosen Vernehmungsraums und sagte:

»Du hast den Dodge um 23.02 als gestohlen gemeldet, eine Viertelstunde nachdem das Auto in Turenki gefunden wurde. Wie erklärst du das?«

Hurme schaute Nikkilä gelassen in die Augen.

»Ich hab halt nicht gleich gemerkt, dass er geklaut worden ist.«

Nikkilä seufzte und sah Rahila vorwurfsvoll an. Der junge Mann erschrak, als hätte er mit dem Gummiknüppel eins auf die Nase bekommen.

Es war Viertel vor acht. Sie hatten den Bandenpräsidenten um ein Uhr in der Nacht abgeholt, frisch geduscht. Derzeit untersuchte die Spurensicherung sein Reihenhaus in Hätilä; Frau und Kind waren ins Hotel Vaakuna gebracht worden. Das Gelände der Autowerkstatt in Turenki und das Hauptquartier der Schwarzen Engel in Kantola hatten sie bereits oberflächlich durchsucht und anschließend bis zu den genaueren Untersuchungen versiegelt. Bei einem Mitglied des Van-Clubs hatten sie ein paar Gramm Amphetamin und einen Colt gefunden. Der elektrische Schlagstock in den Clubräumen diente dazu, die Ordnung unter den Mitgliedern aufrechtzuerhalten, hatte der Rechtsanwalt erklärt, den Hurme sofort angerufen und aufs Polizeipräsidium bestellt hatte, als er Nikkilä auf dem Parkplatz vor seinem Haus gesehen hatte.

Jetzt wartete der Anwalt auf dem Gang. Auf Nikkiläs Vorschlag hin hatte Kommissar Kukkamäki, der die Ermittlungen leitete, ihm verboten, in den Vernehmungsraum zu kommen. Es war leicht gewesen, Kukkamäki dazu zu überreden, nachdem der Rechtsverdreher die Wirksamkeit des elektrischen Schlagstocks heruntergespielt und Kukkamäki das Ding in die Hand genommen und gesagt hatte, ja, ja, da zuckt man wahrscheinlich nicht einmal ... Der Satz war unvollendet geblieben, denn Kukkamäki hatte den Prügel versuchsweise unter den eigenen Hosenaufschlag geschoben und gegen die Wade gehalten, den Strom eingeschaltet und einen Moment später vor dem Schalter des Diensthabenden auf der Fresse gelegen. Hurme, Nikkilä und der Anwalt hatten alle Mühe gehabt, ganz unbeteiligt zu blicken.

»Noch mal zu deinem Alibi«, sagte Nikkilä zu Hurme. »Wie ist es möglich, dass alle Clubmitglieder, die vor Ort waren, auf die Minute genau dieselbe Zeit angeben?«

»Die Jungs haben ein gutes Gedächtnis.«

Auf Hurmes Haut waren Reste von Benzin gefunden worden, und auf der Handfläche Schmauchspuren, aber die waren leicht zu erklären. Im Van-Club wurde ständig mit Benzin hantiert, und Hurme hatte in der Nacht auf dem Clubgelände mit dem Revolver eines Kameraden Scharfschießen geübt.

So viel dazu. Nikkilä nuschelte die Schlusssätze aufs Diktiergerät und beendete die Aufnahme.

»Wollt ihr mir ernsthaft was anhängen?«, fragte Hurme.

Nikkilä schaute in das unschuldige Gesicht und dachte, es wäre schön, es ein bisschen umzugestalten. Aber Träume sind Schäume.

»Du kannst gehen«, sagte er zu Hurme und nickte Rahila zu. »Du kümmerst dich um den Papierkrieg. Schließlich hast du das alles angerichtet.«

Rahila richtete den Blick auf Nikkilä, schluckte jedoch seinen Zorn hinunter. Der Junge wirkte müde. Kein Wunder. Er hatte die ganze Nacht nicht geschlafen, so wie Nikkilä. Hurme hingegen hatte stundenlang in der Zelle gepennt, bevor man ihn vor einer Viertelstunde noch einmal zum Verhör geholt hatte. Jetzt blickte er interessiert auf Rahila, dann auf Nikkilä, dann wieder auf Rahila.

»Was denkt ihr?«, fragte Hurme mit ernstem Gesicht. »Muss man befürchten, dass auch in Finnland die Außenseiter der Gesellschaft anfangen zu randalieren und zu plündern und Bomben zu legen?«

Jetzt musste man sich von dem auch noch verarschen lassen. Nikkilä beherrschte sich und trat Rahila unterm Tisch gegen den Knöchel.

»Gehen wir«, sagte Rahila zu Hurme und stand auf.

Nikkilä ging zum Rauchen in den Hinterhof. Es nieselte. Der Nebel war so dicht, dass man den Wohnblock gegenüber nicht mehr sehen konnte, nur diffuse Lichtflecken hier und da. Irrlichter wahrscheinlich.

Nikkilä hatte sich gerade die zweite Camel an der ersten angesteckt, als Rahila zurückkam.

»Können wir echt nichts machen?«, fragte er sofort.

»Wir haben keine anständigen Beweise gegen Hurme. Die Technik entdeckt vielleicht an seiner Jeans ein bisschen Lehm, der aus Turenki stammen könnte, aber den gleichen Lehm gibt es wahrscheinlich an Millionen anderen Stellen auch. Turnschuhe haben wir bei ihm nicht gefunden, und in Turenki ist alles voller Turnschuhspuren, sowohl rund um den Dodge als auch bei der Ruine der abgebrannten Werkstatt. Der Kerl hat sogar noch rechtzeitig das Handy, mit dem er deine Marjo angerufen hat, verschwinden lassen.«

»Immerhin können wir einen Stimmenvergleich vornehmen«, brachte Rahila in Erinnerung.

»Mit dem Drohanruf, den wir auf Band haben? Das war dermaßen drum rum geredet, dass er nichts hergibt. Und auch Stimmenidentifikation ist nicht hundertprozentig.«

»Also kommt Hurme ungeschoren davon?«

»Na ja, vielleicht kann man hier und da wenigstens ein bisschen die Schere ansetzen. Er könnte zum Beispiel ein Bußgeld kriegen wegen leichtsinnigen Waffengebrauchs und unerlaubten Waffenbesitzes.«

»Wieso wegen Waffenbesitzes?«

»Der Colt befand sich in Hurmes Besitz, schließlich hat er damit geschossen.«

»Und wenn bei der Durchsuchung die inoffizielle Buchhaltung des Van-Clubs entdeckt wird?«, versuchte es Rahila noch einmal.

»Ich glaube, dass Hurme die Buchhaltung im Kopf erledigt. Da ist sie verdammt schwer rauszuholen. Und selbst wenn das Wunder geschieht, dass sich etwas auf Papier findet, ist es eine ganz andere Frage, ob man es vor Gericht als Beweismittel verwenden kann.«

Rahila nickte mit hängenden Schultern.

»Alanens Werkstatt ist also komplett abgebrannt, und wir können Hurme dafür nicht zur Verantwortung ziehen.«

»Du warst derjenige, der sie angesteckt hat«, sagte Nikkilä. »Wenn wir den Fall richtig anschieben, landest du noch mit Hurme im selben Käfig.«

»Aber was soll ich Marjo sagen?«

»Deiner Tussi von der Werkstatt?«

Nikkilä machte einen tiefen Zug und tat so, als denke er nach, dann sagte er:

»Wie wär's, wenn du behauptest, es sei ein Versehen gewesen?«

»War es ja auch!«, regte sich Rahila auf. »Es ging alles so schnell, ich hab überhaupt nicht kapiert …«

»Dass die Kugel auf dem Blech Funken schlägt? Wer würde schon auf so eine Idee kommen«, nickte Nikkilä. »Der Staatsanwalt könnte da allerdings anderer Ansicht sein. Vom Versicherungsexperten ganz zu schweigen. Der wird sich vielleicht sowieso über das Einschussloch im Blech wundern …«

Rahila machte den Mund auf, blieb aber stumm. Fast konnte er einem leidtun, so erbärmlich, wie er aussah. Außerdem war Nikkilä in jungen Jahren ähnlich gewesen. Und war es manchmal immer noch. Wer hatte schon dauernd den Nerv, zuerst zu überlegen, bevor man handelte?

»Nun nimm's mal nicht so tragisch«, sagte Nikkilä und legte Rahila vorsichtig die Hand auf die Schulter. »Du wirst höchstens für die Zeit der Ermittlungen außer Dienst gestellt und am Ende vielleicht zur Schutzpolizei versetzt.«

Mögliche Schadensersatzforderungen ließ er vorerst unerwähnt.

»Vielleicht passe ich da auch besser hin«, murmelte Rahila in seine Bartstoppeln. »Vielleicht bin ich für die Kripo nicht geeignet …«

»Dazu kann ich nichts sagen«, sagte Nikkilä und nahm die Hand weg. Der Junge verströmte den stechenden Gestank von Rauch und verbranntem Benzin, der spielend den Zigarettengeruch, der um Nikkilä herum in der Luft lag, überlagerte. »Aber ich hab im Laufe meiner Karriere schon dümmere Praktikanten gesehen ...«

»Ehrlich?«

Rahilas Dackelblick war ein bisschen übertrieben. Nikkilä kehrte ihm den Rücken zu und meldete sich am Handy, das im Gürteletui zu vibrieren begonnen hatte. Es war nach dem Verhör noch auf lautlos gestellt.

»Sofort nach Parola, zur Panzerbrigade!«, plärrte Kukkamäki am anderen Ende der Leitung in den Hörer. »Gerade ist eine Meldung reingekommen. Jemand hat in den frühen Morgenstunden mit einem alten Tarnanzug und einer falschen Order die Wachen getäuscht, ist ins Depot gegangen und hat vier Sturmgewehre und einen Stapel geladene Magazine mitgenommen, scharfe Munition natürlich, und dazu Granaten für eine Panzerkanone. Der Mann hat das Gelände mit einem MAZ-Zuglaster der Armee, an den ein Sattelanhänger gekoppelt war, verlassen. Auf dem Trailer stand ein BMP-1-Panzer.«

»Sturmgewehre und ein Panzer«, wunderte sich Nikkilä. »Was will man damit anfangen? Das Rathaus und die Bezirksregierung erobern, oder was?«

»Hoffentlich nicht«, gab der Kommissar zurück.

»Auf jeden Fall wäre es günstig, wenn die Armee die Waffen und die Fahrzeuge wieder zurückbekäme. Ich schreibe den Mann und die Sachen zur Fahndung aus. Du kümmerst dich um den Rest, Nikkilä.«

»Alles klar.«

In Nikkilä kam der unschöne Verdacht auf, dass er den Mann kannte, der in Parola zugeschlagen hatte. Aber er beschloss, Kukkamäki vorläufig nichts von seiner Vermutung zu sagen, und Rahila schon gar nicht. Der Junge könnte sich nämlich revanchieren, falls sich herausstellte, dass Nikkiläs Spitzenspitzel sich als Gangster erwies.

»In Parola ist das Zeug gestohlen worden?«, fragte Rahila sobald Nikkilä das Telefonat beendet hatte. Der Junge hatte genau zugehört.

Nikkilä nickte.

»Wir fangen schon mal am Tatort an. Die Spurensicherung hat noch in Hurmes Wohnung zu tun.«

Die Zigarettenkippe zischte im Gurkenglas, das als Aschenurne diente und in dem sich Wasser gesammelt hatte. Sie gingen durchs Treppenhaus in die Tiefgarage, wo sie in Nikkiläs Mondeo stiegen. Als sie in die Kasarmikatu einbogen, rief die Frau in der Zentrale aus dem Funk:

»Gerade hat jemand mit einem Panzer das Depot der Sicherheitsfirma in Kantola angegriffen und Millionen geraubt! Zwei Wachmänner sind verletzt ...«

»Jetzt braucht man nicht mehr zu spekulieren, was Arnie vorhat«, sagte Nikkilä vor sich hin, während er das Steuer nach links riss, in Richtung Kantola. Die Panzerbrigade konnte warten.

»Arnie ...?«, fragte Rahila und begriff. »Bumm-Bumm-Arnie?«

Nikkilä seufzte. Der Junge wurde ihm allmählich ein bisschen zu helle.

36

Arnie schwebte hoch am Himmel, obwohl er in seinem Tarnanzug auf dem Beifahrersitz eines alten Nissan-Lieferwagens saß, der im Nieselregen durch ein Gewerbegebiet fuhr. Janita kurvte gerade durch das Tor der ehemaligen Säge- und Möbelfabrik Sotka, die Reifen quietschten auf dem nassen Asphalt, aber das Auto blieb gut in der Spur. Die Braut konzentrierte sich aufs Fahren, unter der schwarzen Sturmhaube blitzten nur zwei dunkelrote Haarsträhnen und die unbeirrt nach vorne gerichteten grünen Augen auf. Außer Arnie trugen alle schwarze Klamotten, Jeans und Stoffjacke oder Kapuzenpulli.

»Leck mich«, sagte hinten im Laderaum der dunklere der beiden Schweden. Oder Jugoslawe oder was er ursprünglich war. Er machte einen verdammt zufriedenen Eindruck, und er hatte auch allen Grund dazu.

Der blonde Schwede sagte nichts, juchzte nur ab und zu unter seiner Maske. Vielleicht verstand Arnie aber auch einfach nicht, was er redete. Schwedisch war in der Schule nicht sein stärkstes Fach gewesen. Mathe, Physik und Chemie liefen glatt. Damit und mit seiner praktischen Begabung schaffte er es damals auf die Fachhochschule und nach der Wehrpflicht in die Laufbahn als technischer Offizier.

Diese Laufbahn hatte er allerdings hinter sich.

Was nicht besonders ins Gewicht fiel. Die Ereignisse dieses Morgens würde Arnie sein Leben lang nicht vergessen. Er hatte seinen Bart opfern müssen, das Kinn juckte, und er fühlte sich nackt im Gesicht, aber das war es wert gewesen. Zuerst hatte er die Gummiköpfe in Parola verarscht, im Depot der Panzerbrigade einen funktionierenden BMP mit Sattelanhänger und Geschützgranaten geklaut, dann war er mit dem Panzer durch das Tor der Sicherheitsfirma gebrochen und hatte mit der Kanone vom Kaliber dreiundsiebzig eine Wand des Depots zusammengeschossen. Den eigentlichen Raub hatten dann die Schweden erledigt, mit den deutschen Sturmgewehren, die er ihnen beschafft hatte. Leichtes Spiel. Janita war mit dem Lieferwagen rückwärts aufs Gelände gefahren, und die Kameraden hatten die Geldsäcke angeschleppt, mehr als zehn Stück pro Mann. Der Widerstand war nicht nennenswert gewesen. Zwei Wächter hatten was auf die Flügel bekommen, als die Granate die Wand niedermachte, aber keiner hatte versucht, den Helden zu spielen. Alles lief wie am Schnürchen. Als Janita den Lieferwagen vom Grundstück gefahren hatte, blockierte Arnie mit dem Panzer die Einfahrt, stieg aus, streute noch ein paar Kilo Krähenfüße auf dem Asphalt aus und stellte zwei Sporttaschen mit Sprengsätzen dazu, auf denen groß das Wort BOMBE stand. Die MAZ-Zugmaschine mit dem Sattelanhänger versperrte den Weg vom Depot zur Post.

Das reinste Fest.

Jetzt waren sie kurz vor dem ersten Wagenwechsel. Die Gegend war in der letzten Zeit aufgeräumt worden. Der inoffizielle Abladeplatz für Haushaltsgeräte war verschwunden, die schlimmsten Backsteinbaracken hatte man abgerissen. Nur das gelbe Gerippe eines Krans zeichnete sich noch am Seeufer ab. Das ehemalige Irrenanstaltsgelände am Ufer gegenüber hatte sich in eine Fachhochschule und einen Business-Park verwandelt, daneben waren zweistöckige Holzhäuser entstanden. Visamäki hieß das Wohnviertel angeblich. Durch die Erlen am Ufer schimmerte es blau und gelb wie auf der schwedischen Fahne, beziehungsweise es hätte so geschimmert, wenn das gegenüberliegende Ufer durch den Nebel hindurch zu sehen gewesen wäre. Immerhin ließ der Regen nach.

Arnie näherte sich allmählich wieder der Erdoberfläche und der Wirklichkeit. Mit dem Rücken seiner Noppenhandschuhe wischte er sich unter der Sturmhaube den Schweiß vom Gesicht. Der kam nicht von der Anspannung, sondern von der Schwüle. Eventuell war ein Gewitter im Anzug.

»Vierundzwanzig *sacks* ...«, zählte der Jugoslawe hinten. Er hatte seine Haube bereits abgezogen, sein Igelkopf glänzte im Schein der weißen Geldsäcke.

»Verdammt viel *money.*«

Janita fuhr an den letzten Werkstätten des Sotka-Geländes vorbei und bog wenig später nach rechts ins Gebüsch ein. Dort machte der schmale Feldweg bald eine Kurve nach links, und Janita stieg in die Eisen. Der Lieferwagen schlitterte auf dem Kies und kam direkt vor den dort abgestellten Kombis zum Stehen. Es waren drei, und in keinem steckte der Schlüssel. Sie waren am Vorabend geklaut und hierher gebracht worden. Mit neuen Nummernschildern. Allerdings hatte der Autoknacker, den Allu kannte, die Zulassungen nicht gefälscht, weshalb es besser war, sie den Bullen nicht zu zeigen.

Sobald der Nissan stand, sprang Arnie aus dem Wagen. Von der Brotfabrik wehte starker Zimtgeruch herüber. Er vermischte sich mit dem Dieselgestank und dem Geruch der nassen Büsche. Arnie lief um den Lieferwagen herum, öffnete die Hecktür, und Goran und Rune sprangen heraus, die Sturmgewehre am Riemen vor der Brust. Jeder packte sich einen Sack. Arnie wollte sich gerade seinen Anteil aus dem Wagen nehmen, da knackte es unmittelbar neben ihm im Gebüsch, auf der Uferseite. Er fuhr herum und sah, dass er in den Lauf einer schwarzen Pistole starrte.

Ein breitschultriger, aber trotzdem schlaff wirkender junger Kerl hielt den fünfundvierziger Colt Government wie eine explosive Banane, als wüsste er nicht, ob er damit schießen oder sie wegwerfen oder in den Mund stecken sollte. Seine Unsicherheit war gut zu erkennen, obwohl auch er eine Sturmhaube trug. Allerdings so verrutscht, dass im Augenschlitz nur ein wenig vom rechten Auge und ein Stück unrasierte Wange aufblitzte. Die Nase ragte aus der Mundöffnung.

»Halt!«, brüllte der Bursche und rückte die Haube mit der linken Hand zurecht. Dann ging es im schwankenden Stil und ebensolcher Stimme weiter: »Oder ... das heißt ... bringt das Geld in den Kombi, in den da drüben, den linken, den roten Fabia, alles Geld da rein, ja, ich brauch ein bisschen ...«

»*Fuck* dich«, sagte Goran, ließ seinen Geldsack fallen und hatte eindeutig die Absicht, sich auf den Ankömmling zu stürzen, obwohl der die Waffe auf ihn richtete.

Das Bürschchen aus dem Gebüsch war kein ernstzunehmender Gegner für den Jugoslawen. Arnie sah, dass der Kerl zum Abdrücken nicht fähig war, außer aus Versehen, oder vor einer vollkommen harmlosen Zielscheibe. Trotzdem brach Gorans Attacke beim ersten Schritt ab. Der Schuss kam von der anderen Seite des Nissan, mit ziemlich leisem Geräusch. Die Kugel zerfetzte das Sweatshirt des Jugoslawen, vorne und hinten. Er fluchte in einer fremden Sprache und griff mit beiden Händen nach dem Sturmgewehr. Gleichzeitig drehte er sich um, weil er sehen wollte, wer es wagte, an ihm zu kratzen.

Die zweite Kugel traf das linke Auge, es platzte unmittelbar vor Arnie, und ein neuer Fluch erstarb auf den Lippen des Jugoslawen. Der Mann hielt das Gewehr umklammert, verbog sich dabei aber wie ein Showtänzer an der Stange. Aus dieser Krümmung würde er nicht mehr rauskommen. Ein Kleinkalibergeschoss hinterließ schlimme Spuren, wenn es im Schädel hin und her prallte. Arnie wusste das.

»Goran!«, rief Rune und griff mit der rechten Hand nach dem Sturmgewehr vor seiner Brust. Er hatte noch immer die Sturmhaube auf und den Geldsack unterm linken Arm. »Verdammte Hacke!«

Die Kugel durchdrang Runes Hand und prallte vom Griff des Sturmgewehrs ab. Der Schwede riss die Hand hoch, als hätte er einen Stromstoß abgekriegt. Die zweite Kugel riss Runes Halsschlagader auf. Etwas von dem Blut spritzte auf Arnie, aber der Blutfluss hörte bald auf, weil Rune auf den Rücken fiel und sein Herz erlosch.

Der Geldsack blieb unter dem Arm stecken wie festgeschraubt. Schwerer Sack, schwacher Trost.

Dann kam Janita hinter dem Lieferwagen hervor und richtete eine zweiundzwanziger Präzisionspistole auf Arnie, offenbar eine Ruger.

»Zeig deine Hände!«

Ihre Stimme war schrill, aber die Waffe hielt sie stabil. Sie würde nicht zögern zu schießen, das hatte man gerade gesehen.

Vorsichtig streckte Arnie die Hände nach beiden Seiten aus. Er stand jetzt fest auf dem Boden. Fester ging gar nicht, sonst wären die Beine im feuchten Lehm versunken.

»Sorry, Janita, ich ... ich ... ich konnte einfach nicht!«, stammelte der plötzlich aufgetauchte Besucher hinter Arnie. »Ich hab noch nie ...«

»Das glaube ich«, schnaubte Janita. »Bring jetzt das Geld in unser Auto!«

»Ich?«, fragte ihr Helfer.

Sie seufzte. Irgendwo in der Ferne jaulte ein Bullenmobil, deutlich näher ein Krankenwagen und ein Feuerwehrauto.

»Mich solltest du besser nicht erschießen«, sagte Arnie zu Janita. Auf ihren Helfer achtete er erst gar nicht. »Du solltest nicht einmal versuchen, mich auszutricksen. Sonst fliegen wir nämlich alle in die Luft.«

»Warum das?«, fragte Janita.

»Ich hatte schon geahnt, dass es bei der Aufteilung des Jackpots Unstimmigkeiten geben könnte. Und ich will nicht alleine abtreten.«

»Was ... was ... redest du da?«, stotterte der junge Kerl hinter Arnie.

»Du lädst jetzt einfach das Geld in den Fabia«, sagte Arnie zu ihm, schaute dabei aber auf Janita. »Den nehme ich.«

»Warum das?«, fragte Janita erneut, und bewegte energisch den Lauf der Ruger.

»Darum. Ich hab eine richtig schöne Selbstmordattentäter-Ladung am Leib. Ein paar Kilo selbst gemachter Plastiksprengstoff. Der geht sofort hoch, wenn ich mit dem Kinn auf den obersten Knopf an meiner Jacke drücke. Ich hab eine Serie elektronischer Zünder angeschlossen. Und ich hab Ersatzsysteme installiert, ich weiß selber nicht mehr, wie viele. Wenn du auf mich schießt, sind wir alle weg. Und die Kohle ebenfalls.«

»Der verarscht uns«, sagte Janita, klang aber nicht besonders überzeugt.

»Willst du das Risiko eingehen?«, fragte Arnie und senkte das Kinn dem obersten Knopf seiner Jacke entgegen. »Ich bin mit wenig zufrieden, vier Säcke und der Fabia. Du kriegst den Rest. Oder wer sonst noch dabei ist. Mir ist es egal. Das war sowieso mein letztes Ding.«

»Genau«, sagte der junge Kerl plötzlich und schlug Arnie mit dem Colt in die Nieren.

Er traf allerdings einen Klumpen Plastiksprengstoff, was ihn die Waffe hastig zurückziehen ließ.

»Janita, hey, der hat da wirklich was, ich bin nicht bis zum Fleisch durchgekommen!«

Janita zuckte mit den Schultern. Die Waffe blieb allerdings weiterhin auf Arnie gerichtet.

»Okay, ihr beiden ladet vier Säcke in den Fabia. Ich lass dich fahren, obwohl ich weiß, dass du mich verarschst. Auf die vier Säcke kommt es nicht an. Und ohne dich und deinen Panzer und deine Sturmgewehre wäre das ganze Ding nicht gelaufen.«

»Aber ... aber ich ... wenn der Kerl ...«

Janitas Augen funkelten.

»Halt's Maul, Taube, oder ich knall dich ab!«

Taube. Der hatte ja einen schönen Namen abgekriegt.

Arnie und Taube trugen jeweils zwei Säcke zum Fabia und stellten sie auf die Rückbank. Die Hecktür ging nicht auf, das Schloss klemmte. Das Jaulen der Sirenen näherte sich dem Tatort in Kantola, kam aber nicht bis zum Sotka-Gelände.

»Ich fahr jetzt los«, sagte Arnie und schob sich hinters Lenkrad. Die Zündkabel waren bereits unter dem Armaturenbrett herausgezogen. Er verband sie miteinander und startete. Es klappte auf Anhieb. Auf die alten Ostblock-Kisten wurde viel zu viel geschimpft, das waren praktische Arbeitsgeräte und sie konnten ohne Computer repariert werden.

Taube und Janita nahmen gerade ihre ersten Säcke aus dem Nissan, als Arnie in den Rückspiegel sah. Janita schien zu begreifen, dass die Bullen bald hier sein würden. Für interne Streitereien war jetzt keine Zeit mehr.

Vor dem Hof der Brotfabrik tauchte der Fabia aus dem Gebüsch auf. Ein Auslieferungsfahrzeug fuhr gerade rückwärts an die Laderampe heran, das Warnpiepen mischte sich unter das Heulen der Sirenen. Daneben ragte ein ehemaliger Silageturm auf, der nun mit wiederverwertbarem Baumaterial gefüllt war. Arnie trat aufs Gas. Die Scheibenwischer mussten im höchsten Gang wedeln, obwohl es weiterhin nur nieselte. Windige Wischer.

Das erste Polizeiauto kam ihm an der Kreuzung Vanajantie entgegen. Das Blaulicht blinkte und die Sirene jaulte, der Fahrer deutete mit dem Daumen auf den Straßenrand. Arnie beschleunigte und schaltete dabei in den Dritten, nahm rechts die Auffahrt zur Fernstraße 10 und schlug oben quer zum Verkehr nach links ein, zur Brücke über die Bahnlinie, in Richtung Katuma. Der blauweiße Polizei-Mondeo blieb hartnäckig blinkend und jaulend im Rückspiegel.

Erst auf der Brücke merkte Arnie, dass die Polizei vor dem Kreisel von Katuma, oder wie der Anschluss offiziell hieß, eine Straßensperre eingerichtet hatte. Dort standen zwei Streifenwagen quer auf der Straße, und die Leitplanke verhinderte das Ausweichen ins Gebüsch neben der Bahn.

Arnie tat das in dieser Situation einzig Richtige. Er legte eine Handbremsenwendung hin. Zum Glück hatte der Wagen kein ABS, damit hätte es nicht geklappt. Die Verfolger waren allerdings schon zu dicht hinter ihm.

Obwohl der Bulle bremste und auszuweichen versuchte, prallte der Kühlergrill des Mondeo in dem Moment gegen das Heck des Fabia, als Arnie den Wagen gerade zog. Der Fabia rotierte wie ein Kreisel auf dem nassen Asphalt, die Lenkung hatte nichts mehr zu melden und die Reifen griffen nicht mehr, die Umgebung huschte an Arnies Augen vorbei, bis die Kühlerhaube schräg gegen die Leitplanke krachte und auf der Fahrerseite eingedrückt wurde. Das Lenkrad stieß gegen Arnies Brust und quetschte ihn auf dem Sitz zusammen. Sein Kopf fiel nach vorne, und das Kinn traf den obersten Knopf seiner Jacke.

Im letzten Moment bereute Arnie alles, er hätte es nicht tun sollen, er hätte es nicht tun sollen, aber es war zu spät. Mit einem prächtigen Knall trat er ab.

Einen Moment lang schwebte Arnie unter den Wolken. Dann schneite es im Nieselregen heile und zerrissene Scheine, lose Räder, verbogene Autoteile und verrußte Fetzen eines Tarnanzugs. Und etwas, das früher einmal jemand gewesen war.

37

Das Boot wartete am Ufer, festgebunden an einer Birke, das hatte Taube immerhin hingekriegt. In der schmutzig gelben Glasfibernussschale schwappte ein paar Zentimeter hoch dreckiges Wasser, das im Nieselregen zitterte. Aber der Zapfen steckte, und die Ruder waren relativ intakt, nur an einem Blatt war ein kleines Stück abgebrochen.

Taube sah aus, als würde er ein Lob erwarten.

»Stell die Säcke ins Boot, und zwar ein bisschen plötzlich, und dann holst du die anderen«, schnauzte Janita ihn an. Sie merkte, wie sie nervös wurde, aber war das denn ein Wunder? Bei so einem Jackpot und so einem Helfer.

Taube fuhr zusammen und setzte sich in Bewegung, er ließ die Säcke ins Boot fallen, dass es klatschte und spritzte, und rannte davon, die anderen zu holen. Immerhin hatte er den Boden des Boots nicht kaputt gekriegt. Janita stellte ihre Säcke in den Bug und stürzte Taube hinterher. Jetzt hatten sie es wirklich eilig. Die Bomben und die Krähenfüße würden die Bullen nicht besonders lange blockieren.

Die beiden trugen noch immer die Sturmhauben. Man schwitzte darunter, aber zusätzliche Risiken konnten sie nicht eingehen. Falls sie jetzt jemand sehen und später vor Gericht identifizieren würde, wäre das Spiel aus. Zumindest würde sich der Anwalt für sein Geld voll ins Zeug legen müssen.

Sie hatten mit der Sackschlepperei gerade erst angefangen, als man aus Richtung Katuma zuerst das Knirschen von sich biegendem Metall und dann einen ziemlichen Knall hörte. Ungefähr auf Höhe der Brücke über die Bahnlinie quoll dicker schwarzer Rauch in die Luft.

Janita sah Taube an, Taube schaute zurück und dann hinter sich auf den Rauch.

»Da drüben verbrennt Geld«, sagte Janita. »Und Arnie.«

Taube nickte.

»Tempo jetzt!«, sagte Janita und trat Taube in den Arsch.

Er jaulte auf, setzte sich aber ruckartig in Bewegung. Schwer zu glauben, dass der Kerl es einmal fast bis ins Nationalteam geschafft hätte. Es hatte ihm lediglich an Mumm und Hirn gefehlt.

Was war das nur, dass Janita immer die Männer mit dem trägsten Verstand über den Weg liefen? Falls man sie überhaupt als Männer bezeichnen konnte. Allu hatte zwar etwas, und Ernesto natürlich auch, aber die beiden würde sie wohl kaum mehr kriegen. Scheiß auf die Männer. Mit Kohle bekam man alles, sie entschädigte für sämtliche Heimsuchungen und machte das Leben lebenswert. Oder jedenfalls besser, als es vorher gewesen war.

Obwohl Janita arm geboren wurde, hatte sie immer gewusst, dass sie nicht dafür bestimmt war, ihr ganzes Leben in Armut zu verbringen. Die Veränderung musste kommen. Das hatte ihr auch die Mutter früher stets gepredigt. Und dabei das *Kapital* geschwenkt wie ein Pfarrer die Bibel. Aber Janita glaubte ebenso wenig an die Revolution wie an ein Leben nach dem Tod, sondern daran, dass sie schon in diesem Leben reich würde. Da sich das nicht von selbst zu erfüllen schien, war sie gezwungen, die Zügel selbst in die Hand zu nehmen. Wäre Ernesto nicht zurückgekommen und hätte dieses Ding vorgeschlagen, hätte sie bald etwas anderes auf eigene Faust versucht.

Auch Ernesto schien nicht kapiert zu haben, wie gefährlich seine schwedischen Freunde waren. Die hätten hundertprozentig versucht, den ganzen Pott an sich zu bringen. Es war sicherer gewesen, vor ihnen zuzuschlagen.

Arnies Flucht war im Grunde eine gute Sache. Weil er garantiert bei dem Knall ums Leben gekommen und mit ihm massenhaft Geld in die Luft geflogen war, kämen die Bullen nicht unbedingt sofort auf die Idee, nach Taube und Janita zu fahnden. Vor allem, weil sie Goran und Rune tot an der Autowechselstelle finden würden. Zum Glück hatten sie weit genug vom Heck des Nissan im Schlamm gelegen, sodass Janita und Taube beim Umladen der Geldsäcke nicht ständig über sie gestolpert waren.

Jetzt mussten sie die Kohle nur noch ins Boot kriegen und über die schmale Seestelle nach Visamäki hinüberrudern. Dort wartete ein anderer Lieferwagen.

Taube strauchelte und murkste vor Nervosität dermaßen herum, dass er keine große Hilfe war. Janita tat der elende Eishockeyheld dennoch leid, und sie brachte es nicht übers Herz, ihn zu erschießen. Jedenfalls noch nicht. Vielleicht dann, wenn er mehr schadete als nützte.

Schließlich waren alle Säcke im Boot, zehn vorne und zehn hinten. Auch nachdem Taube und Janita das Boot angeschoben hatten und hineingesprungen waren, blieb es an der Oberfläche. Zwischen Wasser und Bootsrand lagen gut und gern zehn Zentimeter.

Janita ruderte nicht zum ersten Mal. Sie ließ die Ruder ins Wasser sinken, zog das eine an und drückte gegen das andere, bis das Boot eine Umdrehung um hundertachtzig Grad gemacht hatte, dann nahm sie das Ufer gegenüber ins Visier und legte sich in die Riemen.

In dem Moment bemerkte Taube das Paddel im Boot. Fast hätte er einen Geldsack über Bord gehebelt, als er es hervorzog.

»Finger weg!«, fuhr Janita ihn an. »Ich kümmere mich schon um die Richtung.«

Taube erschrak auf seiner Ducht, richtete sich auf und schlang die Arme um den Leib. Dabei starrte er auf seine Knie. Janita ruderte und behielt ständig die rote Backsteinruine des ehemaligen Kraftwerks hinter Taubes gesenktem Kopf im Blick.

Am Himmel wurde es mitten am Tag dunkel, der Nieselregen ging in richtigen Regen über, die Oberfläche des Sees schien zu sprudeln, und die Kleider der beiden waren im Nu durch und durch nass. Am Ufer gegenüber nahm das Heulen der Polizeisirenen zu, war aber noch immer relativ weit weg, dort, wo der Überfall passiert war, und dort, wo Bumm-Bumm-Arnie den Abgang gemacht hatte.

Die Strecke über den See betrug an dieser schmalen Stelle nicht mehr als hundert Meter, aber es fühlte sich wie Kilometer an. Plötzlich registrierte Janita, dass sie durch den Nebel keines der beiden Ufer mehr sah. Mit Müh und Not konnte sie den schmollenden Taube erkennen.

Sie erinnerte sich an einen sommerlichen Bootsausflug vor ungefähr fünfzehn Jahren. Damals hatte ähnlicher Morgennebel geherrscht, aber es hatte nicht geregnet, und nach und nach war die Sonne durchgedrungen. Sie und Ernesto hatten sich am Ufer bei den Schrebergärten ein Boot ohne Ruder ausgeliehen und waren auf den See hinausgefahren. Ernesto hatte so lange gepaddelt, bis sie vom Ufer weg waren, dann hatten sie sich einfach von der Strömung und ihren Gefühlen treiben lassen. Als sie wieder etwas von ihrer Umgebung wahrnahmen, trieb das Boot hinter dem Kaufhaus Anttila, in der Nähe des Hämeensaari-Ufers, der Nebel war weg, und die kleinen Jungen, die an der Uferböschung standen, rührten sich nicht, sie starrten auf das nackte Paar im Boot.

Wenn sie jetzt die Richtung verlor, könnte sie sich womöglich wieder bis zum Anttila verirren. In der anderen Richtung käme sie bald auf die Brücke der Fernstraße 10. Zum Glück halfen die Sirenen beim Orientieren.

Janita ruderte hartnäckig weiter, und schließlich raschelte das Uferschilf am Bug. Sobald der Bug auf Schlamm lief, holte Janita die Ruder ein, sprang ins Wasser und zog das Boot an Land. Vor dem Bootsschuppen des Kanuvereins wartete der andere Lieferwagen, ein weißer Mercedes, für den man den Lkw-Führerschein brauchte und dessen Ränder blühten wie ein braunes Rapsfeld.

Es war niemand unterwegs, nicht einmal ein Hundebesitzer, und vom anderen Ufer aus konnte man wegen des Nebels und der Erlen und des Bootsschuppens nichts erkennen. Die seitliche Schiebetür am Wagen ging leicht auf. Janita brachte Taube mit einem barschen Kommando auf Trab. Er erschrak so heftig, dass er über den hinteren Bootsrand ins Wasser sprang und beim Säcketragen bis zu den Knien durch den Uferschlamm watete. Janita warf sie ins Auto und holte zwischendurch selbst ein paar aus dem Bug, bevor Taube wieder mit zwei Säcken anrückte. Hätte sie ihm aber etwas wegen seiner Umständlichkeit gesagt, wäre er mit den Nerven wahrscheinlich komplett am Ende gewesen.

Mit dem letzten Sack blieb Taube so tief im Schlamm

stecken, dass er mit der Schnauze aufs Boot fiel. Als Janita ihm den Sack aus der Hand riss, lief Wasser heraus wie aus einer Gießkannenbrause.

»Oh Scheiße«, seufzte sie. »Du kriegst deinen Anteil später aus diesem Sack.«

Janita warf den Sack in den Mercedes, mit etwas Abstand zu den anderen. Es klatschte. Gleich darauf hörte man ein Klatschen vom See her. Taube wollte einfach nicht aus dem Wasser herauskommen.

Die Schiebetür fiel zu. Janita setzte sich ans Steuer, und Taube konnte gerade noch rechtzeitig aufspringen, bevor sie losfuhr, den Hang hinauf, der Mensa des Schulungszentrums entgegen, das man gerade so im Nebel erkennen konnte.

Einige hundert Meter später fuhr Janita über die Helsingtie hinweg und gleich darauf unter der Autobahn hindurch nach Kankaantaka. Regen prasselte aufs Wagendach. Die ordentliche Einfamilienhaussiedlung schlummerte im nebligen Vormittag. Mittendrin standen ebenso verschlafen ein kleiner Siwa-Supermarkt und eine uralte Schule aus Holz.

Der nächste Wechsel sollte am Sportplatz in der Nähe des Hattelmala-Hügels stattfinden. Mit der linken Hand riss sich Janita die Sturmhaube vom Kopf und warf sie in den Fußraum, dann öffnete sie den Pferdeschwanz und schüttelte den Kopf. So konnten die Haare trocknen. Und es atmete sich leichter.

»Haube ab!«, sagte sie zu Taube, der am anderen Rand des Führerhauses kauerte.

Er gehorchte sofort, knetete die Haube jedoch mit den Händen und guckte ständig in den Spiegel und nach allen Seiten.

»Die folgen uns!«, kiekste er.

»Die Schulmädchen auf ihren Rädern, oder was?«

»Vielleicht sind sie maskiert.«

»Vielleicht bist du ein bisschen nervös«, sagte Janita. »Noch zwei Wagenwechsel, und dann zum Sägewerkhügel. Dort trocknen wir uns und zählen das Geld. Es kann nichts mehr schiefgehen ...«

»Nein?«, fragte Taube.

Janita richtete langsam den Blick auf ihn.

»Ich kann dich höchstens erschießen, wenn du nicht endlich Ruhe gibst.«

Das beruhigte Taube nicht, ließ ihn aber wenigstens für eine Weile verstummen.

38

»Ruf ihn halt an«, sagte Allu und strich Leila über die Haare. »Du willst es doch eh.«

Leila drückte Allus Hand und lächelte zum Dank, auch wenn sie Allus Erlaubnis gar nicht gebraucht hätte. Dann grub sie in der Handtasche zwischen Make-up-Zubehör, Papiertaschentüchern, Bonbonschachteln, Xylitolkaugummis, Kopfschmerztabletten, Pflastern, feuchten Tüchern, Binden, Teleskopschlagstock, Pfefferspray, Neun-Millimeter-Glock, Ersatzmagazinen und Handschellen nach ihrem Handy.

Nikkilä meldete sich sofort. Er klang nicht besonders glücklich, aber wann hatte er schon mal so geklungen? Oder ausgesehen.

»Bei euch scheint gerade ein bisschen was los zu sein«, sagte Leila. »'Tschuldige, dass ich störe. Aber weil in der ganzen Stadt die Sirenen heulen und in den Nachrichten nichts Genaues gesagt wird ...«

»Einmal Bulle, immer Bulle. Solltest du nicht im Krankenhaus sein und ein Kind zur Welt bringen?«

»Ich war schon dort, aber es wollte noch nicht raus.«

»Ich würd's auch nicht wollen, wenn ich es mir aussuchen dürfte. Die Welt ist schlecht.«

»Echt? Hab ich gar nicht gewusst.«

Nikkilä seufzte, dann brummte er:

»Was willst du wissen?«

»Alles, natürlich. Was ist eigentlich passiert?«

»Also gut, am Anfang war die Erde leer und wüst, und es war finster auf der Tiefe ...«

»Spul bis heute Morgen vor.«

»Um Viertel vor acht griff Bumm-Bumm-Arnie Laitinen mit einem Panzer das Depot der Sicherheitsfirma in Kantola an. Zwei bis dato unbekannte Typen mit Sturmhauben erledigten den eigentlichen Raub, nachdem Arnie den Weg frei gemacht hatte. Der vierte Mann war der Fahrer des Fluchtfahrzeugs, den niemand richtig gesehen hat. Eine Viertelstunde später versuchte Arnie auf der Vanajantie mit einem Skoda-Kombi einem Polizeiauto zu entkommen, wich auf der 10 einer Straßensperre aus, fuhr dabei gegen die Leitplanke und flog mit einem lauten Knall in die Luft. Er hatte sich eine Art Bombengürtel gebastelt, wie einer von diesen Selbstmordattentätern. Mit ihm ist jede Menge Geld in die Luft geflogen.«

»Hat man die anderen gefunden?«

»Zwei Typen sind gefunden worden. Die Täterbeschreibung stimmt mit ihnen überein. Der eine hatte noch die Sturmhaube auf. Sie lagen zwischen Sotka und Brotfabrik im Gebüsch, an der Stelle, wo immer die geklauten Autos stehen. Das Fluchtauto vom Überfall stand mit offener Hecktür daneben, außerdem zwei geklaute kleine Kombis.«

»Die Typen sind umgebracht worden, oder?«

Allu hörte die ganze Zeit aus nächster Nähe interessiert zu, gleichzeitig tat er so, als wäre er gar nicht da. Jetzt merkte Leila, dass er zusammenzuckte.

»Mit einem Kleinkaliber, vermutlich zweiundzwanzig«, sagte Nikkilä. »Die Waffe haben wir nicht gefunden, aber die Sturmgewehre, die beim Überfall benutzt wurden, und zwei weitere.«

»Nach dem Täter wird also noch gesucht?«

»Den Abdrücken im Schlamm nach ist es der Fahrer. Kleine Füße und leicht, könnte eine Frau sein.«

»Nicht alle Frauen sind so klein wie ich«, sagte Leila und legte die linke Hand auf ihren riesigen Bauch. Der Junge trat wieder einmal kräftig zu.

»Ich hab gesagt, es könnte eine Frau sein. Bei Turnschuhspuren ist es schwer, was Genaues zu sagen. Auf jeden Fall hatte sie einen Helfer, der mit dem Ruderboot von Visamäki aus über den See kam. Und der ist groß und schwer. Zusammen haben sie die Säcke ins Boot getragen und sind dann über den schmalen Seeabschnitt geflohen. Dann ging es mit einem anderen Lieferwagen weiter, den wir inzwischen ausgebrannt in Kankaantaka gefunden haben. Und dort endet die Spur vorläufig.«

»War Bumm-Bumm-Arnie nicht dein Informant?«

»Komm mir bloß nicht damit«, sagte Nikkilä. »Ist auch so schon schwer genug ...«

»Ich dachte bloß. Informanten sind immer schwierig, man muss irgendwie mit ihnen befreundet sein, aber auch nicht zu eng. Man weiß nie, wann sie einen verarschen.«

Während sie redete, sah Leila Allu an, der ihr ganz unschuldig in die Augen schaute. Leila hatte gelernt, dass ein Schwindler einem immer dann besonders überzeugend in die Augen sah, wenn er etwas zu verheimlichen hatte.

»Arnie wurde an den Fingerabdrücken von einzelnen Hautfetzen identifiziert«, fuhr Nikkilä fort. »Die beiden Typen hatten keine Papiere, und die Fingerabdrücke waren nirgends gespeichert, aber laut Augenzeugen, oder genauer gesagt Ohrenzeugen, sprachen sie am Tatort des Überfalls einen englischen Dialekt, weshalb wir die Drucke an die Nachbarländer und über die Zentralkripo an Interpol geschickt haben.«

»Könnten es Esten oder Russen sein?«

»Die kommen einem natürlich als Erstes in den Sinn. Andererseits sind solche Dinger gerade dieses Jahr vor allem in Schweden gedreht worden, und der eine Tote sieht ziemlich schwedisch aus, blond und mit langer Visage. Haut und Haare des anderen sind dunkler, das könnte ein Corleone aus Sizilien sein oder einer von den Sopranos.«

»Könnte das irgendwie mit Ernesto Jarra zu tun haben?«

»Ist das nicht was ganz anderes? Der hat doch nur einen Job für die Engel gemacht. Aber wer weiß, in Schweden haben ja auch massenweise Rockerclubs solche Dinger abgezogen. An den Toten waren allerdings keine Rocker-Symbole zu finden gewesen. Nicht mal Tätowierungen.«

»Wie kommt Rahila klar?«

»Na ja. Letzte Nacht hat er in Turenki die Autowerkstatt abgefackelt. War angeblich dort, um sie zu schützen, aber das Ganze ging schwer daneben.«

»Die Werkstatt von Alanen, oder was?«, versicherte sich Leila, obwohl sie es schon wusste. Welche sonst.

»Wie hat Marjo das verkraftet?«

»Ganz gut. Sie sind ordentlich versichert. Wenn ich nicht wüsste, dass Rahilas Grips für so etwas nicht ausreicht, könnte ich fast auf die Idee kommen, dass er dahintersteckt. Zuerst ließ er Hurme an der Werkstattwand Benzin ausschütten, dann schoss er eine Kugel drauf, die vom Blech abprallte und Funken schlug. Die Halle ging mit einem Wusch in Flammen auf.«

»War Hurme selbst als Flammenwerfer dort?«

»Vermutlich, aber es wird schwer möglich sein, das zu beweisen. Er hat ein sicheres Alibi und für alles eine gute Erklärung.«

»Natürlich. Aber ich lass dich jetzt weiterarbeiten. Halt die Ohren steif.«

»Wird schon irgendwie«, meinte Nikkilä. »Sag sofort Bescheid, wenn der Nachwuchs da ist. Sollte ich nicht Pate werden?«

»Daran hatte ich eigentlich gedacht. Aber ich muss zuerst noch den Vater fragen.«

Leila beendete das Gespräch und sah Allu an, der mit der Kaffeemaschine hantierte.

»Was musst du mich fragen?«, wollte er wissen, als er die Kaffeedose in den Schrank zurückstellte.

»Ob du irgendwas mit dem Überfall auf die Sicherheitsfirma zu tun hast.«

Leila bemühte sich, ruhig zu bleiben. Es fiel ihr nicht leicht.

»Du meinst den, von dem sie im Radio berichtet haben ...? Nein, hab ich nicht«, sagte Allu und wirkte ein wenig unsicher, sodass Leila ihm glaubte.

»Ich bin zwar gefragt worden, ob ich mitmache, aber ich hab gesagt, ich hab was anderes zu tun.«

»War das das Bewerbungsgespräch?«

»Genau.«

»Wer hat dich gefragt?«

Allu sah noch ein bisschen verlegener aus als zuvor. Ein gutes Zeichen, fand Leila. Der Kerl war es nicht gewohnt, die Wahrheit zu sagen, Lügen kamen ihm wesentlich leichter von den Lippen. Schließlich sagte er:

»Ich würde es dir sagen, wenn ich es könnte. Aber es geht einfach nicht. Einen Kumpel kann man nicht verraten.«

Leila stand auf und drückte sich an ihn, so eng, wie ihr Bauch es zuließ. Sie strich Allu mit dem Finger über die Lippen und sagte:

»Das verstehe ich. Macht auch nichts. Ich bin ja in Mutterschaftsurlaub, und danach nehme ich sicher Elternzeit. Falls Nikkilä und Kumpane den Fall in den nächsten paar Jahren nicht lösen, kann ich dich ja noch mal fragen.«

»Dann sag ich es aber auch nicht«, sagte Allu.

»Tu es nicht«, sagte Leila und reckte den Hals, um Allu zu küssen. »Ich hab gehört, dass es gut ist, wenn Ehepaare Geheimnisse voreinander haben. Solange sie sich nicht gegenseitig betrügen.«

Allu nickte, verstand den Wink samt Warnung. Er beugte sich zu Leila hinab und küsste sie.

Der Regen prasselte aufs Fensterblech, die Kaffeemaschine pröttelte. Das Baby versetzte seinen Eltern ein paar Tritte.

Seiner Mama und seinem Papa.

39 Als Ernesto mit dem Holzkorb in die Sauna kam, hatte Janita bereits die nassen Scheine auf die untere Pritsche gehäuft und sich darin vergraben. Nur ihr Kopf schaute aus den Zehnern und Zwanzigern heraus.

»Ich hab schon immer mal in Geld baden wollen.«

Draußen dämmerte der Abend. Das einzige Licht in der dunklen Sauna kam durch ein kleines, schmutziges Fenster. Ernesto legte Holz im glühenden Ofen nach und schloss die Klappe.

»Erst fünfzig Grad.«

»Das ist warm genug«, sagte Janita. »Komm her und entspann dich!«

Sie streckte die Hand aus. Dabei fielen Geldscheine herab, und obwohl noch genug davon an ihrem Körper klebten, erkannte Ernesto, dass seine Kusine sich ausgezogen hatte. Ihre Haut war rot vor Wärme.

»Aha, entspannen«, sagte er und zuckte mit den Schultern. »Warum nicht.«

Ernesto wollte bereits auf die Pritsche steigen, da hob Janita die Hand.

»Du gehst doch nicht mit Kleidern in die Sauna?«

Ein Schulterzucken, dann kamen die Kleider im Vorraum an den Haken. Der Verband an der Wade blieb. Es war Blut durchgesickert, aber bereits getrocknet. Als er auf die Pritsche stieg, war das Bein ein bisschen steif.

»Und wenn Taube ...«

Janita packte Ernestos Hand und zog ihn auf sich.

»Was interessiert uns Taube.«

Die Nadel des Saunathermometers bewegte sich bereits tüchtig auf die Sechzig zu. Eine Zeitlang sagte Ernesto nichts. Die Wadenwunde geriet in Vergessenheit.

Geldscheine rieselten auf den Boden, einige schwebten auch auf den Saunaofen und wurden versengt oder flammten kurz auf. Der Rauchgeruch störte kein bisschen. Ernesto war in seine Jugend zurückgekehrt, in die Zeit, als seine Mutter starb und Tante Henna und sein Vater ins Gefängnis mussten und niemand wusste, wo Janitas Vater war. Damals war Janita seine einzige Zuflucht gewesen, und er ihre. Man hatte sie gewaltsam aus diesem Haus weggebracht. Janita kam in eine Pflegefamilie in Puistonmäki und Ernesto ins Vanaja-Heim, mehr als zehn Kilometer entfernt, aber sie hielten Kontakt und trafen sich, wann immer es ging, an geheimen Orten. In Umkleidekabinen am See, in Holzschuppen, in Abbruchhäusern, in Schrebergärten, in leeren Wochenendhäuschen. An manchen Winterabenden wagten sie sich in die Sauna im Hofgebäude, um einander zu genießen. Sie konnten sich aufeinander verlassen, auch wenn ihnen die Welt noch so harte Tritte versetzte. Im Lauf der Jahre hatten zwar beide auch was mit anderen gehabt, aber niemand war je zwischen sie gekommen. Nicht einmal damals, als Ernesto mit Juvonen nach Schweden verschwand.

Zeit und Ort verloren ihre Bedeutung, lösten sich komplett auf. Es gab nur Janita und Ernesto, Ernesto und Janita. Jarnesto und Enita. Ejarnestonita. Atinotsenraje.

Ernesto fuhr zusammen, als er draußen ein Poltern hörte. Wahrscheinlich Victor, der Kater. Es war dunkel geworden, der Saunaofen knackste, weil die Steine abkühlten. Janita legte die linke Wange an Ernestos Brust und schaute ihm in die Augen. Sie lächelte. Die grünen Augen und die weißen Zähne leuchteten im schwachen Schein von draußen.

»Zehn Jahre. Und nichts hat sich geändert.«

»Jetzt baden wir in Geld«, sagte Ernesto und zog einen Hunderter, der sich verfangen hatte, aus Janitas Haaren. »Und du benutzt Hunnis als Lockenwickler.«

»Morgen dann mit der Frühmaschine nach Santiago. Ist da jetzt Frühling?«

»Henna hat gesagt, dort müsste inzwischen so was wie Demokratie herrschen.«

»Aber Mama will nicht mit.«

»Sie meint halt, sie hat dort nichts verloren. Wir gehen zuerst hin, vielleicht überlegt sie es sich noch mal anders. Wer weiß, vielleicht würde ja auch mein Vater mitkommen.«

»In seine alte Heimat. Wann müssen wir am Flughafen sein?«

»Eine Stunde vorher, acht Uhr dreißig. Dein Pass ist doch in Ordnung?«

Janita hob leicht den Kopf und nickte.

»Und deiner?«

»Ich hab immer zwei in petto. Mit verschiedenen Namen. Man weiß nie ...«

»Kannst du Spanisch?«

Ernesto zuckte mit den Schultern.

»Das lernt man schnell.«

»Wie kriegen wir das ganze Geld in die Maschine?«

»Gar nicht. Wir nehmen zwei Koffer voll mit, wickeln es in die Klamotten, damit man es bei der Durchleuchtung nicht sieht, und den Rest verstecken wir. Einen Koffer voll wollte ich Henna geben. Dann kann sie sich wenigstens eine Wohnung besorgen, weil sie hier doch irgendwann raus muss.«

»Du denkst immer an die anderen.«

»Eigentlich denke ich nur an dich.«

»Auch damals, als du nach Schweden gegangen bist?«

»Ja. Damals dachte ich, das ist irgendwie unnatürlich. Weil wir ja Cousin und Kusine sind.«

»Und weiter?«

»Nichts weiter. Ich hab's schon kapiert. Zehn Jahre lang hab ich an niemanden sonst gedacht.«

»Ich auch nicht«, sagte Janita und klammerte sich an Ernesto. Mit aller Kraft. »Jetzt trennen wir uns nicht mehr.«

»Nie mehr«, flüsterte Ernesto ihr ins Ohr und drückte sie ebenfalls, bis sie miteinander verschmolzen. Zu einem zweiköpfigen Wesen mit acht Gliedmaßen, das sich leise in der Nacht bewegte.

Wenig später klopfte es an der Tür.

»Wie sieht es aus? Kommt die Jugend zum Abendkaffee rüber, oder muss ich ihn alleine trinken?«

Henna. Wenigstens nicht Taube. Obwohl der in der Dunkelheit auch nichts erkannt hätte.

»Wir kommen, wir kommen«, sagte Janita, löste sich von Ernesto und richtete sich auf. Dann fing sie an, die Scheine einzusammeln, zuerst von Ernestos, dann von ihrer Haut.

Ernesto half ihr dabei. Gemeinsam rafften sie in der abkühlenden Sauna das Geld zusammen, und da merkte Ernesto, dass er Janita liebte. Er hatte sie immer geliebt, aber erst jetzt begriff er es so richtig.

»Die sind schon deutlich trockener als vorhin«, sagte er beim Zubinden des Geldsacks. »Den werf ich da drüben zu den anderen ins ausgebrannte Haus. Nach dem Kaffee bringen wir alles in ein besseres Versteck.«

»Ich lieb dich auch«, sagte Janita und küsste ihn lange.

Ernesto ließ den Sack fallen und erwiderte den Kuss. Inständig. Er bekam schon wieder Lust, aber sie hatten ja jetzt Zeit. Viel Zeit in Chile.

Im ausgebrannten Haus war der Rauchgeruch noch stärker als in der Sauna. Irgendwie ekelhaft. Ernesto stopfte den Geldsack in der hinteren Erdgeschosswohnung in den großen Wandschrank zu den anderen Säcken und nahm einen großen schwarzen Plastikkoffer mit. Zwei Koffer von derselben Sorte blieben zurück. Eine der Schranktüren war an den Rändern verkohlt und aus den Scharnieren gefallen. Ernesto stellte sie vor die Öffnung, in der Hoffnung, der Geruch des Hauses würde nicht an den Scheinen hängen bleiben. Das Geld durfte nicht stinken.

Auf dem Hof schnupperte Ernesto kurz die Nachtluft. Er nahm noch immer Janitas Duft auf seiner Haut wahr. Süßsauer, wie eine chinesische Soße. Der Himmel war bewölkt, weit hinter dem See sah man den Lichtschein von Burg und Kaserne. Weiter oben am Hang blitzten hinter den Bäumen ein paar Straßenlampen hervor. Hennas Küchenfenster leuchtete wie ein Schaufenster der Wohnung; Janita und Henna saßen sich darin am Küchentisch gegenüber. Janita trank Kaffee aus der Tasse, Henna Wodka aus der Flasche. Janitas Haare waren offen und noch feucht, ihre Augen glühten, und sie lächelte hin und wieder, lachte auch ab und zu ihr leises, heiseres Lachen. Henna war wie immer, verzog keine Miene, doch ihr Blick war nicht ohne Wärme.

Ernesto begriff, dass er diese Häuser und diesen Hof vermissen würde. Auch Henna. Aber Janita würde er nicht mehr hergeben. Sie hätten einander für immer.

Kater Victor schnurrte neben der Eingangstreppe, er wollte ins Haus, obwohl die Nacht warm und weich war wie Janita. Unter der Oberfläche aber vibrierte es. Ernesto witterte das. Janitas Vibrieren spürte er immer noch.

Er ließ den Kater hinein und ging in die Küche, wo er den Koffer vor dem Schrank abstellte.

»Hier ist ein bisschen was für dich, Henna.«

»Vielen Dank, du, aber ich brauch das nicht«, sagte Henna. »Da sauf ich mich bloß noch schneller tot.«

»Du darfst selbst entscheiden«, sagte Janita.

Taube war nirgendwo zu sehen, stellte Ernesto fest.

»Sind bei dem Puckprügler schon die Lichter ausgegangen?«

»Die Lichter sind aus, genau«, antwortete Henna und schaute auf ihre Flasche. Stolitschnaja, wieder mal.

»Neugier kann ungeahnte Folgen haben.«

»Warum?«, fragte Janita.

»Ich hab vom Fenster aus gesehen, wie er draußen im Hof vor der Sauna gestanden hat, die Visage ganz dicht am Glas. Hat euch wahrscheinlich beobachtet.«

»Da hat er allerdings schön was gesehen«, meinte Janita.

Ernesto zuckte mit den Schultern.

»Ich hätte mich ja nicht eingemischt«, sprach Henna weiter. »Aber als er die Pistole aus der Tasche zog und Anstalten machte, durch die Scheibe auf euch zu zielen, da dachte ich mir, ich muss was unternehmen.«

Ernesto war vor dem Tisch stehen geblieben. Janita sah Henna fragend an.

Diese hielt die Flasche gegen das Licht und begutachtete sie.

»Zum Glück hatte ich eine stabile Flasche. Und zum Glück dachte ich daran, den Deckel zuzumachen, bevor ich ausholte.«

Ernesto amüsierte sich.

»Mit der Flasche auf den Kopf, wie?«

»Wie sonst?«, sagte Henna. »Taube war so aufgeregt, dass er mein Rascheln nicht gehört hat. Wahrscheinlich hat er geglaubt, ihr seid ein Paar.«

»Sind wir ja auch«, sagte Janita.

Henna sah die beiden langsam an, dann nickte sie.

»Ist ja schließlich eure Sache ... Aber Taube hat sicher geglaubt, dass Janita und er. Der Flaschenboden traf ihn genau überm Ohr, da ist so eine empfindliche Stelle. Dort brach der Schädel.«

»War das der Krach, von dem ich aufgewacht bin?«, fragte Ernesto.

»Wahrscheinlich. So lange ist das nicht her. Als ich gesehen hab, dass dem jungen Mann das Gehirn auf den Rasen rinnt, hab ich die Schubkarre geholt und ihn zum Erdkeller gekarrt. Damit er nicht gleich anfängt zu stinken.«

»Dann musst du jetzt auch hier weg«, sagte Janita.

»Sieht so aus«, gab Henna zu und zögerte eine Weile. »Eins könnte ich euch vielleicht noch sagen ...«

»Sag nur!«, ermunterte Janita sie.

»Ihr seid Geschwister.«

»Cousin und Kusine«, korrigierte Janita.

»Oder?«, hakte Ernesto nach.

»Geschwister«, wiederholte Henna. »Oder Halbgeschwister, um genau zu sein. Victor ist euer beider Vater. Darum habe ich seinerzeit auch deine Mutter umgebracht, Ernesto. Sie hatte es erfahren und wollte Krach schlagen, und Victor war so schreckhaft, dass er uns wahrscheinlich beide sitzengelassen hätte.«

Ernesto sah Janita an, dann Henna. Ungläubig. Aber Henna meinte es sichtlich ernst. Janita riss die Augen auf.

»Red kein irres Zeug.«

»Doch«, sagte Henna. »Und die Wahrheit.«

Janita schmunzelte schwach.

»Und ich hab mein Leben lang geglaubt, mein Vater wäre ein Akkordeonspieler des sowjetischen Kulturkomitees, der dem Arbeiterhaus einen Besuch abgestattet hat. Manchmal hatte ich sogar die Idee, in Udmurtien nach dem Kerl zu suchen.«

Henna schaute auf ihre Tochter und nahm einen Schluck aus der Flasche, Janita zündete sich eine Zigarette an und starrte in ihre leere Kaffeetasse. Ernesto sah von der Seite aus zu. Ihm gefiel das alles nicht. Vor dem Fenster lauerte die Dunkelheit, sie wartete nur darauf, hereinzustürzen.

»Was soll's«, sagte Ernesto dann und legte Janita die Hand auf die Schulter. »Die Vergangenheit hat keine Bedeutung. Die Zukunft existiert noch nicht. Es gibt nur diesen Augenblick.«

Janita sah aus dem Fenster und schüttelte den Kopf, schob Ernestos Hand von ihrer Schulter. Drückte die Zigarette in der Kaffeetasse aus. Stand auf. Es hatte den Anschein, als würde sie jeden Moment in Tränen ausbrechen. Sie schob sich an Ernesto vorbei, schlich zur Tür und flüsterte im Hinausgehen:

»Gerade ist jemand am ausgebrannten Haus durchs Fenster gestiegen.«

In Janitas Hand war die schwarze zweiundzwanziger Ruger-Präzisionspistole aufgetaucht. Ernesto schluckte, dann zog er seinen kurzläufigen Colt Python aus der Gesäßtasche seiner Jeans, ließ die Kammer auf- und wieder zuschnappen und folgte Janita nach draußen.

In der Vordertasche spürte er den vollen Schnelllader. Die Patronen würden ihm nicht so schnell ausgehen.

An der Haustür stolperte Ernesto über etwas Weiches, das heftig miaute und wieder nach drinnen sprang. Victor, verdammt noch mal. Der linke Fuß prallte mit Wucht auf den Beton, es stach böse in der Wade, und das Bein versagte den Dienst. Ernesto suchte am Geländer Halt, doch es gab kein Geländer, natürlich nicht, es war ja kürzlich erst zusammengebrochen.

Mit dem Revolver in der Hand rollte Ernesto die Treppe hinunter. Die Wunde an der Wade war aufgegangen, doch Janita hatte bereits die Eingangstreppe des ausgebrannten Hauses erreicht. Jetzt war nicht die Zeit zum Leiden. Ernesto nahm den Schmerz an und stand auf, er nahm auch das Schlimmerwerden des Schmerzes an und rannte Janita hinterher.

Wenn es nur noch nicht zu spät war! Würde er Janita jetzt verlieren, da er gerade erst begriffen hatte, wie sehr er sie liebte und brauchte ... Er wagte es nicht, den Gedanken zu Ende zu denken.

Wenn es nur noch nicht zu spät war.

40

Nase ließ Nacken als Ersten in das ausgebrannte Haus steigen. Er witterte, dass da etwas nicht stimmte. Indem sie Taube verfolgt hatten, waren sie zwar großem Geld auf die Spur gekommen, aber es war ein bisschen zu groß. Von ihrem Beobachtungsposten am oberen Hang aus hatten sie gesehen, wie es Taube ergangen war. Ein paar andere waren vorher schon ums Leben gekommen. Das Ganze ging eventuell nicht gut aus.

Zumindest hätten sie warten sollen, bis im Nachbarhaus alle schliefen. Nacken war übereifrig.

»Hier ist es dunkel. Komm rein und bring die Taschenlampe mit.«

Nase seufzte und stieg durchs Fenster. Er trug Handschuhe, verletzte sich aber trotzdem die linke Hand an einer Glasscherbe.

»Scheiße«, sagte er leise, zog den Handschuh aus und betrachtete die Wunde im Licht der Taschenlampe. Deren Batterie war schwach, das Licht matt und rötlich. Die Wunde war nicht groß, brannte aber höllisch. Wahrscheinlich steckten kleine Splitter oder Schmutz darin.

»Das ist nicht schlimm«, sagte Nacken und schnappte sich die Lampe. »Komm mit.«

»Du hast gut reden ...«

Nacken schwenkte mit dem Licht in allen Ecken des Raums, stellte fest, dass sie leer waren, und spähte ins Loch des hohen Kachelofens. Die Klappe fehlte, die Blechummantelung hatte sich beim Brand in schwarze Spitze verwandelt, die verrußten Innenziegel schimmerten durch wie schwarze Diamanten. Es roch nach Rauch und Feuchtigkeit. Natürlich hatten die Feuerwehrmänner alles unter Wasser gesetzt und der Regen hatte ihre Arbeit durch die Löcher im Blechdach fortgesetzt. Der Fußboden sah immerhin einigermaßen unversehrt aus, zumindest in diesem Raum.

Nacken schüttelte den Kopf und ging ins nächste Zimmer. Nase nahm seine Neun-Millimeter-Beretta aus dem Schulterholster, zog eine Kugel in den Lauf und folgte Nacken. Da hörte man leichte Laufschritte auf der Eingangstreppe. Im selben Moment prallte jemand gegen die umgefallene Tür und rief:

»Finger weg vom Wandschrank!«

Nase erstarrte kurz. Die Stimme kannte er. Das war diese Braut. Janita. Die taffe Braut. Gut aussehend, aber verdammt gefährlich. Der Schwede und der Jugo wussten nicht, wie ihnen geschah, als Janita auf sie losging. Und die Pennerin, die Taube platt gemacht hatte, schien Janitas Mutter zu sein. Was für eine Familie.

Im Nebenzimmer hörte man ein Poltern, als Nacken die Lampe fallen ließ. Dann knallte es. Es klang nicht nach Nackens großem Colt, sondern eher nach einer kleinen Präzisionspistole. Nackens panische Flucht bestätigte Nases Vermutung:

»Verdammte Scheiße, ich krepiere ...«

»Du hättest eben gehorchen sollen«, sagte die Braut und ließ es erneut knallen.

Nacken brach zusammen. Nase nutzte die Gelegenheit und sprang mit wenigen Sätzen über die knarrenden Dielen zur Tür, von wo aus er ins Nebenzimmer zielte. Die Taschenlampe lag einsam und verlassen auf dem Boden und beleuchtete Nackens fast heiter wirkendes Gesicht. Leben war keines mehr darin, und auch die Heiterkeit schien durch das von schräg unten einfallende Licht verursacht zu werden, das die Grimasse in ein Grinsen verwandelte.

Nase verfluchte seine Dummheit, direkt ins Licht der Taschenlampe geblickt zu haben. Jetzt sah er außerhalb des kleinen Lichtkreises nichts mehr. Er musste in die Dunkelheit stieren und warten, bis sich die Augen wieder daran gewöhnt hatten.

Aber nicht zu lange. Im Dunkeln flammte Mündungsfeuer auf, in dessen Licht Nase einen Teil des verkohlten Türrahmens erkennen konnte. Die Kugel traf ihn am Ellenbogen und ließ seine linke Hand schlackern, der Ellbogen schien durch die bloße Erschütterung ausgerenkt worden zu sein, und die Kugel hatte zusätzlich den Knochen zertrümmert. Nase stöhnte ungewollt auf und schoss intuitiv zurück, die Neun-Millimeter dröhnte in dem kleinen Zimmer wie eine Kanone, und obwohl das Geschoss die Braut nicht in der Mitte, sondern an der Seite traf, flog sie an der Grenze des Lichtscheins gegen die Wand und sank zusammen.

»Verdammte Fotze«, sagte Nase und trat näher an sie heran. Sein linker Unterarm hing herab wie ein etwas dickeres Stück Seil, bloß dass es höllisch wehtat. Am liebsten hätte er das ganze Magazin auf die Braut leer gemacht.

Aber eine Kugel genügte, wenn man sie richtig zu platzieren wusste. Er zielte auf den Nabel, obwohl er ihn nicht sah. Auf die Stelle oberhalb der Gürtelschnalle. Aus der geringen Entfernung hinterließ die Neun-Millimeter hässliche Spuren. Das Resultat war eindeutig und todsicher.

Die Alte fiel schlaff auf die Seite. Ihr Gesicht landete im Lichtkegel der Taschenlampe. Die grünen Augen glänzten und schauten an Nase vorbei zur Tür, sahen aber nichts mehr.

Von der Eingangstreppe her hörte man leicht hinkende Schritte. Vorsichtig und schnell. Nicht so leichtgewichtige wie eben. Auch der Schuss war nicht so gedämpft. Zwei Mal knallte der kurzläufige Revolver, noch ehe Nase sich richtig umdrehen und den Schützen erkennen konnte. Er schoss zurück, aber da war die Hand mit der Waffe schon nach oben geschnellt, in dem verzweifelten Versuch, das Gleichgewicht zu halten. Die Kugel schlug in der Decke ein, Nase taumelte und fiel auf den Rücken. Direkt auf die Taschenlampe.

Das tat nicht mehr weh. Die erste Kugel war in den unteren Rücken eingedrungen, die zweite hatte Nase im Nacken getroffen und ihm den Hals geknickt wie einen trockenen Ast.

Jeder der beiden Treffer hätte ihn in weniger als einer Minute umgebracht. Zusammen erledigten sie die Aufgabe innerhalb eines Augenblicks.

41 Ernesto blieb mitten im dunklen Raum stehen, inmitten des alten Rauchgeruchs und des frischen Blut- und Korditgestanks, inmitten des Todes. Nach den Donnerschlägen der Waffen schlug die Stille auf die Ohren. Er wälzte den Toten mit der Lederweste und der großen Nase von der Taschenlampe und sah, dass der Kerl und sein Kumpel zu den Schwarzen Engeln gehörten. Zu Hurmes Gang. Was schlichen die hier am Geldversteck herum?

Aber jetzt schlichen sie ja nicht mehr.

Taube hatte Drogenschulden gehabt. Vielleicht hatten die Kerle beim Eintreiben von dem Überfall gehört und gedacht, sie könnten ganz auf eigene Faust reich werden. Oder Hurme hatte sie geschickt, die ganze Beute für den Club zu holen. Oft war ja alte Freundschaft keinen Pfifferling mehr wert, wenn es um Macht oder Geld ging.

Ernesto hob die Taschenlampe vom Boden auf und richtete sie auf Janita. Sofort fiel ihm die Lampe aus der Hand, und er sank vor seiner Geliebten auf die Knie. Vor seiner geliebten Halbschwester. Oder Geliebten und Halbschwester, wie auch immer. Das spielte jetzt keine Rolle mehr.

Es spielte überhaupt gar nichts mehr eine Rolle.

Janita war noch immer unwahrscheinlich schön, auch so, wie sie auf den verkohlten Bodendielen lag. Wären nicht die blutigen Innenorgane durch das Loch mit Trauerrand im weißen T-Shirt hervorgequollen, hätte man glauben können, sie würde jeden Moment die Hand ausstrecken und Ernesto an sich ziehen.

Ernesto beugte sich über sie, nahm ihren Oberkörper in den Arm und streichelte ihr Haar.

»Janita ... Janita ... stirb nicht. Lass mich nicht allein ...«

Er wusste, dass es zu spät war, aber er wollte es nicht hinnehmen. Zum Teufel mit dem Zen. Zur Hölle mit der Selbstbeherrschung. Zur Hölle mit allem, mit der ganzen Welt. Janita war tot, und Ernesto hatte niemanden mehr. Die Millionen bedeuteten von nun an gar nichts.

Er setzte sich auf den Fußboden, zog Janita ganz in seine Arme und drückte sie mit aller Kraft, damit sie nicht in Stücke zerfiel.

Dann hörte er Schritte an der Tür. Sie gehörten nicht Henna, sondern einer jüngeren Person. Ernesto registrierte es, drehte sich aber nicht um. Es interessierte ihn nicht, wer da kam.

»Ich bin gekommen, um dich umzubringen, Ernesto.«

Das wurde auf Schwedisch gesagt. Ein Pistolenlauf stach Ernesto in die Wange. Jetzt drehte er den Kopf und sah eine blonde junge Frau mit Pferdeschwanz, die Jeans und eine weiße Jacke trug, den Körper einer Speerwerferin, breite Wangenknochen und eine Stupsnase hatte. Ihr Gesichtsausdruck war der eines Henkers.

»Anna«, sagte Ernesto leicht erstaunt. Auch er redete jetzt Schwedisch. »Was machst du hier?«

»Ich bin gekommen, um dich umzubringen«, wiederholte sie. Dabei zielte sie die ganze Zeit auf Ernesto. Die Pistole war eine Neun-Millimeter-Glock. Eine Bullenwaffe, die allerdings auch von anderen benutzt wurde. Über der Schulter hing eine kleine Handtasche aus schwarzem Leder. »Wegen dir musste Ahab sterben.«

»Ahab kannte das Risiko«, sagte Ernesto und zuckte mit den Schultern. »Und Goran machte die Ladung.«

»Ahab wollte endlich aufhören, aber du hast ihn überredet, noch ein Ding mitzumachen. Für Ahab war es tatsächlich das letzte.«

»Wie hast du mich gefunden?«

»Leicht. Ich bin schließlich Privatdetektivin. Ahab lernte ich seinerzeit kennen, als ich herauszufinden versuchte, warum aus einem Elektronikgroßhandel so viel Ware verschwand. Er war damals dort im Lager beschäftigt.«

»Und garantiert unschuldig.«

»Na klar.«

»Ich hab gehört, dass du als Polizistin aufgetreten bist.«

»Ich hab für so ziemlich jeden Zweck Ausweise parat, ich sammle die. Mit einer Polizistin reden die Leute oft lieber als mit einer Privatdetektivin.«

»Echt wahr?«

Anna erwiderte nichts. Sie zielte nur auf Ernesto und lächelte ein kleines, trauriges Lächeln. Ein sehr kleines. Es war mehr zu ahnen als zu sehen. Der Blick der blauen Augen war tief vereist.

»Schieß nur«, sagte Ernesto. »Komm schon. Janita ist tot, mich hält hier nichts mehr.«

Anna nickte.

»Ich hab dir von der Tür aus ein bisschen zugeguckt und zugehört. Und ich dachte, genauso ging es mir am Montag. Bloß dass ich es im Radio hörte, als ich in der Stockholmer Innenstadt einen untreuen Manager beschatten musste und ihm hinten reinfuhr. Der Kerl versuchte mich sofort anzubaggern, als wir die Versicherungsangaben austauschten und auf die Polizei warteten. Am liebsten hätte ich ihm die Zähne in den Hals geschlagen.«

Jetzt war Ernesto mit Nicken an der Reihe.

»Ich habe Zen gemacht, aber das hilft mir jetzt nicht mehr. So was kann man nicht annehmen. Das kann nicht wahr sein.«

»Und ist es doch«, sagte Anna und ließ den Lauf ihrer Waffe sinken. Sie steckte den Revolver in die Handtasche. Er passte gerade so hinein. »Ich erschieße dich nicht. Damit würde ich es dir zu leicht machen.«

Sie drehte sich um und ging zur Tür.

»Wo willst du hin?«, rief ihr Ernesto hinterher. »Schieß! Du hast es versprochen!«

»Ich werde nicht schießen. Ich gehe nach Hause und besaufe mich. Für den Anfang. Dann erschieße ich mich vielleicht selbst ... Oder ich gehe zur Arbeit. Ganz egal ...«

Ernesto hörte, wie sich Annas Schritte entfernten, er hörte die Tür ihres Volvos zufallen und den Motor anspringen, hörte, wie das Auto den Hang hinunterfuhr. Dabei betrachtete er die ganze Zeit die leblose Janita in seinem Arm und zitterte. Vor Kälte. Die Nacht war noch warm, aber er hatte das Gefühl, von innen zu erfrieren.

Ernesto merkte, dass er etwas summte: »Dem Schicksal kann man nicht entfliehen«. Das war von Hennas Kassette, Olavi Virta. Passte gut zur Situation. Die Finnen hatten schon immer gewusst, wie man Trauer und Hoffnungslosigkeit zum Ausdruck brachte. Hier, unter dem nördlichen Himmel, gab es ja auch mehr als genug davon.

Jetzt hieß es rasch handeln. Der Sägewerkhügel war eine eigene kleine Insel mitten im Stadtteil Sairio, aber der Krach der Wummen war bestimmt rundum in den Häusern zu hören gewesen. Bald würde jemand die Polizei rufen. Und bald wäre Ernesto vor Kälte zu erstarrt, um noch handeln zu können.

Er küsste Janita auf die Stirn, legte seine Geliebte auf den Fußboden und stand auf. Seine Wade stand in Flammen, seine Seele war vereist. Er konnte keinerlei

Schmerz mehr annehmen. Aber das machte nichts. Bald wäre der Schmerz nur noch eine ferne Erinnerung.

Henna streckte den Kopf aus dem Küchenfenster und rief ihm etwas zu. Ernesto verstand es nicht, aber er befahl ihr, wegzugehen. Sofort. Egal wohin.

»Und Janita?«

»Ist tot.«

»Auf einmal sterben alle«, lamentierte Henna.

»Das geht gerade um.«

Ernesto holte den Ersatzkanister aus der Garage, den Henna dort für ihren Zweitakter-Wartburg bereithielt. Das Eis aus der Seele breitete sich aus, löschte das Feuer in der Wade und raubte jedes Gefühl. Das erschwerte die Fortbewegung zusätzlich. Während er über den Hof humpelte, schlug sich Ernesto mit der flachen Hand auf die Wange, so wie er es manchmal vor einem Ringwettkampf gemacht hatte, um Adrenalin ins Blut zu bekommen und bereit zu sein für den Gegner.

Im ausgebrannten Haus schleppte er die beiden Schwarzen Engel in einen anderen Raum, schüttete Benzin auf den Fußboden, auf Janita und auf sich selbst, stellte den Kanister ab, setzte sich daneben und nahm Janita in die Arme. Er hörte bereits irgendwo in der Ferne das Heulen einer Polizeisirene, als er ein Streichholz anriss und einen Meter weiter in eine Pfütze fallen ließ.

Das Feuer griff gierig nach dem Benzin, und etwas zäher nach dem feuchten, verkohlten Holz. Tanzend jagten die Flammen über den Boden. Gleich würden sie Ernesto und Janita erreichen. Dann würden die beiden in den Flammen vereinigt sein, zu Asche verbrennen, als ein Rauch in die Luft aufsteigen.

Brennende Liebe.

Ernesto drückte Janita mit dem linken Arm an sich.

Er spürte, wie die Flammen wärmten und das Eis in ihm schmolzen. Die Polizeisirene kam näher, das Feuer ergriff den Saum der Jeans. Ernesto hob den Colt Python, setzte den Lauf an die Schläfe und drückte ab.

42 Eine Kamera hatte er nicht mit, aber egal. Allu würde sich an diesen Anblick sein Leben lang erinnern. Länger noch. An den Jungen, der mit rotem Gesicht schrie, der so laut schrie, als sollte ihm was abgeschnitten werden. Und so war es ja auch, es wurde etwas abgeschnitten, die Nabelschnur. Allerdings nicht von Allu, er lehnte diese Ehre ab. Auch das Baden. Es hatte ihm genügt, während der Geburt Leilas Hand zu halten und zuzuhören, wie sie schimpfte und fluchte und dann das gebadete und gewindelte Bündel auf dem Arm zu halten und die kleinsten Finger der Welt zu betasten. Es waren fünf an jeder Hand.

»Dunkle Haare«, sagte Leila erschöpft. Sie war im Gesicht fast ebenso rot wie der Junge. »Dicke dunkle Haare.«

»Die sind von meinem Vater«, sagte Allu.

Begierig stürzte sich der Junge auf die Brust und saugte wie ein Großer.

»Ganz der Vater«, schmunzelte Leila.

Hebamme und Arzt gingen in den anderen Kreißsaal, die Schwester blieb noch eine Weile. Neun Punkte für diesen Jungen! Einen Punkt Abzug gab es für den etwas verformten Schädel, der oval war wie bei einem Ufo-Männchen. Das kam von der Zange, die der Arzt notgedrungen eingesetzt hatte.

»Könnte schwierig werden, eine Mütze zu finden, die lang genug ist«, meinte Allu.

»Eine Budjonowka würde passen«, sagte Leila.

»Der Kopf formt sich aber noch«, versicherte die Schwester und ließ die junge Familie allein.

Allu und Leila umarmten sich und ihren Sohn. Der

Junge war mit der Brustwarze im Mund eingeschlafen. Leila glühte vor Glück und Liebe, vor Schweiß und Erschöpfung.

»Valto Oskari«, sagte sie und strich dem Jungen mit den Fingerspitzen über den unebenen Kopf und die vorne abstehenden Haare. »Fast die gleiche Frisur wie sein Vater.«

Eine Viertelstunde später kam die Schwester wieder und sagte, der Saal werde gebraucht. Mutter und Kind würden auf Station gebracht, der Vater dürfe am Nachmittag zu Besuch kommen.

»Vergiss es nicht!«, sagte Leila.

»Ich muss mir den Wecker stellen.«

»Hast du einen?«

»Muss ich mir besorgen.«

»Denk daran, ihn zu kaufen!«, mahnte Leila.

Die Uhr in der Eingangshalle der Klinik zeigte zehn nach vier. Am Morgen. Allu war müde, aber ihm war nicht nach Schlafen. Als sie sechs Stunden zuvor erneut ins Krankenhaus gekommen waren, hatte es ordentlich geregnet. Jetzt war davon nur noch ein nasser Wind übrig.

Neben dem fast leeren Parkplatz spukte zwischen den Bäumen die dunkle Kapelle des ehemaligen Lungensanatoriums. Die feuchten Kiefern dufteten. Allu wich den Pfützen aus und sog die frische Luft ein. Seine Mietwohnung lag nur hundert Meter entfernt, aber er bog am Fuß des Hügels links ab und nahm den weniger steilen Anstieg zur Innenstadt.

Er hatte Lust zu gehen. Er hatte Lust, vor aller Welt auszurufen, dass ein Junge geboren worden war. Sein Sohn. Der wichtigste Mensch der Welt.

Leila und Valto. Das war jetzt Allus Welt. Das war

der Grund, auf dem Pfad der Tugend und auf freiem Fuß zu bleiben.

Die Vorstadt schlief, nur die Zeitungsausträger waren unterwegs. Von Hämeensaari her wurde das Grölen der letzten Messebesucher herübergetragen, und auf dem Marktplatz trieben sich ein paar Betrunkene herum, denen Allu aus dem Weg ging. Einer von ihnen ließ mitten auf der Marktbühne singend das Wasser laufen. Das Lied war nicht zu identifizieren.

Irgendwo auf der anderen Seite der Bahnlinie waren Polizei und Feuerwehr unterwegs. Allu folgte dem Ruf der Sirene und kam nach Sairio.

Als er den Sägewerkhügel hinaufging, konnte er am dunklen Himmel Rauchwolken erkennen. Es roch verbrannt. Nach verbranntem Holz und verbranntem Fleisch. Und in der Gegend gab es keine Räucherei.

Auf der Höhe der Reihenhäuser blieb Allu stehen. Er sah die Feuerwehrautos und die Krankenwagen und die Tatortabsperrungen der Polizei. Und den Leichenwagen.

Das alte Mietshaus, das schon einmal gebrannt hatte, war erneut in Flammen aufgegangen. Feuerwehrmänner besprengten die schwarze Ruine, Polizisten stocherten mit Stöcken darin herum, als suchten sie etwas. Wenn irgendwann die Planierraupe käme, hätte sie mit dem Haus nicht mehr viel Arbeit. Sogar der Steinsockel war in der Hitze gesprungen und in Einzelteile zerfallen.

Gerade wurde aus dem Erdkeller ein schwarzer Sack herausgetragen. Der Umriss erinnerte an einen Menschen.

Allu drehte sich um und ging den Hang hinunter. Das war es dann mit dem großen Ding, dachte er. Hoffentlich.

Nach einer Weile merkte er, dass er beim Gehen vor sich hin sang:

»Wie ein Schatten gehe ich in die Nacht der Schatten.«

43

Über dem Sägewerkhügel war der Himmel schwarz vor Rauch. Der Wind wehte Brandgeruch herüber. Henna stand in der augenbuttrigen Morgendämmerung, sie trug einen fast sauberen grauen Popelinemantel, in der einen Hand einen schwarzen Koffer, in der anderen einen dunkelblauen Katzenkorb. Sie kehrte dem Sägewerkhügel den Rücken zu. Im Nieselregen wurden Haare und Augen feucht.

»*Lauf Galopp, mein Schimmel, so dunkel ist der Himmel, und Wolken verhüllen meinen Weg …*«

So sang Tapio Rautavaara auf der Kassette. Henna hatte vom Küchenfenster aus gesehen, wie Ernesto den Benzinkanister ins ausgebrannte Haus getragen hatte. Kurz darauf hatte das Haus gebrannt. Ein Schuss war noch gefallen, dann war es still gewesen.

Henna hatte die Wodkaflasche zugeschraubt und war zur Tür des brennenden Hauses gerannt. Nachdem sie genug gesehen hatte, war sie zurück in ihre Küche gegangen und hatte überlegt, was sie tun sollte.

Schließlich hatte sie beschlossen, zu gehen.

Janita und Ernesto waren tot. Um die anderen kümmerte sie sich nicht. Nicht in dem Haus. Der Wartburg hatte auch bleiben dürfen, wo er war. Zu unsicheres Gefährt. Und den MGB von Janita und Ernestos Saab würde die Polizei mit Sicherheit sofort zur Fahndung ausschreiben.

»Der Schnellzug 60 nach Helsinki fährt auf Gleis 2 ein …«

Vor Henna hielt ein alter, blauweißer Waggon. Die Tür ging auf, Leute kamen heraus. Henna blickte noch einmal zum schwarzen Himmel, dann stieg sie ein. Bevor der Zug abfuhr, saß sie bereits im Abteil für Leute mit Tieren. Die Fahrkarte kaufte sie beim Schaffner und zahlte bar. Sie konnte es sich leisten.

Ernesto hatte recht gehabt. Keine Vergangenheit, keine Zukunft. Allein dieser Augenblick zählte. Den musste man festhalten.

Henna hatte nur das Notwendigste mitgenommen: die Katze, die Wodkaflasche und einen Koffer voller Geld.

Ob Victor sie noch erkennen würde?